Robert Asprin

ALS DÄMON KRIEGST DU NIE GENUG

Autor

Robert Asprin wurde 1946 in Michigan, USA, geboren. Seit 1978 war er hauptberuflich Autor und schrieb mehrere Dutzend Romane. Unter anderem war er auch an den berühmten Elfenwelt-Comics beteiligt. Für seine Arbeit wurden ihm unter anderem der Balrog Award und der Locus Award verliehen. 2008 starb er in New Orleans.

Die Dämonen-Reihe von Robert Asprin beim Blanvalet-Verlag:

1. Ein Dämon zu viel
2. Als Dämon kriegst du nie genug

weitere Bände in Vorbereitung

Robert Asprin

... ALS DÄMON KRIEGST DU NIE GENUG

Roman

Deutsch von Sylvia Brecht

blanvalet

Die Originalausgabe erschien 1981 unter dem Titel
»Myth Conceptions« bei Ace Fantasy Books, New York.

Dieser Roman ist bereits unter dem Titel »Drachenfutter« erschienen.

FSC
www.fsc.org
MIX
Papier aus verantwortungsvollen Quellen
FSC® C014496

Klimaneutral*
Druckprodukt
ClimatePartner.com/14044-1912-1001

Penguin Random House Verlagsgruppe FSC® N001967

1. Auflage 2022

Redaktion: Werner Bauer
Umschlaggestaltung und -illustration: © Max Meinzold,
www.meinzold.de
HK · Herstellung: sam
Satz: Uhl + Massopust GmbH, Aalen
Druck und Bindung: GGP Media GmbH, Pößneck
Printed in Germany
ISBN 978-3-7341-6280-0

www.blanvalet.de

Dieses Buch ist

Laurie Oshrin und Judith Sampson
gewidmet,

einem sehr aufgeschlossenen
Referendarinnen-Team.
Die beiden haben,
ohne sich dessen bewusst gewesen zu sein,
dafür gesorgt, dass die
Dämon-Abenteuer von Aahz und Skeeve
weitergehen konnten.

1

»Das Leben besteht aus ständigem unsanften Erwachen.«

Rip Van Winkle

Von allen unerfreulichen Arten, aus einem gesunden Schlaf gerissen zu werden, ist der Lärm, den ein Drache und ein Einhorn beim Fangenspielen veranstalten, eine der schlimmsten.

Ich öffnete vorsichtig ein Auge und versuchte trüben Blicks, mich im Zimmer zu orientieren. Ein Stuhl fiel polternd zu Boden und überzeugte mich, dass die verschwommenen Bilder, die in meinem Gehirn anlangten, zumindest so weit stimmten, dass unregelmäßige Erschütterungen Boden und Wände erzittern ließen. Jemand ohne mein hart erworbenes und schmerzlich gehütetes Schatzkästlein an Erfahrungen wäre vielleicht geneigt gewesen, das Inferno einem Erdbeben anzulasten. Ich hingegen nicht. Die hinter dieser Entscheidung stehende Logik ist vergleichsweise simpel: Erdbeben waren in dieser Gegend außergewöhnlich selten. Ein Drache und ein Einhorn beim Fangenspielen dagegen nicht.

Der Tag begann ganz normal … Das heißt normal, wenn man ein Jungzauberer ist, der bei einem Dämon in die Lehre geht.

Wäre ich imstande gewesen, die Zukunft nur mit annähernder Wahrscheinlichkeit vorherzusagen und so zu sehen beziehungsweise zu wissen, welche Ereignisse mir bevorstanden, wäre ich vermutlich im Bett geblieben. Ich will sagen, kämpfen war noch nie meine Stärke, und die Vorstellung, es mit einer gesamten Armee aufzunehmen … Aber ich greife mir vorweg.

Dieses Dröhnen, das mich weckte, erschütterte das gesamte Gebäude und zog das Klirren verschiedener schmutziger Teller nach sich, die auf dem Boden laut zerschellten.

Das darauf folgende Getöse war noch spektakulärer.

Ich zog in Erwägung, etwas zu unternehmen, erwog auch weiterzuschlafen. Dann fiel mir der Zustand meines Lehrers – der sich selber gerne als Mentor sah – ein, als dieser am Abend zuvor ins Bett gegangen war.

Das machte mich schnell hellwach. Es gibt nur eines, das unerquicklicher ist als ein Dämon von Perv, nämlich ein Dämon von Perv mit einem Kater.

Schon war ich auf den Beinen und schoss wie ein Pfeil zur Tür. (Meine Behändigkeit war eher Frucht meiner Angst als angeborenes Talent.) Ich zog die Tür auf, streckte den Kopf hinaus und sondierte das Terrain. Das Gelände um den Gasthof wirkte normal. Unverschämt üppiges Unkraut war völlig außer Kontrolle geraten und stand an manchen Stellen brusthoch. Eines Tages würde damit irgendetwas geschehen müssen, doch mein Lehrer bzw. mein Mentor – meistens waren seine Ratschläge ja auch wirklich nicht übel, das muss man ganz klar sagen – schien sich an ihrem ungezügelten Wachstum wenig zu stören; da aber kein anderer als ich der logische Kandidat fürs Jäten wäre, wenn ich das Thema anspräche, beschloss ich wieder einmal, in dieser Angelegenheit tunlichst Stillschweigen zu bewahren.

Stattdessen besah ich mir die verschiedenen niedergewalzten Stellen und frischen Trampelpfade zwischen den Pflanzen und versuchte zumindest die Richtung auszumachen, in welcher meine Beute zu suchen war. Ich war schon fast überzeugt, dass die Stille zumindest halbwegs von Dauer sein könnte, als der Boden erneut zu beben begann. Ich seufzte, richtete mich taumelnd zu voller Höhe auf, was nicht besonders hoch war, und bereitete mich darauf vor, dem Angriff entgegenzutreten.

Als Erstes kam das Einhorn in Sicht. Seine Hufe warfen riesige Erdklumpen auf, als es hinter der rechten Ecke des Gasthofes hervorpreschte.

»Butterblume!«, rief ich so gebieterisch ich konnte.

Den Bruchteil einer Sekunde später musste ich in die Deckung der offenen Tür springen, um von dem rasenden Tier nicht niedergetrampelt zu werden. Wenn ich auch ein wenig ärgerlich war über seinen Ungehorsam, so konnte ich ihm doch keinen Vorwurf machen. Es wurde von einem Drachen verfolgt, und Drachen sind nicht gerade berühmt für ihre Gewandtheit, wenn es zum plötzlichen Halt kommt.

Als habe er nur auf mein Stichwort gewartet, erschien nun der Drache auf der Bildfläche. Um genau zu sein: Er erschien nicht, sondern polterte heran und ließ den Gasthof erbeben, als er gegen die Ecke prallte. Wie ich schon sagte, haben Drachen nicht gerade besonders elegante motorische Fähigkeiten, neigen also doch eher zur Grobmotorik.

»Gliep!«, rief ich. »Hört sofort damit auf, alle beide!«

Er tat einen Satz zurück und antwortete mit einem beherzten Schlag seines Schwanzes. Glücklicherweise verfehlte diese Geste weit ihr Ziel und traf eine Mauer des Gasthofes mit einem weiteren donnernden Dröhnen.

So viel zum Erfolg meines gebieterischen Auftretens. Wenn unsere beiden Schützlinge auch nur ein bisschen ungehorsamer wären, könnte ich von Glück sagen, wenn ich mit dem Leben davonkäme. Aber ich musste sie trotzdem dazu bringen, mit ihrem Spiel aufzuhören. Wer immer das unsterbliche Sprichwort in die Welt gesetzt hat, man solle keine schlafenden Hunde wecken, hat es offensichtlich nie mit einem schlafenden Dämon versucht.

Ich sah ein paar Augenblicke zu, wie die beiden einander durch das Gras jagten, und beschloss, das Ganze auf die einfache Art und Weise zu beenden. Ich schloss die Augen und stellte mir die beiden vor, den Drachen sowie das Einhorn. Dann überlagerte ich das Bild des Einhorns mit dem des Drachen, gestaltete es kurz farblich im Geiste aus und schlug die Augen wieder auf.

Es bot sich mir der unveränderte Anblick, ein Einhorn und ein Drache, die sich in einem Unkrautfeld gegenüberstanden. Aber da ich den Zauber ausgesprochen hatte, sah ich natürlich nicht seine Wirkung. Die Wirkung ließ sich für mich nur an Glieps Reaktion ablesen.

Er neigte den Kopf, bis er nach hinten sah, und wiederholte den gleichen Prozess, um seinen Blick über die Vegetation ringsum schweifen zu lassen. Dann nahm er Butterblume wieder ins Visier.

Für ihn war sein Spielgefährte plötzlich verschwunden, von einem anderen Drachen ersetzt. All das war äußerst verwirrend, und er wollte offenbar seinen bisherigen Spielkameraden zurückhaben.

Ich muss zur Rechtfertigung meines Lieblings sagen, dass, wenn ich von einem Mangel an körperlicher und geistiger Gewandtheit sprach, damit nicht gesagt werden soll, er wäre tölpelhaft oder dumm. Er ist noch jung, weshalb er auch erst drei Meter lang ist und seine Flügel noch nicht ausgewachsen sind. Ich rechne fest damit, dass er – wenn er in vier- bis fünfhundert Jahren erst einmal ausgewachsen ist – sehr flink und klug sein wird, was ich von mir nicht behaupten kann. Sollte ich – was eher unwahrscheinlich sein dürfte – so lange leben, werde ich einzig und allein alt sein.

»Gliep?«

Endlich schaute der Drache zu mir herüber. Nachdem er seine geistigen Fähigkeiten bis zur Grenze ihrer Belastbarkeit strapaziert hatte, wandte er sich nun an mich, damit ich die Situation in Ordnung brachte oder zumindest eine Erklärung lieferte. Als Verursacher der Lage, die seine Verwirrung hervorrief, empfand ich schreckliche Schuldgefühle. Einen Augenblick lang neigte ich schon dazu, Butterblume seine richtige Gestalt wiederzugeben.

»Wenn ihr ganz sicher seid, genug Lärm zu veranstalten …«

Beim Klang der tiefen, sarkastischen Töne, die direkt hinter mir erklangen, zuckte ich unwillkürlich zusammen. All meine Bemühungen waren umsonst gewesen. Aahz war erwacht.

Ich nahm meine beste Armesünderhaltung ein und drehte mich herum, um seinem Blick zu begegnen.

Es erübrigt sich zu bemerken, dass er schrecklich aussah.

Falls jemand zufällig glaubt, dass ein mit grünen Schuppen bedeckter Dämon schon schrecklich aussieht, dann hat er bislang noch keinen mit Kater kennengelernt. Die gewöhnlich goldfarbenen Flecken in seinen gelben Augen schimmerten nun kupfern und wurden durch ein Netz pochender, orangefarbener Äderchen betont. Seine Lippen waren zu einer schmerzlichen Grimasse zurückgezogen, die noch mehr seine spitzen Zähne entblößte als sein furchterregendes *besänftigendes* Lächeln. Wie er so drohend mit in die Hüften gestemmten Armen hinter mir stand, bot er ein so erschreckendes Bild, dass selbst ein Spinnbär in Ohnmacht gefallen wäre.

Ich hatte jedoch keine Angst. Ich war mit Aahz nun über ein Jahr zusammen und wusste, dass sein Bellen tes geschähe. Doch so wie die Dinge stehen, wäre dir das Dimensionshüpfen beizubringen gefährlicher als russisches Roulette.«

»Was ist russisches Roulette?«, wollte ich wissen.

Der Gasthof zitterte, als Gliep wieder die Ecke übersah.

»Wann wirst du deinem dummen Drachen endlich beibringen, dass er auf der anderen Straßenseite spielen soll?«, schnaubte Aahz und reckte den Hals, um aus dem Fenster zu spähen.

»Ich gebe mir alle Mühe, Aahz«, erklärte ich besänftigend. »Vergiss nicht, ich habe ein ganzes Jahr gebraucht, bis er stubenrein war.«

»Erinnere mich nicht daran!«, brummelte Aahz. »Wenn es nach mir ginge, würden wir …«

Plötzlich verstummte er und neigte den Kopf zur Seite.

»Du solltest den Drachen lieber verwandeln, du Zauberserker«, verkündete er plötzlich in ebenso spöttischem wie auch drängendem Ton. »Und mach dich bereit für einen deiner Dubioser-Charakter-Typen. Wir kriegen Besuch.«

Ich bestritt seine Behauptung nicht. Es war schon lange geklärt, dass Aahz das weit bessere Gehör von uns beiden hatte.

»In Ordnung, Aahz«, stimmte ich zu und machte mich eilends an meine Aufgaben.

Der Nachteil an der Benutzung eines Gasthauses als Operationsbasis – so einsam und verwittert es auch sein mochte – war, dass gelegentlich Leute hier vorbeischauten und Unterkunft und Verpflegung haben wollten. Magik war in diesen Gegenden noch immer gesetzwidrig, und Zeugen waren das Letzte, was wir brauchen konnten.

2

»Es geht doch nichts über eine gute Kinderstube.«

M. TYSON

Aahz und ich hatten den Gasthof unter ziemlich dubiosen Umständen erworben. Um genau zu sein: Wir beanspruchten ihn als unsere rechtmäßige Kriegsbeute, nachdem wir beide (mit Unterstützung zweier abwesender Verbündeter) Isstvan, einen wahnsinnigen Zauberer, aufgespürt und zusammen mit all seinen überlebenden Verbündeten in fernab liegende Dimensionen geschickt hatten. Der Gasthof war Isstvans Operationsbasis gewesen, doch nun gehörte er uns. Trotz Aahz' ständiger Versicherungen lebte ich in der Angst, eines Tages dem rechtmäßigen Besitzer des Gasthauses über den Weg zu laufen.

Dies fiel mir unwillkürlich alles ein, während ich vor dem Gasthof auf unseren Besucher wartete. Wie ich schon sagte, besitzt Aahz ein sehr gutes Gehör. Wenn er mir sagt, dass er »ganz in der Nähe« etwas hört, so vergisst er häufig zu bemerken, dass »ganz in der Nähe« durchaus anderthalb Kilometer entfernt sein kann.

Im Laufe unserer Freundschaft habe ich ebenso festgestellt, dass sein Gehör auf merkwürdige Weise selektiv arbeitet.

Er kann hören, wie ein Echsenvogel in fünfhundert Meter Entfernung sich kratzt, scheint jedoch gelegentlich nicht in der Lage, selbst die höflichsten Bitten zu vernehmen, wie laut ich ihn auch anbrülle.

Noch immer war nichts von unserem Gast zu sehen. Ich überlegte gerade, ob ich mich aus der späten Vormittagssonne in den Gasthof zurückziehen sollte, entschied mich jedoch anders. Die Szene für die Ankunft unseres Gastes hatte ich sorgfältig arrangiert, und es war mir zuwider, sie für etwas so Nebensächliches wie persönliche Bequemlichkeit auseinanderzureißen.

Ich hatte den Verwandlungszauber in großzügiger Weise auf Butterblume, Gliep und mich selbst angewandt. Gliep sah nun wie ein Einhorn aus, eine Veränderung, die Butterblume nicht im Geringsten zu beeindrucken schien. Offensichtlich sind Einhörner bei der Wahl ihrer Spielgefährten weniger wählerisch als Drachen. Ich ließ sie beide noch beträchtlich schlampiger und ungepflegter aussehen, als sie in Wirklichkeit waren. Dies war notwendig zur Untermauerung des Eindrucks, den mein eigenes Erscheinen hervorrief.

Aahz und ich waren in den ersten Tagen unseres Aufenthalts hier zu dem Schluss gelangt, dass die beste Art, mit unerwünschten Gästen umzugehen, nicht darin bestand, sie zu bedrohen oder zu erschrecken, damit sie wieder abhauten, sondern sich so abstoßend zu geben, dass sie aus eigenem Entschluss weiterzogen. Zu diesem Zweck hatte ich allmählich eine Tarnung entwickelt, welche Fremde davon überzeugen sollte, dass sie nicht im gleichen Gasthof wie ich verweilen wollten, unabhängig von dessen Größe und der Anzahl seiner Gäste. In dieser Verkleidung pflegte ich hartnäckige Reisende als Wirt des Gasthauses zu begrüßen.

In aller Bescheidenheit will ich zugeben, dass die Verkleidung der letzte Schrei eines durchschlagenden Erfolgs war. In der Tat reagierten viele Besucher entsprechend. Sie schrien, einige sahen aus, als wollten sie sich übergeben, und andere warfen verschiedene religiöse Symbole in die Luft zwischen sich und mich. Keiner von ihnen entschloss sich, die Nacht über zu bleiben.

Als ich mit verschiedenen körperlichen Gebrechen herumexperimentierte, wies Aahz zu Recht darauf hin, dass viele Leute ein einzelnes Gebrechen gar nicht abstoßend fanden. Vielmehr empfanden es die meisten in einer Dimension wie Klah als normal. Um den gewünschten Erfolg zu sichern, legte ich sie mir alle zu.

In meiner Verkleidung bewegte ich mich unter schwerfälligem Hinken, hatte einen Buckel und eine verkrüppelte Hand, die mit sichtbarem Ausschlag befallen war. Meine wenigen restlichen Zähne waren krumm und fleckig, und die Pupille meines einen Auges zeigte Neigungen, unabhängig von der anderen umherzuwandern. Meine Nase, ja mein ganzes Gesicht war unsymmetrisch, und als Meisterstück meiner Verwandlungskünste krochen ekelerregende Läuse in meinem zottigen Haar und den zerfetzten Klamotten herum.

Der Gesamteindruck war furchterregend.

Selbst Aahz gab zu, dass er ihn beunruhigend fand, was eingedenk all der Dinge, die er auf seinen Reisen durch die Dimensionen zu Gesicht bekommen hat, wirklich ein großes Lob bedeutete.

Ich wurde aus meinen Gedanken gerissen, als unser Besucher in Sicht kam. Stocksteif saß er auf dem Rücken eines riesigen, flugunfähigen Reitvogels. Er trug keine sichtbaren Waffen und auch keine Uniform, doch sein Verhalten wies ihn weit mehr als Soldaten aus, als jegliche äußeren Attribute dies vermocht hätten. Sein Blick war wachsam und streifte misstrauisch umher, während er seinen Vogel in gemessener, gut gezügelter Gangart auf das Gasthaus zulenkte. Überraschenderweise strich sein Blick mehrere Male über mich hinweg, ohne dass er meine Anwesenheit registrierte. Vielleicht war ihm nicht klar, dass ich ein lebendiges Wesen war.

Das gefiel mir nicht. Der Mann wirkte eher wie ein Jäger, nicht wie ein zufällig daherkommender Reisender. Aber nun war er einmal da, und das hieß, sich mit ihm auseinanderzusetzen. Ich begann meinen Auftritt.

»Möchte der edle Hääärr ein Zimmer haben?«

Beim Sprechen schwankte ich mit meinem eingeübten Humpelgang nach vorn. Für den Fall, dass ihm die Raffinesse meiner Verkleidung entging, ließ ich einen üppigen Speichelfaden aus meinem Mundwinkel triefen und ungehindert über mein Kinn laufen.

Einen Augenblick hatte der Mann damit zu tun, sein Reittier wieder in die Gewalt zu bekommen. Flugunfähig oder nicht: Das Gefiedervieh versuchte, vom Boden abzuheben. Offensichtlich hatte meine Tarnung einen Urtrieb des Tiers aus der Zeit vor seinen flugunfähigen Vorfahren gereizt.

Ich wartete, den Kopf neugierig zur Seite geneigt, während der Mann versuchte, den bockigen Vogel zum Stehen zu zwingen. Endlich widmete er mir kurz seine Aufmerksamkeit. Dann wandte er den Blick von mir ab und schaute geflissentlich zum Himmel.

»Ich komme, den zu suchen, der unter dem Namen Skeeve der Zauberer bekannt ist«, erklärte er mir.

Nun war es an mir, einen Sprung zu tun. Nach allem, was ich wusste, konnte niemand wissen, wer und was und noch viel weniger, wo ich war – außer Aahz und mir.

»Das bin ich«, platzte ich heraus, vergaß mich völlig und benutzte meine normale Stimme.

Der Mann warf mir einen entsetzten Blick zu, worauf mir meine Verkleidung wieder einfiel.

»Das ist mein Herr!«, korrigierte ich eilends. »Wartet … ich gehe ihn holen.«

Ich drehte mich um und huschte hastig in den Gasthof. Aahz wartete drinnen auf mich.

»Worum geht's?«, fragte er.

»Er will … er will mit Skeeve reden! Mit mir!«, plapperte ich aufgeregt.

»So?«, meinte er pikiert. »Was machst du dann hier drinnen? Geh hinaus und sprich mit dem *Herrn*.«

»In diesem Aufzug?«

War zwar schwierig oder sogar unmöglich, aber Aahz versuchte trotzdem, seine Augen zur Decke zu rollen.

»Wer schert sich darum, wie du aussiehst?«, schnauzte er mich gleich darauf an. »Na los, Alter. Der Mann ist ein völlig Fremder!«

»*Ich* schere mich darum!«, erklärte ich mit stolzgeschwellter Brust. »Der Mann fragte nach Skeeve, dem Zauberer, und ich finde ...«

»Was hat er?«, unterbrach mich Aahz.

»Er fragte nach Skeeve, dem Zauberer«, wiederholte ich und beobachtete aus der Deckung die Gestalt vor der Tür. »Auf mich wirkt er wie ein Soldat«, fügte ich hinzu.

»Auf mich wie einer, der die Hosen voll hat«, gab Aahz zurück. »Vielleicht solltest du deine Verkleidung das nächste Mal ein wenig mildern.«

»Glaubst du, er ist ein Dämonenjäger?«, fragte ich nervös.

Anstatt meine Frage zu beantworten, wandte Aahz sich unvermittelt vom Fenster ab. »Wenn er einen Zauberer sucht, soll er einen Zauberer haben«, murmelte er. »Schnell, Junge, stülp mir die Garkin-Tarnung über.«

Wie ich früher schon bemerkt habe, war Garkin mein erster Ausbilder. Als imposante Gestalt mit Salz-und-Pfeffer-Bart stellte er eine unserer beliebtesten und häufig benutzten Verkleidungen dar. Garkin konnte ich im Schlaf.

»Ja, so ist es gut, Kleiner«, kommentierte Aahz, während er die Ergebnisse meiner Arbeit besah. »Nun halte dich dicht hinter mir und überlass mir das Reden.«

»So, wie ich bin?«, rief ich aus.

»Nur mit der Ruhe, du Hasenfuß«, besänftigte er mich. »Für dieses Gespräch bin ich du. Klar?«

Aahz war schon auf dem Weg zur Tür, ohne meine Antwort abzuwarten, und ließ mir kaum eine andere Wahl, als ihm zu folgen. »Wer erstrebt eine Audienz beim großen Skeeve?«, dröhnte Aahz mit schallendem Bass.

Der Mann warf mir erneut einen nervösen Blick zu, dann nahm er eine steife, höfliche Haltung an. »Ich komme als Gesandter Seiner Höchsten Majestät, Rodrick dem Fünften, König von Possiltum, der …«

»Was ist Possiltum?«, unterbrach ihn Aahz.

»Wie meinen?« Der Mann blinzelte.

»Possiltum«, wiederholte Aahz. »Wo liegt das?«

»Oh!«, entfuhr es dem Mann, als er endlich begriff. »Das ist das Königreich direkt östlich von hier … auf der anderen Seite des Ember-Flusses. Ihr könnt es nicht verfehlen.«

»In Ordnung.« Aahz nickte. »Fahrt fort.«

Der Mann holte tief Luft, dann stockte er mit einem Stirnrunzeln.

»… König von Possiltum …«, gab ich ihm sogleich das Stichwort.

»O ja, danke«, antwortete der Mann mit einem kurzen Lächeln, auf das wieder ein fassungsloser Blick folgte, ehe er fortfuhr: »… König von Possiltum, der jenem, der unter dem Namen Skeeve, der Zauberer, bekannt ist, seine Ehrerbietung erweist und Grüße übermittelt ...«

Er hielt inne und sah Aahz erwartungsvoll an. Er wurde mit einem freundlichen Kopfnicken belohnt. Zufrieden sprach der Mann weiter.

»Seine Majestät spricht an Skeeve, den Zauberer, eine Einladung aus, am Hofe von Possiltum zu erscheinen, um zu prüfen, ob er die Fähigkeiten für das Amt des Hofzauberers besitzt.«

»Ich fühle mich wirklich nicht qualifiziert, ein Urteil zur Eignung des Königs als Hofzauberer abzugeben«, erklärte Aahz bescheiden und beäugte den Mann wachsam. »Begnügt er sich denn nicht damit, einfach nur König zu sein?«

»Nein, nein!«, verbesserte der Mann eilfertig. »Der König möchte Eure Eignung prüfen.«

»Oh!«, sagte Aahz mit einem Anschein plötzlichen Begreifens. »Das ist natürlich eine völlig andere Angelegenheit. Nun schön. Eine Einladung von ... wer war das noch gleich?«

»Rodrick V.«, verkündete der Mann und hob stolz seinen Kopf.

»Nun«, sagte Aahz mit breitem Grinsen. »Ich habe noch nie einen *Fünften* ausgeschlagen!«

Der Mann blinzelte, runzelte die Stirn und warf mir dann einen fragenden Blick zu.

»Ihr könnt Seiner Majestät bestellen«, fuhr Aahz fort, ohne unsere Verwirrung zu bemerken, »ich werde seine freundliche Einladung gerne annehmen. Und so werde ich bei Hofe erscheinen, sobald es mir möglich ist.«

Der Mann runzelte die Stirn. »Ich glaube, Seine Majestät erwartet Euer unverzügliches Erscheinen«, bemerkte er finster.

»Natürlich«, antwortete Aahz ruhig. »Wie dumm von mir. Wenn Ihr unsere Gastfreundschaft für eine Nacht in Anspruch nehmen wollt, werden mein Assistent hier und ich glücklich sein, Euch morgen früh zu begleiten.«

Ich erkannte ein Stichwort, wenn eins fiel. Ich sabberte und fletschte die Zähne in Richtung des Boten.

Der Mann warf mir einen furchterfüllten Blick zu. »Eigentlich …«, sagte er hastig, »muss ich wirklich gehen. Ich werde Seiner Majestät sagen, dass Ihr mir direkt folgt.«

»Seid Ihr sicher, dass Ihr nicht lieber bleiben wollt?«, fragte Aahz hoffnungsvoll.

»Ganz sicher!« Der Mann brüllte seine Antwort fast, während er sein Tier bereits von uns fort dirigierte.

»Na schön«, meinte Aahz. »Vielleicht holen wir Euch auf der Straße ein.«

»In diesem Falle«, sagte der Mann und wendete seinen Vogel, »möchte ich einen Vorsprung … Ich meine, ich mache mich auf den Weg, um Euer Kommen anzukündigen.«

Ich hob die Hand, um ihm zum Abschied nachzuwinken, doch er ritt schon in vollem Galopp, trieb sein Reittier zu noch größerer Geschwindigkeit an und beachtete mich gar nicht.

»Hervorragend!«, rief Aahz aus und rieb sich freudig die Hände. »Ein Hofzauberer! Was für ein gemütlicher Broterwerb! Einen solchen Posten lässt ein König sich für gewöhnlich gern was kosten! Dabei hat der Tag so jämmerlich begonnen.«

»Wenn ich unterbrechen darf«, unterbrach ich ihn. »Dein Plan hat einen kleinen Haken.«

»Hmm? Welchen?«

»Ich will nicht Hofzauberer werden!«

Wie gewöhnlich konnte mein Protest seine Begeisterung überhaupt nicht dämpfen. »Du wolltest ja auch nicht Zauberer werden«, erinnerte er mich taktlos. »Dieb wolltest du werden. Nun, hier hast du einen schönen Kompromiss. Als Hofzauberer bist du Staatsbediensteter – und Staatsbedienstete sind Diebe in einem Maßstab, wie du Popelfurzer ihn nie für möglich gehalten hättest.«

3

»Neunzig Prozent jeder geschäftlichen Transaktion bestehen darin, sich selbst an den Kunden zu verkaufen.«

Mata Hari

»Nun lass mal sehen, ob ich das richtig verstanden habe«, sagte ich vorsichtig. »Du behauptest also, sie werden mich nicht auf Grund meiner Fähigkeiten anstellen?« Ich konnte gar nicht glauben, dass ich Aahz' Vortrag richtig interpretiert hatte.

Doch er strahlte begeistert. »Ganz recht, Bürschchen. Jetzt hast du es kapiert.«

»Nein, habe ich nicht«, erklärte ich starrsinnig. »Das ist das Verrückteste, was ich je gehört habe.«

Aahz stöhnte und bedeckte sein Gesicht mit der Hand.

So ging das, seit wir den Gasthof verlassen hatten, und kein Mensch kann das Geächze eines Dämons drei Tage lang aushalten.

»Es tut mir leid, Aahz«, sagte ich gereizt. »Aber ich glaube es einfach nicht. Ich habe vielen deiner Behauptungen beweislos Glauben geschenkt, aber das …

das verstößt doch gegen den gesunden Menschenverstand.«

»Was hat denn gesunder Menschenverstand damit zu tun?«, explodierte er. »Wir reden hier von Einstellungsgesprächen!«

Bei diesem Ausbruch schnaubte Butterblume und warf den Kopf zurück, sodass wir uns ducken mussten, um nicht in Reichweite seines Horns zu kommen.

»Ruhig, Butterblume, ruhig«, mahnte ich besänftigend.

Das Einhorn rollte zwar noch mit den Augen, verfiel aber wieder in seinen gleichmäßigen Trott. Dem Karren mit unserer Ausrüstung, den es hinter sich herzog, war nichts geschehen. Trotz solcher Vorfälle wie zuvor am Gasthof kamen Butterblume und ich sehr gut miteinander aus, und gewöhnlich gehorchte er mir auch. Sein Verhältnis zu Aahz dagegen war äußerst gespannt, insbesondere wenn dieser es sich einfallen ließ, zornig herumzubrüllen.

»Es bedarf doch nur einer kleinen Portion Freundlichkeit«, informierte ich Aahz selbstgefällig. »Du solltest es manchmal damit versuchen.«

»Wenn du schon deine dubiose Beziehung zu Tieren dämon… *äh*… demonstrierst«, gab Aahz zurück, »solltest du deinen Drachen zurückrufen. Es fehlt uns gerade noch, dass er wie ein Möchtegern-Dragoner die ganze Gegend aufscheucht.«

Ich sah mich rasch um. Er hatte recht. Gliep war wieder einmal verschwunden.

»Gliep!«, rief ich. »Komm her, Junge!«

»Gliep!«, ertönte die Antwort.

Mein Haustier benötigte keine weitere Ermahnung. Es kam aus dem Gebüsch gehüpft und trottete an meiner Seite.

»Und ich sage immer noch, wir hätten den dummen Drachen im Gasthof lassen sollen«, knurrte Aahz.

Ich beachtete ihn gar nicht und überprüfte, ob unser Gepäck, das wie Satteltaschen über seinem Rücken hing, noch sicher befestigt war. Ich persönlich war der Ansicht, dass wir viel zu viel persönliche Habe mitschleppten, aber Aahz hatte darauf bestanden. Gliep versuchte, mir einen zärtlichen Nasenstüber zu versetzen, wobei ich eine Nase voll von seinem Atem mitbekam. Einen Augenblick lang drängte sich mir die Frage auf, ob Aahz nicht doch recht damit gehabt hatte, dass wir den Drachen besser zurückgelassen hätten.

»Was sagtest du noch gleich bezüglich Einstellungsgesprächen?«, fragte ich, um das Thema zu wechseln.

»Ich weiß, dass es lächerlich klingt, Skeeve, Junge«, begann Aahz mit plötzlicher Ehrlichkeit, »und das ist es auch, aber vieles ist lächerlich, besonders in dieser Dimension. Das heißt nicht, dass wir solchen Dingen aus dem Weg gehen könnten.«

Darüber musste ich erst nachdenken. Vielen Menschen käme es lächerlich vor, einen Dämon und einen Drachen als Reisebegleiter zu haben. Und wenn ich es mir genau überlegte, kam es mir selbst reichlich albern vor.

»Na gut, Aahz«, sagte ich schließlich. »Ich kann Lächerlichkeit als real existent akzeptieren. Und nun versuch noch einmal, mir die Angelegenheit mit dem Hofzauberer zu erklären.«

Wir zogen weiter, während Aahz seine Gedanken ordnete. Zur Abwechslung zockelte Gliep friedlich neben Butterblume her, anstatt wieder einen seiner Erkundungsausflüge zu unternehmen.

»Pass auf, ob es einen Sinn ergibt«, begann er schließlich. »Hofzauberer haben nicht viel zu tun... zumindest auf dem Gebiet der Magik. Man stellt sie vorwiegend um der Schau willen an, als Statussymbol, um zu beweisen, dass der Hof so fortschrittlich ist, einen Zauberer zu berufen. Es kommt selten vor, dass man sie zu einer Aufgabe ruft. Wärst du Hofnarr, wüsstest du nicht, wo dir vor Arbeit der Kopf steht, aber nicht so als Zauberer. Vergiss nicht, viele Leute sind der Magik gegenüber äußerst scheu und wenden sie so selten wie möglich an.«

»Wenn das so ist«, sagte ich zuversichtlich, »dann habe ich die nötige Qualifikation. Mit meiner Fähigkeit, nichts zu tun, kann ich es mit jedem Zauberer auf Klah aufnehmen.«

»Da will ich dir nicht widersprechen«, kommentierte Aahz trocken. »Aber ganz so leicht ist es auch wieder nicht. Den Job zu behalten kostet nicht die geringste Mühe. Aber ihn zu bekommen kann ein harter Kampf werden.«

»Oh!«, meinte ich etwas kleinlaut.

»Und um die Stelle nun zu bekommen, musst du den König und vermutlich auch seine Berater beeindrucken«, fuhr Aahz fort. »Du wirst sie durch deine

Person, nicht durch deine Fähigkeiten beeindrucken müssen.«

»Was soll das nun wieder heißen?«, fragte ich mit gerunzelter Stirn.

»Schau mal, Kleiner. Wie ich schon sagte, ist ein Hofzauberer ein Ausstellungsstück, ein Demonstrationsobjekt. Sie werden nach einem suchen, den sie gerne sich am Hofe herumtreiben sehen würden, einen, der etwas hermacht, ob er nun etwas kann oder nicht. Du musst Selbstsicherheit ausstrahlen. Und was am wichtigsten ist: Du musst wie ein Zauberer aussehen. Wenn du dich kleiden, reden und auftreten kannst wie ein Zauberer, dann wird vielleicht niemand merken, dass du nicht die Fähigkeiten zum Zauberer besitzt.«

»Vielen Dank, Aahz!« Ich schnitt eine Grimasse. »Du tust wirklich alles, um mein Selbstvertrauen zu stärken.«

»Ach, jetzt schmolle mal nicht gleich«, ermahnte mich Aahz. »Du kannst recht schwere Objekte levitieren, nicht schlecht fliegen, und den Verwandlungszauber beherrschst du wie am Schnürchen. Für einen Anfänger stellst du dich sehr geschickt an, aber mach dir nichts vor und glaube nicht, du wärst bald ein richtiger Zauberer.«

Er hatte natürlich recht, aber ich war nicht in der Stimmung, das zuzugeben. »Wenn ich so ein wichtigtuerischer Tölpel bin«, antwortete ich steif, »warum sind wir dann unterwegs, um mich als Hofzauberer einstellen zu lassen?«

Aahz fletschte wütend die Zähne. »Du hörst nicht

zu, du Knallkopp«, knurrte er. »Die Stelle zu behalten ist ein Klacks, wenn du sie erst einmal hast. Damit wirst du klarkommen. Der knifflige Teil besteht darin, dass du überhaupt angenommen wirst. Aber zum Glück für uns beide werden wir dich mit einigen Korrekturen und ein bisschen Nachhilfe wohl gesellschaftsfähig machen können.«

»Korrekturen welcher Art?«, fragte ich und war nun unwillkürlich neugierig geworden.

Aahz inspizierte mich mit großer Geste von oben bis unten. »Als Allererstes«, erklärte er, »wäre da einmal deine Art, dich zu kleiden.«

»Was soll denn an der Art, wie ich mich kleide, nun schon wieder falsch sein?«, konterte ich abwehrend.

»Nichts«, erwiderte er unschuldig. »Zumindest wenn du dich als Bauernlümmel mit Mist an den Stiefeln darstellen willst. Aber wenn du freilich Hofzauberer werden willst, ist das eine ganz andere Angelegenheit. Kein angesehener Zauberer würde sich auch nur im Dunkeln in solcher Aufmachung sehen lassen.«

»Aber ich bin ein angesehener Zauberer!«, widersprach ich.

»Tatsächlich? Angesehen bei wem?«

Nun hatte er mich, und ich verstummte.

»Aus diesem besonderen Grund war ich so weitsichtig, ein paar Sachen aus dem Gasthof mitzubringen«, fuhr Aahz fort und wies mit ausholender Geste auf Butterblumes Gepäck.

»Und ich dachte, du würdest nur alles mitnehmen, was nicht niet- und nagelfest ist«, bemerkte ich trocken.

»Nun mach aber einen Punkt!«, warnte er mich. »Das geschieht alles zu deinem Nutzen.«

»Wirklich? Und du erhoffst dir gar nichts bei diesem Geschäft?«

Wie üblich war mein Sarkasmus bei ihm vergeudet.

»Oh, ich werde in der Nähe bleiben«, gab er zu. »Mach dir darum keine Gedanken. Nach außen hin werde ich dein Lehrling sein.«

»Mein Lehrling?«

Nun klang das mit der Anstellung bei diesem König plötzlich viel besser.

»Nach außen hin!«, wiederholte Aahz schnell. »Insgeheim wirst du mit dem Unterricht wie üblich fortfahren. Vergiss das nicht, ehe du anfängst, dich an deinem Lehrling auszulassen.«

»Natürlich, Aahz«, versicherte ich ihm. »Und wie meintest du nun, sollte ich mich anders kleiden?«

Er warf mir von der Seite einen Blick zu, offensichtlich machte ihn meine plötzliche Begeisterung misstrauisch.

»Nicht, dass an mir wirklich etwas nicht in Ordnung wäre«, fügte ich mit theatralisch finsterem Blick hinzu.

Dies zerstreute offensichtlich seine Zweifel. »Nichts ist in Ordnung an der Art, wie du dich kleidest«, brummte er. »Wir können von Glück sagen, dass die beiden Imps den Großteil ihrer Garderobe zurückließen, als wir sie mit Isstvan zum Teufel schickten.«

»Higgens und Brockhurst?«

»Ja, genau die beiden.« Aahz grinste gehässig bei dieser Erinnerung. »Eines muss man den Imps lassen:

Sie sind vielleicht nicht so gute Kaufleute wie die Täufler, aber sie wissen *wirklich*, sich flott anzuziehen.«

»Ich kann kaum glauben, dass das ganze Zeug, das du zusammengepackt hast, Klamotten sein sollen«, bemerkte ich skeptisch.

»Natürlich nicht«, stöhnte mein Meister-Mentor. »Es ist unsere Spezialeffekte-Ausrüstung.«

»Spezialeffekte?«

»Mann, hast du denn *alles* vergessen, du dämlicher Dünnbrettbohrer?«, schimpfte Aahz. »Das habe ich dir doch schon alles erzählt, als wir uns kennengelernt haben. Wie leicht Magik auch sein mag, sie darf nicht leicht *aussehen*. Man benötigt ein paar Geräte und eine Reihe unverständlicher Sprüche ... du weißt schon, so wie Garkin sie besaß.«

Garkins Hütte, wo ich meine ersten Schritte in Magik unternahm, war vollgestopft gewesen mit Kerzen, Phiolen voller seltsamer Mittel, staubigen Büchern ... Eine richtige Behausung eines Zauberers! Natürlich hatte ich in der Zwischenzeit erfahren, dass das meiste davon zur wirklichen Arbeit mit der Magik völlig unnötig war.

Ich begriff allmählich, was Aahz meinte, wenn er sagte, ich müsste eine Schau abziehen lernen.

»Wir haben einen Haufen Zeug, das wir in deine Vorführung einbauen können«, fuhr Aahz fort. »Isstvan soll den ganzen Krempel ja nicht umsonst zurückgelassen haben. Oh, und du wirst auch auf einige vertraute Gegenstände stoßen, wenn wir auspacken. Ich nehme an, die Imps bedienten sich ungeniert bei Garkin und brachten die Ausrüstungsgegenstände dann zum Gasthof.«

»Tatsächlich?«, fragte ich aufrichtig interessiert. »Haben sie auch Garkins Kessel mitgenommen?«

»Ja, stimmt! Ja, ich glaube, ich habe ihn dabei gesehen. Warum?«

»Nur so«, antwortete ich unschuldig. »Ich mochte ihn immer besonders gern, das ist alles.«

Als ich Garkin in den ersten Tagen meiner Laufzeit beobachtet hatte, war mir klar geworden, dass der Kessel Geheimnisse barg, die ich gern erfahren wollte. Und ich wollte das, wenn möglich, als Überraschung für Aahz aufheben.

»Wir werden auch etwas mit deinem körperlichen Erscheinungsbild machen müssen«, fuhr Aahz nachdenklich fort.

»Was zum ...«

»Du bist zu jung«, antwortete er und nahm meine Frage vorweg. »Keiner stellt einen jungen Zauberer ein. Sie wollen einen, der eine Weile herumgekommen ist. Wenn wir ...«

Plötzlich verstummte er und verdrehte den Hals.

»Hör mal, Bubi«, sagte er langsam mit zum Himmel gewandtem Blick. »Dein Drache ist wieder weg.«

»Gliep!«, rief ich. »Hierher, Bursche!«

Der Kopf des Drachen tauchte aus einem Busch hinter uns auf. Aus seinem Maul baumelte etwas Schleimiges mit Beinen, doch bevor ich genau erkennen konnte, worum es sich handelte, schluckte mein Liebling einmal, und das ominöse Ding war verschwunden.

»Gliep!«, sagte er stolz und leckte sich mit seiner langen gegabelten Zunge über die Lippen.

»Blöder Drache!«, murmelte Aahz finster.

»Er ist jedenfalls billig in der Haltung«, gab ich als Anspielung auf Aahz' knausriges Naturell zurück.

Während wir warteten, bis der Drache uns eingeholt hatte, hatte ich Zeit zu überlegen, dass ich zum ersten Mal keine moralischen oder ethischen Bedenken hatte, bei einem von Aahz' Plänen mitzuwirken. Selbst wenn der ahnungslose Rodrick V. auf unsere Maskerade hereinfallen und uns anstellen sollte, war ich zuversichtlich, dass der König mehr geboten bekäme, als er erwartete.

4

»Wenn angemessene Vorbereitungen und notwendige Vorsichtsmaßnahmen getroffen sind, wird jede Inszenierung zum garantierten Erfolg.«

Das Phantom der Oper

Die Kerze entzündete sich beim leisesten Zucken meines mentalen Kraftaktivierens.

Erfreut blies ich sie aus und versuchte es aufs Neue.

Ein Blick von der Seite, eine rasche Willenskonzentration, und schon stand der schwelende Docht wieder in Flammen.

Dies war der erste echte Beweis dafür gewesen, wie weit sich meine magischen Kräfte im letzten Jahr entwickelt hatten.

Ich kannte diese Kerze noch aus meiner Zeit als Garkins Schüler. Damals war sie quasi mein Waterloo gewesen, wie Aahz es nannte. Selbst wenn ich meine gesamten Energien auf die Kerze gerichtet hatte, war es mir seinerzeit nicht gelungen, sie zu entzünden. Jetzt dagegen…

Wieder schaute ich zu dem Docht, und erneut belohnte er mich mit dem Aufflackern einer Flamme.

Ich blies sie aus und wiederholte die Übung; und mein Selbstvertrauen wuchs, als mir bewusst wurde, wie leicht mir heute etwas fiel, das ich einmal für unmöglich gehalten hatte.

»Kannst du mit diesem dämlichen Kerzenquatsch endlich mal aufhören?!«

Ich fuhr beim Klang von Aahz' Gemecker zusammen, sodass ich beinahe die Kerze umgestoßen und die Decke in Brand gesteckt hätte.

»Entschuldige, Aahz«, sagte ich und blies die Kerze schnellstens ein letztes Mal aus. »Ich wollte nur …«

»Du bewirbst dich hier als Hofzauberer«, unterbrach er mich. »Und nicht als städtischer Weihnachtsbaum!«

Ganz kurz überlegte ich, ob ich Aahz fragen sollte, was ein Weihnachtsbaum war, entschied mich jedoch dagegen. Aahz wirkte ungewöhnlich reizbar und nervös, und ich war mir ziemlich sicher, dass er mir, so gut die Frage auch formuliert sein mochte, mal wieder eine sarkastische und ohne Zweifel unergiebige Antwort geben würde.

»Blödes Kerzengeflacker«, nörgelte Aahz vor sich hin. »Macht jeden Soldaten im Schloss auf uns aufmerksam.«

»Ich dachte, wir wollten ihre Aufmerksamkeit erregen«, bemerkte ich, doch Aahz beachtete mich gar nicht und spähte stattdessen durch das Licht des frühen Morgens zum Schloss hinüber.

Er musste seine Augen nicht sehr anstrengen, denn wir lagerten mitten auf der Straße direkt vor dem Haupttor des Schlosses.

Wie ich schon sagte, hatte ich den Eindruck, dass unser Lagerplatz so gewählt war, um zwangsläufig Aufmerksamkeit zu erregen.

Wir hatten uns mitten in der Nacht hierher geschleppt und mühselig unseren Weg durch die schlafenden Häuser um das Haupttor gebahnt. Da wir keinerlei Licht machen wollten, hatten wir nur wenig ausgepackt, doch selbst im Dunkeln hatte ich Garkins Kerze erkannt.

All das hing mit einem, wie Aahz das nannte, »dramatischen Auftritt« zusammen. Soweit ich bislang sagen konnte, bedeutete das, dass wir nichts auf die einfache Art und Weise tun konnten.

Mit Hilfe der von den Imps zurückgelassenen Garderobe und meiner Verwandlungszauberkünste war unser Auftritt ebenso sorgfältig auf Wirkung angelegt.

Aahz war mit einer meiner Dubiose-Typen-Verkleidungen ausgestattet. Der als Einhorn getarnte Gliep stand neben Butterblume, sodass die beiden ein passendes Paar abgaben. Meinem eigenen Äußeren hatte jedoch unsere größte Aufmerksamkeit gegolten.

Aahz und ich waren uns einig gewesen, dass die Garkin-Tarnung für diesen Zweck ungeeignet wäre. Während meine eigene Erscheinung zu jung war, war die von Garkin zu alt. Da wir die Vorstellung so gut wie frei wählen konnten, beschlossen wir, einen Zauberer von Mitte bis Ende dreißig zu entwerfen: jung, doch nicht jugendlich, erfahren, aber nicht alt, mächtig, aber noch in ständigem Lernprozess.

Diese Verkleidung zu schaffen erforderte größere Mühe als gewöhnlich, da ich kein fertiges Bild besaß, mit dem ich das meine überlagern konnte. Stattdessen schloss ich die Augen und stellte mir mein normales Aussehen vor, dann löschte ich langsam die einzelnen Züge, bis das Gesicht für den Anfang eine leere Fläche war. Dann begab ich mich an die Arbeit, wobei Aahz sorgfältig zuschaute und Vorschläge und Veränderungswünsche einbrachte.

Als Erstes veränderte ich meine Größe, bis eine Gestalt vor mir stand, die meine wirkliche Statur um anderthalb Kopf überragte. Als Nächstes kam mein Haar an die Reihe, und ich verwandelte meinen rotblonden Schopf zu finsterem Schwarz und tönte gleichzeitig meine Haut um mehrere Stufen ab.

Das Gesicht stellte uns vor die größten Probleme.

»Verlängere das Kinn noch ein wenig«, wies Aahz mich an. »Leg mal einen Bart an… nicht so viel, Dummkopf! Nur einen kleinen Knebelbart… Ja, schon besser!… Nun zieh die Koteletten etwas herunter… gut, nun eine neue Nase… schmaler… mach die Augenbrauen buschiger… nein, alles zurück, aber die Augenhöhlen etwas tiefer… und als letzten Clou wechselst du jetzt die Augenfarbe! Mach sie braun… gut, gut, und jetzt noch ein paar Falten auf der Stirn… Schön. Das müsste hinhauen.«

Ich fixierte die Gestalt in meinem Kopf und prägte

sie mir ins Gedächtnis. Sie war eindrucksvoll, wenn auch vielleicht ein wenig finsterer, als ich sie geschaffen hätte, wenn ich nach meinen eigenen Vorstellungen verfahren wäre, aber Aahz war halt der Fachmann, und ich musste mich auf sein Urteil verlassen. Ich schlug die Augen auf.

»Das ist Spitze, Herr Zauberer!« Aahz strahlte wie Hänschen aus dem Rosental. Kannte ich zwar nicht persönlich, aber egal. »Wenn du jetzt noch das schwarze Gewand der Imps mit dem rot-goldenen Putz anlegst, gibst du eine Figur ab, auf die jeder Hof stolz sein kann.«

»Haut ab hier! Ihr versperrt die Straße!«

Der grobe Befehl holte mich in die Gegenwart zurück. Ein Soldat in glänzender Ledergewandung, der mit einem gefährlich aussehenden Speer herumfuchtelte, näherte sich wütend unserem improvisierten Lager. Die Torflügel hinter ihm standen leicht offen, und ich konnte die Köpfe mehrerer anderer Soldaten sehen, die uns neugierig beobachteten.

Die Lichtverhältnisse besserten sich nach und nach, sodass ich die Mauer erkennen konnte. Es war keine großartige Mauer, kaum drei Meter hoch. Das sprach Bände. Was wir nämlich seit der Grenze zu sehen bekommen hatten, ließ auch nicht auf ein großartiges Königreich schließen.

»Seid ihr taub oder was?«, schnauzte uns der Soldat an, der mittlerweile bedrohlich nahe war. »Ich sagte, ihr sollt machen, dass ihr abhaut!«

Aahz wieselte nach vorn und stellte sich dem Soldaten in den Weg. »Skeeve der Prächtige ist eingetroffen«, verkündete er. »Und er …«

»Wer ihr seid, ist mir scheißegal!«, knurrte der Soldat und vergeudete keine Zeit, um seine Pike zwischen sich und seinem Gesprächspartner zu platzieren. »Ihr könnt nicht …«

Er verstummte unvermittelt, als seine Pike ihm aus der Hand sprang und waagerecht in der Luft schwebte, bis sie eine Barriere zwischen ihm und Aahz bildete.

Ich höchstpersönlich hatte dies bewirkt, ein simples Levitationskunststückchen. Keinen Applaus, bitte.

Ungeachtet unserer geplanten Spieleröffnung hatte ich den Eindruck, ich müsste mich direkt in die Geschehnisse mischen, ehe alles außer Kontrolle geriet.

»Ich bin Skeeve!«, erklärte ich mit dröhnendem Bass. »Und jener, den du mit deiner läppischen Waffe zu bedrohen suchst, ist mein Assistent. Wir sind hier auf Einladung Rodricks V., König von Possiltum!«

»Dem ist so, in der Tat, du elender Wurm!«, verhöhnte Aahz den Soldaten. »Nun sei ein braver Junge und lauf los! Mach Meldung, dass wir hier sind … ja?«

Wie ich schon erwähnte, war dies alles geplant, um das gemeine Volk in helles Erstaunen zu versetzen. Offensichtlich hatte der Soldat unser Drehbuch nicht gelesen. Er duckte sich weder entsetzt zu Boden, noch wand er sich vor Angst. Wenn überhaupt, so hatte unsere kleine Szene höchstens die entgegengesetzte Wirkung auf ihn.

»Ein Zauberer, wie?«, sagte er mit spöttischem Feixen. »In diesem Falle habe ich klare Order. Ab mit euch zur Hinterseite, wo all die anderen schon sind.«

Das verblüffte uns … also, zumindest *mich* verblüffte es. Nach unserem Plan wollten wir schließlich darüber streiten, ob wir das Schloss betreten und unsere Vorstellung am königlichen Hofe darbieten sollten oder ob der König sein Gefolge zu der Stelle herausbringen musste, wo wir waren. Zur Hintertür geschickt zu werden war keine Alternative, die wir in Betracht gezogen hatten.

»Zur Hinterseite?« Aahz blitzte ihn an. »Du wagst es, einem Zauberer vom Rang meines Herren vorzuschlagen, wie ein gemeiner Bediensteter die Hintertür zu nehmen?«

Der Soldat wich keinen Zentimeter. »Wenn es nach mir ginge, würde ich für euch noch viel unerfreulichere Dinge vorzuschlagen wagen. Aber ich habe nun einmal meine Befehle. Ihr werdet schön zum Hintereingang gehen wie die anderen auch.«

»Die anderen?«, fragte ich vorsichtig.

»Ganz recht«, spottete der Wachsoldat. »Der König hält für euch ›Wunderwirker‹ eine Freiluft-Audienz ab. Sämtliche käuflichen Sprücheklopfer aus acht Königreichen befinden sich in der Stadt; einige davon haben sich schon gestern Mittag eingefunden. Nun zieht endlich zum Hintereingang und gebt die Straße frei!«

Mit diesen Worten machte er auf der Stelle kehrt und marschierte zum Tor zurück; seine Pike ließ er einfach mitten in der Luft hängen.

Aahz war ausnahmsweise mal ebenso sprachlos wie ich. Offenbar war ich nicht der Einzige, den der König eingeladen hatte. Und ebenso offenbar saßen wir ganz schön in der Tinte.

5

»Auge des Wassermolches, Zehe des Frosches ...«

Vermutlich das erste Rezept eines
explosiven Gemischs ... wohl ein Vorläufer
des Schwarzpulvers

»Was machen wir nun, Aahz?«

Sobald der Wachposten außer Hörweite war, konnte ich meine normale Stimme wieder annehmen und Klartext sprechen, obwohl ich meine äußere Tarnung aufrechterhalten musste.

»Das ist ganz einfach«, antwortete er. »Wir packen unsere Sachen und ziehen um das Schloss zur Rückseite. Hast du denn nicht zugehört, du taube Nuss?«

»Aber was machen wir mit ...«

Doch Aahz hatte sich schon darangemacht, die paar Sachen, die wir ausgepackt hatten, wieder zusammenzuschnüren.

»Mach gar nichts, Zauberjunge«, warnte er mich über die Schulter. »Wir können nicht riskieren, dass einer dich bei Aufgaben eines Dieners beobachtet. Das schadet dem Image.«

»Er hat gesagt, dass noch andere Zauberer da seien!«, sprudelte es aus mir heraus.

»Hm. Und?«

»Ja, und was machen wir nun?«

Aahz blickte finster drein. »Das habe ich dir schon einmal gesagt. Wir packen unsere Sachen und …«

»Was machen wir mit den anderen Zauberern?«

»Machen? Wir machen gar nichts. Weißt du, du wirst dich ja wohl kaum duellieren wollen.« Er war fertig mit dem Zusammenpacken und trat zurück, um sein Werk zu begutachten. Mit einem zufriedenen Nicken drehte er sich um und warf einen Blick über meine Schulter hinweg.

»Unternimm was mit dem Spieß, ja, Großer?«

Ich folgte seinem Blick. Die Pike des Wachsoldaten schwebte immer noch in der Luft. Obwohl ich gar nicht mehr darüber nachgedacht hatte, hatte ein Teil meiner Mentalkraft sie in ihrer Stellung gehalten, bis ich zu einem Entschluss käme, was damit zu tun war. Die Frage lautete, was ich wirklich damit tun sollte.

»Sag mal, Aahz …«, begann ich, doch Aahz marschierte schon auf die Mauer zu.

Einen Augenblick lang blieb ich unentschlossen stehen. Der Soldat war fortgegangen, sodass ich ihm seine Waffe nicht zurückgeben konnte. Sie einfach auf die Erde fallen zu lassen, das kam mir irgendwie unangemessen läppisch vor.

Da mir nichts mit dem entsprechenden dramatischen Flair einfiel, beschloss ich, die Entscheidung zu verschieben. Im Augenblick ließ ich die Pike hinter mir herschweben, während ich Aahz folgte. Ich gab ihr etwas mehr Höhe, damit sie Gliep und Butterblume nicht gefährdete.

»Hattest du damit gerechnet, dass noch andere Zauberer hier sind?«, fragte ich, als ich meinen Lehrer eingeholt hatte.

»Eigentlich nicht«, gestand Aahz. »Natürlich bestand die Möglichkeit, ich hielt sie jedoch nicht für sehr wahrscheinlich. Aber so überraschend ist es eigentlich nicht. Ein gemütlicher Posten wie dieser lockt immer Konkurrenz an.«

Er wirkte nicht besonders aufgeregt, also versuchte auch ich, die neue Entwicklung leichtzunehmen.

»Na schön«, sagte ich, »und inwieweit verändert das nun unsere Pläne?«

»Überhaupt nicht. Zieh deine Nummer so ab, wie ich dir das gezeigt habe, dann wird schon alles klappen.«

»Aber wenn die anderen Zauberer …?«

Aahz blieb unvermittelt stehen und wandte mir das Gesicht zu. »Schau mal, Kleiner«, sagte er ernst. »Wenn ich dir auch erzähle, dass du bis zum Zaubermeister noch einen langen Weg vor dir hast, heißt das nicht, dass du ein Tölpel bist! Ich hätte dich nicht ermutigt, zu diesem Gespräch zu erscheinen, wenn ich nicht die Ansicht verträte, dass du gut genug bist, um diesen Posten an Land zu ziehen.«

»Tatsächlich, Aahz?«

Er drehte sich um und ging weiter. »Vergiss nicht, dass Klah im Vergleich mit anderen Dimensionen nicht gerade für seine Magiker berühmt ist. Du bist kein

Meister, aber Meister sind auch nicht reich gestreut. Ich wette, dass du im Vergleich zur Konkurrenz wie ein richtiger Experte wirkst.«

Das klang einleuchtend. Aahz machte keinen Hehl aus seiner geringen Meinung über Klah und seine Bewohner, einschließlich mir. Dieser letzte Gedanke reizte mich dazu, weitere Bestätigung zu suchen.

»Aahz?«

»Wasislos?«

»Wie schätzt du ganz ehrlich meine Chancen ein?«

Einen Augenblick trat Stille ein, ehe er antwortete. »Bürschchen, du weißt doch, dass du dich immer beklagst, ich würde dein Selbstvertrauen zunichtemachen?«

»Ja. Und?«

»Nun, um unser beider willen solltest du nicht so sehr auf meine ehrliche Anerkennung drängen.«

Das ließ ich dann auch bleiben.

Zum Hintereingang zu gelangen erwies sich als völlig problemlos ... insbesondere, da es keinen Hintereingang gab. Zu meiner Überraschung und Aahz' Verachtung führte die Mauer nicht rund um den Palast. Soweit ich dies feststellen konnte, war nur die vordere Mauer fertig. Die beiden Seitenmauern befanden sich im Bau, eine Hintermauer existierte nicht. Ich sollte das vielleicht näher erklären. Meine Behauptung, die Seitenmauern wären im Bau, basiert auf der Existenz von Gerüsten am Ende des Weges und nicht etwa auf realer Bautätigkeit. Sollten dort wirklich Arbeiten im Gange sein, so achtete man dabei offensichtlich auf die

Schonung des Unkrauts, das üppig zwischen den Gerüsten wuchs.

Ich begann, schwere Zweifel an dem Königreich zu hegen, mit dem ich mich verbünden wollte.

Es war schwer zu sagen, ob der Hof nun in einem Garten oder einem Innenhof abgehalten wurde, der seinen Kampf gegen das Unkraut verlor, das durch die fehlende Hintermauer hineinwucherte. Als einer, der auf dem Lande aufgewachsen war, bestand meine Grundeinstellung zu Pflanzen darin, dass es sich bei allem, das nicht essbar war und in geordneten Reihen wuchs, um Unkraut handelte.

Quasi als Reaktion auf meine Gedanken zupfte Butterblume ein riesiges Maul voll vom nächsten Büschel und begann es genüsslich zu kauen. Gliep schnüffelte am selben Busch und drehte angewidert den Kopf beiseite.

Dies alles registrierte ich nebenbei. Meine Hauptaufmerksamkeit galt dem Hof selbst. An der Palastmauer befand sich ein kleiner, an einer Seite offener Pavillon, in dessen Schutz eine Gestalt saß, wahrscheinlich der König. Zwei Männer standen dicht zu seiner Rechten und Linken. Die Menge war in zwei Gruppen geteilt. Die eine stand in einer halbwegs ordentlichen Reihe auf der einen Seite des Gartens. Ich nahm an, dass es sich hierbei um die Wartenden handelte... oder zumindest hoffte ich es, denn hier stellten wir uns an. Die zweite Gruppe stand in einem ungeordneten Haufen auf der gegenüberliegenden Gartenseite und beobachtete die Geschehnisse. Ob es sich hierbei um abgewiesene Bewerber oder lediglich um interessierte Zuschauer handelte, konnte ich nicht sagen.

Plötzlich zog ein Pärchen unter den Zuschauern meine Aufmerksamkeit auf sich. Ich hatte nicht erwartet, hier irgendwelche bekannten Gesichter anzutreffen, aber diese beiden hatte ich schon einmal gesehen. Aahz und ich hatten uns einmal für sie ausgegeben und waren dadurch sehr aufgehalten worden.

»Aahz!«, flüsterte ich eindringlich. »Siehst du die zwei dort drüben?«

»Nein«, sagte Aahz einfach, ohne sich auch nur umzudrehen und hinzuschauen.

»Aber das sind …«

»Vergiss sie«, sagte er starrsinnig. »Beobachte die Preisrichter. *Die* müssen wir beeindrucken.«

Ich musste zugeben, dass das einigermaßen Sinn ergab. Missmutig wandte ich meine Aufmerksamkeit den Gestalten im Pavillon zu.

Der König war überraschend jung, etwa Mitte zwanzig. Sein Haar trug er in einem Wuschel schulterlanger Locken, die ihn zusammen mit seinem zarten Körperbau fast weibisch aussehen ließen. Nach seiner Haltung zu schließen dauerten die Vorsprachen entweder schon eine gute Weile an, oder aber er beherrschte die Kunst, ohne konkreten Anlass völlig gelangweilt dreinzublicken. Der Mann zu seiner Linken beugte sich herab und flüsterte wichtigtuerisch dem König ins Ohr, der mit einem vagen Nicken antwortete.

Der Mann, nur wenig älter als der König, doch schon merklich kahlköpfig, trug eine Uniform und einen Umhang von graubrauner Farbe und konservativem Schnitt. Trotz seiner lockeren Haltung und seinem ruhigen Gehabe blitzten seine Augen so wachsam, dass ich an ein quicklebendiges Wiesel denken musste.

Dann regte sich die Gestalt zur Rechten des Königs und lenkte meine Aufmerksamkeit in diese Richtung. Für einen kurzen Augenblick hatte ich den Eindruck von einem pelzigen Klotz, dann begriff ich voller Schreck, dass es sich um einen Menschen handelte. Er war riesig groß und breit, sein Kopf wurde von einer dichten, schwarzen, lockigen, ungekämmten Mähne gekrönt, sein Gesicht war unter einem buschigen Vollbart kaum mehr zu sehen. Dies zusammen mit einem schweren Pelzmantel verlieh ihm ein animalisches Aussehen, das meinen ersten Eindruck dominierte. Er sprach kurz mit dem König, dann überkreuzte er mit abschließender Geste die Arme und blickte den anderen Berater an. Währenddessen ging für einen Augenblick sein Mantel auf, sodass ich ein schimmerndes Kettenhemd und eine schwere, doppelköpfige Handaxt zu sehen bekam, die von einem Gürtel an seiner Taille herabbaumelte. Mit diesem Mann galt es besser nicht in Streit zu geraten. Die Gestalt mit der Halbglatze zeigte sich unbeeindruckt und entgegnete den Blick ihres Rivalen.

Jemand stieß mir heftig in die Rippen.

»Hast du das gesehen?«, flüsterte Aahz drängend.

»Was gesehen?«, fragte ich.

»Die Ratgeber des Königs. Ein General und ein

Kanzler, wenn ich mich nicht täusche. Hast du das Goldmedaillon gesehen, das der General trug?«

»Nein, aber seine Axt«, flüsterte ich zurück.

Plötzlich verdunkelte sich das Licht im Innenhof.

Mit einem Blick zum Himmel sah ich, wie eine Wolkenbank über uns aufzog und die Sonne verfinsterte.

»Wetterbeherrschung«, murmelte Aahz mehr zu sich selbst. »Nicht schlecht.«

Der alte Mann im roten Mantel, der gegenwärtig vor dem Thron stand, gestikulierte heftig und warf eine Wolke roten Puders in die Luft, worauf ein leichter Nieselregen einsetzte.

Mein Stimmungsbarometer fiel mit dem Regen. Selbst mit Aahz' Regie für die Vorführung war meine Magik lange nicht so mächtig und eindrucksvoll.

»Aahz!«, flüsterte ich.

Anstatt zu antworten, winkte er mir, zu schweigen, ohne die Augen von dem Pavillon zu wenden.

Als ich seinem Blick folgte, sah ich, wie der General heftig auf den König einredete. Der König lauschte einen Moment, dann zuckte er mit den Achseln und sagte etwas zu dem Zauberer.

Was immer es war, dem Zauberer gefiel es nicht. Er richtete sich stolz auf und wandte sich zum Gehen, wurde jedoch sogleich vom König zurückgerufen. Der König deutete zu den Wolken hinauf, sprach ein paar Worte und lehnte sich dann zurück. Der Zauberer zögerte, dann zuckte er mit den Schultern und hob erneut an zu gestikulieren und zu singen.

»Hat ihn abgelehnt«, erklärte Aahz selbstzufrieden.

»Was macht er denn dann jetzt?«

»Vertreibt den Regen, ehe die Vorstellung weitergeht«, informierte mich Aahz.

Sogleich hörte der Regen auf, und die Wolken begannen sich zu zerstreuen, sehr zur Erleichterung des Publikums, das im Gegensatz zum König keinen Pavillon zum Schutz gegen das Unwetter hatte.

Doch dieser weitere Beweis für die Macht des Zauberers trug nicht gerade zur Stärkung meines ohnehin lädierten Selbstvertrauens bei.

»Aahz!«, flüsterte ich. »Er ist ein besserer Zauberer als ich.«

»Hm«, antwortete Aahz. »Und das besagt?«

»Wenn sie ihn schon ablehnen, habe ich nicht die geringste Chance!«

»Vielleicht, vielleicht auch nicht«, kam die nachdenkliche Antwort. »Soweit ich das sagen kann, suchen die nach etwas Bestimmtem. Wer weiß? Vielleicht bist du das. Vergiss nicht, was ich dir gesagt habe, die gemütlichen Posten bekommt nicht immer der Geschickteste. Vielmehr verhält es sich meistens genau umgekehrt.«

»Ja«, antwortete ich und versuchte, optimistisch zu klingen, »vielleicht habe ich Glück.«

»Dazu braucht es mehr als Glück«, verbesserte Aahz mich streng. »Was hast du nun bei der Beobachtung der Berater des Königs herausgefunden?«

»Sie mögen sich nicht«, bemerkte ich sogleich.

»Richtig!« Aahz wirkte überrascht und erfreut. »Das bedeutet, dass es dir vermutlich nicht gelingen kann, beiden zu gefallen. Du wirst einem der beiden schöntun müssen … oder noch besser den einen beleidigen, damit sicherst du dir das Wohlgefallen des anderen schneller als mit allen anderen Mitteln. Welchen möchtest du nun für dich gewinnen?«

Das war leichter als die erste Frage.

»Den General«, erklärte ich unumstößlich.

»Falsch! Den Kanzler willst du.«

»Den Kanzler!«, rief ich und stieß die Worte lauter als beabsichtigt hervor. »Hast du die große Axt gesehen, die der General mit sich herumschleppt?«

»Hmm«, antwortete Aahz. »Hast du gehört, wie es dem Burschen erging, der seinen Auftritt vor dem alten Rotmantel hatte?«

Ich machte die Augen zu und verkniff mir meine erste, bissige Erwiderung.

»Aahz«, sagte ich vorsichtig. »Erinnerst du dich an mich? Ich bin Skeeve. Ich bin derjenige, der nicht ein Flüstern in anderthalb Kilometer Entfernung hören kann.«

Wie üblich ignorierte Aahz meinen Sarkasmus. »Der letzte Bursche bekam nicht einmal die Gelegenheit, sein Zeug vorzuführen«, klärte er mich auf. »Der Kanzler warf einen Blick auf die Schar, die er mitgebracht hatte, und fragte ihn, wie viele Leute er in seinem Gefolge habe. ›Acht‹, sagte der Mann. ›Zu viele!‹, antwortete der Kanzler, und der arme Kerl wurde sogleich abgewiesen.«

»Das heißt?«, fragte ich grob.

»Das heißt, dass der Kanzler derjenige ist, der die Finanzen überwacht«, folgerte Aahz. »Und das heißt darüber hinaus, dass er größeren Einfluss besitzt als der General. Schau dir diese dummen Mauern an. Glaubst du, ein Militär würde eine Mauer halb fertig stehen lassen, wenn er das Sagen hätte? Jemand kam zu dem Schluss, dass ihr Bau zu große Summen verschlang, sodass das Projekt vertagt oder aufgegeben wurde. Ich wette, dieser Jemand war der Kanzler.«

»Vielleicht sind ihnen die Steine ausgegangen«, schlug ich vor.

»Jetzt komm aber, Junge! Willst du mich auf den Arm nehmen, oder was? Nach allem, was wir seit der Grenze gesehen haben, besteht der größte Teil der landwirtschaftlichen Erträge dieses Königreiches aus Steinen.«

»Aber der General …«

Während ich sprach, schaute ich wieder in die Richtung des Generals. Zu meiner Überraschung und meinem Missfallen starrte er mich direkt an. Und sein Blick war keineswegs freundlich.

Ich zögerte einen Moment und hoffte, dass ich mich täuschte.

Der Blick des Generals blieb starr auf mich gerichtet, und seine Miene wurde nicht freundlicher. Wenn sie sich überhaupt veränderte, so höchstens, dass sie noch widerlicher wurde.

»Aahz …«, zischte ich verzweifelt, ohne meinen Blick vom General wenden zu können.

Nun starrten auch der König und der Kanzler in meine Richtung, nachdem sie durch den General aufmerksam geworden waren.

»Kindskopf!« Aahz stöhnte übertrieben laut. »Ich sagte dir doch, du solltest etwas mit dem Spieß unternehmen!«

Die Pike! Ich hatte sie völlig vergessen!

Ich löste meinen Blick vom General und schaute, so unauffällig es ging, hinter mich.

Butterblume und Gliep standen immer noch geduldig hinter uns, und über ihnen schwebte fröhlich die Pike des Wachmanns. Ich schätze, das war schon ein bisschen auffällig.

»Du!«

Beim Dröhnen dieser Stimme kehrte ich mich dem Pavillon zu. Der General war vorgetreten und deutete mit gewaltigem Finger auf mich.

»Ja, du!«, brüllte er, als unsere Blicke sich wieder begegneten. »Wo hast du diesen Spieß her? Er gehört der Palastwache.«

»Ich glaube, jetzt hast du gleich deinen Auftritt, Junge«, murmelte Aahz. »Gib dir alle Mühe, dass sie geradewegs von den Socken sind!«

»Aber …«, widersprach ich.

»Das erübrigt uns das Schlangestehen!«

Mit diesen Worten trat Aahz einen großen Schritt zurück. Der Effekt war der gleiche, als wäre ich einen Schritt vorgetreten, was ich definitiv nicht getan hatte. Doch da nun die Aufmerksamkeit des ganzen Hofes auf mich gerichtet war, hatte ich keine andere Wahl, als den Sprung zu wagen.

6

»That's entertainment!«

Vlad der Pfähler

Ich kreuzte die Arme vor der Brust und ging gemessenen Schrittes auf den Pavillon zu.

Aahz hatte darauf bestanden, dass ich diesen Gang übte. Er sagte, damit würde ich sicher und selbstbeherrscht wirken. In dem Augenblick, da ich nun tatsächlich vor einen König trat, stellte ich fest, dass mir dieser Gang weniger als Demonstration von Arroganz diente als dazu, die Schwäche in meinen Beinen zu verbergen.

»Nun?«, polterte der General vor mir drohend. »Ich habe dir eine Frage gestellt! Wo hast du diese Pike her? Antworte lieber, ehe ich in Wut gerate!«

Irgendwo in mir schnappte etwas ein. Jegliche Angst, die ich gegenüber dem General und seiner Axt empfunden hatte, verflog und wich einem berauschenden Gefühl von Stärke.

Ich hatte bei meinem ersten Besuch auf dem Basar von Tauf herausgefunden, dass ich es verabscheute, von vierschrötigen, großmäuligen Täuflern bedrängt zu werden. Nun stellte ich fest, dass ich es genauso wenig ausstehen konnte, wenn einer meiner Mitbürger von Klah sich als großmäuliger Kraftprotz erwies.

Der Kerl will mir also Angst machen?

Mit einem kleinen Ruck meiner Gedanken rief ich den Spieß. Ohne mich umzudrehen, ließ ich ihn über meine Schulter fliegen mit Kurs auf die Brust des Generals.

Der General sah ihn kommen und erblasste. Er trat überrascht einen Schritt zurück, erkannte, dass es zum Ausweichen zu eng war, und griff wie hektisch nach seiner Axt.

Einen Meter vor seiner Brust hielt ich die Pike an und ließ sie so vor ihm schweben, dass ihre Spitze auf sein Herz gerichtet war.

»Diese Pike?«, fragte ich beiläufig.

»Ähä …«, antwortete der General, ohne einen Blick von der Waffe zu wenden.

»Diese Pike nahm ich einem allzu grobschlächtigen Soldaten ab. Er sagte, er handele auf Befehl. Solltet Ihr zufällig diese Befehle erlassen haben?«

»Ich … äh …« Der General leckte sich über die Lippen. »Ich gab den Befehl aus, dass meine Männer Fremde in angemessener Weise behandeln. Ich sagte kein Wort, dass sie dabei unhöflich sein sollten.«

»In diesem Falle …« Ich neigte die Pike um 90 Grad, sodass sie den General nicht länger bedrohte. »Ich überreiche Euch die Pike, damit Ihr sie dem Wachposten mit einer Präzisierung Eurer Befehle zurückgebt.«

Der General zögerte, blickte finster drein und streckte

schließlich die Hand aus, um die schwebende Pike zu packen. Genau ehe er zufassen konnte, ließ ich sie auf den Boden fallen, wo sie scheppernd aufschlug.

»Und möglichst mit ein paar zusätzlichen Anweisungen, wie der Kerl und seine Kollegen mit ihren Waffen umgehen sollten«, schloss ich.

Der General lief rot an und machte sich daran, die Pike aufzuheben. In diesem Augenblick kicherte der Kanzler, sodass der General herumfuhr und ihm einen bösen Blick zuwarf. Der Kanzler feixte ungeniert und flüsterte dem König etwas ins Ohr, woraufhin dieser ein Lächeln unterdrücken musste.

Der General drehte sich wieder zu mir um, ließ die Pike Pike sein und blickte von seiner gewaltigen Höhe auf mich herab.

»Wer bist du?«, erkundigte er sich in einem Ton, aus dem hervorging, dass mein Name sofort an die erste Stelle seiner Liste für öffentliche Hinrichtungen wandern würde.

»Wer begehrt das zu wissen?« Ich erwiderte seinen Blick, ohne meine Angst völlig überwunden zu haben.

»Der Mann, mit dem Ihr sprecht«, schaltete sich nun der König ein, »ist Hugh Badaxe, Oberbefehlshaber der Königlichen Armeen von Possiltum.«

»Und ich bin J. R. Grimbel«, beeilte sich der Kanzler hinzuzufügen, aus Angst, übergangen zu werden. »Erster Berater Seiner Majestät.«

Der General warf Grimbel wieder einen giftigen Blick zu. Ich beschloss, dass es an der Zeit war, zur Sache zu kommen.

»Nun, ich bin der Zauberer, den man unter dem Namen Skeeve kennt«, begann ich großspurig. »Ich kam auf die freundliche Einladung Seiner Edelsten Majestät Rodrick V.«

Für einen Moment unterbrach ich meine Ansprache und verbeugte mich leicht in Richtung des Königs, der mir daraufhin zunickte.

»Ich bin gekommen, um mir ein Bild darüber zu machen, ob ich eine Stellung am Hofe von Possiltum in Betracht ziehen könnte.«

Diese letzte Formulierung war von Aahz sehr sorgsam zurechtgelegt worden. Sie sollte mein Selbstbewusstsein verdeutlichen und zeigen, dass ich die Wahl traf und nicht sie.

Diese Feinheit war dem Kanzler nicht entgangen, der bei meinen Worten kritisch eine Augenbraue hob.

»Nun denn, eine solche Stellung bedarf des Vertrauens beider Seiten«, fuhr ich fort. »Ich muss die Gewissheit haben, für meine Dienste reich belohnt zu werden, und Seine Majestät muss sicher sein, dass meine Fähigkeiten seine Großzügigkeit wert sind.«

Ich drehte mich ein wenig zur Seite und sprach lauter zum ganzen Hof hin gerichtet.

»Die Großzügigkeit der Krone von Possiltum ist allgemein bekannt«, verkündete ich. »Und ich bin fest überzeugt, dass Seine Majestät seine Gefolgschaft entsprechend ihren Diensten entlohnt.«

Hinter mir erklang ein unterdrücktes, würgendes Geräusch, das, wie ich annahm, vom General stammte, doch ich schenkte ihm keine Beachtung.

»Deshalb bedarf es wohl lediglich des Beweises für Seine Majestät und alle Berater, dass meine Talente tatsächlich jeglichen Ansprüchen genügen werden.«

Ich wandte mich wieder zum Thron und ließ den König mein heimliches Lächeln sehen, das die Bescheidenheit meiner Worte Lügen strafte.

»Euer Majestät, ich verfüge über zahlreiche und vielseitige Kräfte. Doch das Wesentliche besteht darin, eine Kraft in der Gewalt zu haben. Da ich mir nun darüber im Klaren bin, dass Ihr ein vielbeschäftigter Mann seid, will ich Eure Zeit nicht mit Hokuspokus und zweitklassigen Vorführungen vergeuden, wie wir sie bisher gesehen haben. Ich will hier lediglich drei Zauber ersinnen und vertraue Eurer Weisheit, deren Reichweite zu erkennen.«

Ich drehte mich um und streckte den Finger aus, um auf Gliep und Butterblume zu deuten.

»Dort drüben steht mein vielbewundertes Einhornpaar«, begann ich theatralisch. »Wären Euer Majestät so freundlich, eines davon auszuwählen?«

Der König blinzelte überrascht, dass er an meiner Demonstration teilnehmen sollte. Einen Augenblick lang zögerte er.

»Hmmm… ich nehme das zur Linken«, sagte er schließlich und deutete auf Butterblume.

Ich verneigte mich leicht.

»Sehr wohl, Euer Majestät. Auf Euer Wort hin soll jene Kreatur verschont werden. Beobachtet nun die andere genau.«

Das war in Wirklichkeit ein weiterer kleiner Trick,

den Aahz mir beigebracht hatte. Er heißt »Überzeugungsfalle« und gestattet dem Vorführenden, dem Publikum eine Wahl zu lassen, die in Wirklichkeit gar keine Wahl ist. Hätte der König Gliep ausgesucht, wäre ich mit der Erklärung an die Arbeit gegangen: »Auf Euer Wort hin ist diese Kreatur dem Untergang geweiht.«

Langsam richtete ich meinen Finger auf Gliep und senkte den Kopf ein wenig.

»Walla walla Washington!«, flüsterte ich düster.

Ich wusste nicht, was die Worte zu bedeuten hatten, doch Aahz hatte mir versichert, dass sie von geschichtlicher Herkunft waren und die Leute überzeugen würden, dass ich wirklich etwas Schwieriges vollbrachte.

»Alla kazam schazam«, fuhr ich fort und hob dabei den anderen Arm. *»Bibbity bobbity …«*

Mittels meiner Mentalkräfte hob ich Glieps Verkleidung auf.

Die Menge reagierte mit einem Aufstöhnen, das mein abschließendes »Goo-gliep« übertönte.

Doch mein Drache hörte seinen Namen und reagierte sogleich. Er hob den Kopf und schleppte sich schwerfällig nach vorn, um artig an meiner Seite stehen zu bleiben. Wie geplant war Aahz sofort an eine Stelle in der Nähe von Glieps Kopf gestürzt und stand dort wachsam und bereit.

Damit wollten wir zu erkennen geben, dass wir alle Schwierigkeiten, die sich mit dem Drachen ergeben könnten, bewältigen würden. Doch die Reaktion der Menge auf Aahz überstieg noch ihren Schrecken angesichts der Verwandlung eines Einhorns in einen Drachen. Ich hatte nicht mehr daran gedacht, wie wirksam die Dubioser-Charakter-Tarnung war. Aus Angst, meine Vorführung könnte an Ausdruckskraft verlieren, fuhr ich schnell fort.

»Dieser missgestaltete, arme Teufel ist mein Lehrling Aahz«, verkündete ich. »Ihr fragt Euch vielleicht, ob es in seiner Macht steht, den Drachen zu bezwingen, falls das Tier bösartig werden sollte. Ich kann Euch sagen : Dies ist nicht der Fall!«

Die Menge schreckte nervös zurück. Im Augenwinkel sah ich, wie die Hand des Generals zum Schaft seiner Axt fuhr.

»... wohl aber steht es in meiner Macht! Nun wisst Ihr, dass die Kräfte der Finsternis für Skeeve keine Unbekannten sind!« Ich wirbelte herum und stieß mit dem Finger in Aahz' Richtung. *»Bobbelty gook, Krümel und Martyrien!«*

Ich hob Aahz' Tarnung auf.

Einen Augenblick lang herrschte fassungsloses Staunen, dann lächelte Aahz. Aahz' Lächeln ist bekannt dafür, selbst starken Männern die Knie weich zu machen, und in der Menge befanden sich viele starke Männer.

Die Zuschauer trampelten einander fast nieder in ihrer Hast, sich von dem Dämon zu entfernen, und zwischen den kreischenden Schreien waren eilends ausgestoßene Schutzformeln zu hören.

Ich drehte mich wieder zum Thron um. Der König und der Kanzler schienen es gut aufzunehmen. Sie waren gefasst, wenn auch ein wenig bleich. Der General blickte finster und nachdenklich zu Aahz hinüber.

»Als Dämon verfügt mein Lehrling über die Fähigkeit, den Drachen zu bezwingen, falls dies notwendig werden sollte. Dies liegt in meiner Macht. Doch Macht muss durch Freundlichkeit, ja Höflichkeit, wenn Ihr so wollt, gemäßigt werden.« Ich erlaubte mir eine nachdenkliche Miene. »Um seine Feinde zu verwirren oder Verbündete zu werben, bedarf es keiner offenen Machtdemonstration oder Drohung. Für solche Gelegenheiten kann man seine Fähigkeiten tarnen, bis man nicht verdächtiger aussieht … als irgendein junges Bürschchen.«

Mit diesen abschließenden Worten hob ich meine eigene Maskierung auf und stand nun in meiner ganzen jugendlichen Glanzlosigkeit da. Wahrscheinlich hätte ich irgendwelche erfundenen Beschwörungsformeln benutzen sollen, doch ich hatte schon alle eingesetzt, die Aahz mich gelehrt hatte, und traute mich nicht, mit neuen herumzuexperimentieren.

Der König und der Kanzler starrten mich eindringlich an, als versuchten sie, allein mit ihrer Willenskraft meine magische Verkleidung zu durchdringen. Der General hielt es ähnlich wie Aahz, der die Arme überkreuzte und seine Zähne zu einem beruhigenden Lächeln fletschte.

Zur Abwechslung teilte ich einmal seine Zuversicht. Lass sie gaffen. Es war zu spät, meine Magik zu entlarven, weil ich keine mehr anwandte. Obwohl die königliche Truppe und das gesamte Publikum überzeugt waren, Zeugen eines mächtigen Fluches zu sein, hatte ich in Wirklichkeit nichts anderes getan, als den Zauber aufzuheben, der ihre Sicht beeinträchtigt hatte. Im Augenblick hatten wir alle – Aahz, Butterblume, Gliep und ich – unser normales Aussehen, wie außergewöhnlich wir auch erscheinen mussten. Selbst die fähigste Zaubersehkraft konnte einen nicht-existierenden Zauber nicht durchdringen.

»Wie Ihr seht, Euer Majestät«, schloss ich, »gehen meine Fähigkeiten weit über das Übliche hinaus. Sie vermögen den Sanften furchterregend, den Mächtigen harmlos erscheinen zu lassen. Sie sind in der Lage, Eure Feinde zu vernichten oder Euren Hofstaat zu unterhalten, ganz nach Eurem Gutdünken. Sprecht ein Wort, bekundet Eure Zustimmung, und Skeeves Kräfte unterstehen Eurem Befehl.«

Ich richtete mich auf, neigte den Kopf respektvoll und blieb stehen, um das Urteil des Throns zu vernehmen.

Mehrere Augenblicke vergingen, ohne dass ein Wort fiel. Schließlich riskierte ich einen Blick zu dem Pavillon.

Der Kanzler und der General debattierten erhitzt im Flüsterton über dem Kopf des Königs, der seinen Kopf bald hierhin, bald dorthin neigte, je nachdem, wer gerade sprach. Da mir klar war, dass das eine Weile dauern konnte, hob ich schließlich den Kopf und wartete ab.

»Skeeve!«, rief der König plötzlich und unterbrach

damit den Streit seiner Berater. »Was Ihr da mit der Pike vollführt habt… Könnt Ihr immer so leicht mit Waffen umgehen?«

»Ein Kinderspiel, Eure Majestät«, antwortete ich bescheiden. »Ich zögere, es überhaupt als besondere Kraft auszugeben.«

Der König nickte und sprach kurz in gedämpftem Ton mit seinen Ratgebern. Als er zum Ende gekommen war, lief der General rot an, machte auf dem Absatz kehrt und entfernte sich ins Innere des Palastes. Der Kanzler lächelte selbstzufrieden.

Ich riskierte einen Blick zu Aahz, der mir zuzwinkerte. Obwohl er weiter entfernt stand, hatte er offensichtlich durch sein gutes Gehör die Entscheidung des Königs mitbekommen.

»Mögen alle hier Versammelten Zeugen sein!«, erhob der Kanzler seine wohlklingende Stimme. »Rodrick V., König von Possiltum, belobigt hiermit das magische Geschick und Wissen eines gewissen Skeeve und ernennt ihn offiziell zum Hofzauberer von Possiltum. Applaudiert alle der Berufung seines Zaubermeisters… und geht dann nach Hause.«

Meine bezwungenen Rivalen spendeten halbherzig Beifall, und manch einer warf mir böse Blicke zu. Ich beachtete weder das eine noch das andere, während ich versuchte, die Worte des Kanzlers zu begreifen.

Ich hatte es geschafft! Ich war Hofzauberer. Von sämtlichen Zauberern aus acht Königreichen war ich ausgewählt worden! Ich! Skeeve!

Plötzlich bemerkte ich, wie der Kanzler mir zunickte, ich solle vortreten. Ich bemühte mich, lässig zu wirken, als ich mich dem Thron näherte.

»Herr Zauberer«, sagte der Kanzler mit einem Lächeln. »Wenn Ihr mögt, können wir nun die Frage Eurer Entlohnung erörtern.«

»Diese Angelegenheit regelt mein Lehrling«, klärte ich ihn dünkelhaft auf. »Ich ziehe es vor, mich nicht mit solchem weltlichen Tand zu belasten.«

Wir hatten nämlich vereinbart, dass Aahz die Lohnverhandlungen führen sollte, da seine Kenntnisse der Magik nur noch durch sein Geschick beim Feilschen übertroffen wurden. Ich wandte mich um und winkte ihn heran. Er eilte sofort hinzu, zumal er schon durch sein Mitlauschen Bescheid wusste.

»Das hat Zeit, Grimbel«, unterbrach der König. »Dringlichere Angelegenheiten erfordern die Aufmerksamkeit unseres Zauberers.«

»Ihr braucht nur zu befehlen, Majestät«, sagte ich mit einer großartigen Verbeugung.

»Schön!« Der König gab den Strahlemann. »Dann berichtet General Badaxe sogleich von Eurem Plan.«

»Welchem Plan?«, fragte ich aufrichtig verwirrt.

»Dem Plan bezüglich der Invasionsarmee natürlich«, entgegnete Seine Majestät.

In meinem Hinterkopf ging eine Alarmsirene los. »Invasionsarmee?«, fragte ich vorsichtig und leicht verwirrt. »Was denn für eine Invasionsarmee?«

»Na, diejenige, die just an unseren Grenzen steht«, erklärte der Kanzler. »Warum sonst sollten wir plötzlich einen Zauberer benötigen?«

7

»Zahlenmäßige Überlegenheit
besagt noch gar nichts.
Der Taktiker ist es, der den
Sieg im Kampf davonträgt.«

General A. Custer

»Ein gemütliches Pöstchen, hat mir einer erzählt. Mit Zeit zum Üben, hat mir einer erzählt! Das reinste Zuckerschlecken, hat mir einer erzählt!«

»Jetzt lass mal die Luft ab, Kindskopp!«, knurrte Aahz.

»Die Luft ablassen? Aahz, hast du denn nicht zugehört? Ich soll eine Armee aufhalten! Ich!«

»Es könnte schlimmer sein«, widersprach Aahz hartnäckig.

»Ach ja? Und wie?«, fragte ich grob.

»Du könntest ohne mich vor dieser Aufgabe stehen«, erwiderte er. »Denk mal darüber nach.«

Das tat ich denn und beruhigte mich sogleich. Obwohl meine Beziehung zu Aahz mich ständig in enorme Schwierigkeiten zu bringen schien, so hatte er mich auch ausnahmslos wieder daraus befreit… bislang. Es wäre das Letzte gewesen, was ich vorhatte, ihn genau dann zu vertreiben, wenn ich ihn am dringendsten brauchte.

»Was also soll ich tun, Aahz?«, fragte ich und stöhnte dabei vernehmlich.

»Wenn du mich fragst«, meinte Aahz lächelnd, »zuerst mal nicht in Panik geraten, solange wir nicht die ganze Geschichte kennen. Vergiss nicht, es gibt solche und solche Armeen. Nach allem, was wir wissen, könnte die schwach genug sein, dass wir sie ratzfatz kurz und klein schlagen.«

»Und wenn nicht?«, fragte ich skeptisch.

»Darüber machen wir uns Gedanken, wenn es so weit ist«, antwortete Aahz und seufzte. »Als Erstes wollen wir uns mal anhören, was der alte Badaxe zu sagen hat.«

Da mir keine Antwort darauf einfiel, hielt ich den Mund. Unter finsterem Schweigen hielt ich mit meinem Mentor Schritt, während wir nach den Anweisungen des Kanzlers durch die Gänge des Palastes liefen.

Es wäre einfacher gewesen, wie angeboten eine Begleitung anzunehmen, um zu unserem Ziel zu gelangen, aber ich war äußerst erpicht darauf gewesen, mit Aahz alleine zu sprechen. Folglich hatten wir Gliep und Butterblume mit unserer Ausrüstung im Innenhof gelassen und suchten auf eigene Faust die Gemächer des Generals.

Der Palast war ein derartiges Labyrinth von Korridoren, dass ich mich fragte, ob es hier nicht mehr Gänge als Zimmer gab. Unser Weg wurde noch erschwert durch die Lichtverhältnisse oder vielmehr das mangelnde Licht. Obwohl in die Wände viele Fackelhalter eingelassen waren, schien nur jeder vierte benutzt zu werden, und das Licht, das jene Fackeln verbreiteten, war mehr als unzulänglich, um sich in diesem vermaledeiten Labyrinth zurechtzufinden.

Ich bemerkte Aahz gegenüber, dass dies ein weiterer Beweis für die knausrige Natur des Königreiches war. Seine knappe Antwort lautete, dass sie umso mehr Geld für Luxusartikel wie uns ausgeben konnten, je mehr sie an Gesamt- und Unterhaltungskosten einsparten.

Er versuchte, mir hartnäckig das Konzept einer »Energiekrise« zu erklären, als wir um eine Ecke bogen und die Gemächer des Generals erblickten.

Sie waren leicht als solche auszumachen, da dies auf unserem ganzen Weg die einzige Tür war, die von zwei Ehrenwachen flankiert wurde. Ihre polierten Rüstungen blitzten auf den breiten Schultern, während sie unser Kommen aus zusammengekniffenen Augen beobachteten.

»Sind dies die Quartiere von General Badaxe?«, erkundigte ich mich höflich.

»Seid Ihr der Zauberer mit Namen Skeeve?«, gab der Soldat zurück.

»Das Bürschchen hat dir eine Frage gestellt, Soldat!«, mischte Aahz sich ein. »Wirst du nun antworten, oder bist du so stupide, dass du nicht weißt, was sich jenseits der Tür befindet, die du bewachst?«

Der Wachsoldat lief rot an, und ich bemerkte, wie

die Handknöchel des anderen, der seine Pike fest umklammert hielt, sich weiß abzeichneten. Es kam mir in den Sinn, dass es vielleicht nicht die klügste Strategie war, sich jetzt, nachdem ich den Job bekommen hatte, noch mit dem Militär anzulegen.

»Äh … Aahz …«, murmelte ich.

»Ja. Ja! Das ist das Quartier von General Badaxe … Sir!«, bellte der Gardist plötzlich los.

Offensichtlich bestätigte die Nennung des Namens meines Mitarbeiters meine Identität, obgleich ich mich fragte, wie viele Fremde sonst mit riesigen, schuppigen Dämonen hier durch die Gänge schlenderten. Das abschließende, schwer abgerungene »Sir« war ein Tribut an meine Darbietung im Schlosshof. Offensichtlich waren die Leibwachen angewiesen worden, sich höflich zu verhalten, zumindest mir gegenüber, wie schwer es ihnen auch offensichtlich fallen mochte.

»Danke, Gardist«, sagte ich leichthin und pochte mit der Faust an die Tür.

»Außerdem«, fügte der Wachposten hinzu, »hat der General Anweisung gegeben, dass Ihr direkt eintreten sollt.«

Die Tatsache, dass er diesen Informationsteil zurückgehalten hatte, bis ich geklopft hatte, bewies, dass die Soldaten ihre Missachtung gegenüber Zauberern keineswegs völlig aufgegeben hatten, sondern eher auf subtilere Methoden sannen, um sie zu ärgern.

Ich bemerkte, dass Aahz zu einer neuen Debatte mit dem Wachposten ansetzen wollte, öffnete hastig die Tür und trat ein, sodass er mir folgen musste.

Der General stand am Fenster, das hereinfallende Licht umriss seine Konturen. Er drehte sich zu uns um, als wir den Raum betraten.

»Aha! Kommt herein, meine Herren«, brummte er in sanften Tönen. »Ich habe Euch erwartet. Nehmt Euch Wein, wenn Ihr mögt.«

Ich fand sein unvermitteltes freundliches Gebaren noch beängstigender als seine frühere Demonstration von Feindseligkeit. Aahz jedoch machte sich gar nichts daraus und ergriff sofort den dargebotenen Weinkrug. Einen Augenblick lang dachte ich, er würde einen der Becher füllen, die auf dem Tablett neben dem Krug standen, um ihn mir zu reichen. Stattdessen nahm er einen tiefen Zug aus dem Krug selbst und behielt ihn in der Hand, wobei er sich genüsslich die Lippen leckte. Es war ganz hübsch, dass einige Dinge inmitten des Chaos, in welches sich mein Leben verwandelt hatte, unverändert blieben.

Der General runzelte angesichts dieser Darbietung kurz die Stirn, dann bemühte er sich, wieder die joviale Miene aufzusetzen, mit welcher er uns auch begrüßt hatte.

»Ehe wir mit der Planung beginnen«, sagte er lächelnd, »muss ich mich für mein ungehobeltes Benehmen während der Vorstellung entschuldigen. Grimbel und ich haben … unterschiedliche Auffassungen zur gegenwärtigen Situation, und ich fürchte, dass ich das an Euch ausgelassen habe. Dafür möchte ich mich entschuldigen. Gewöhnlich habe ich nichts gegen Zauberer als Gruppe oder Euch im Besonderen.«

»Whoa! Wartet eine Minute, General!«, unterbrach ihn Aahz. »Was haben wir denn mit Eurem Streit mit Grimbel zu tun?«

Das Aufblitzen in den Augen des Generals strafte seine vornehmtuerische Sprechweise Lügen. »Es ist die Fortführung einer alten Diskussion über die Bewilligung von Geldern«, erklärte er. »Als wir die Nachricht von der heranrückenden Streitmacht erhielten, riet ich dem König zur sofortigen Verstärkung unserer eigenen Armee, damit wir unsere Pflicht, das Reich zu verteidigen, angemessen erfüllen konnten.«

»Der Rat klingt mir ganz vernünftig«, warf ich ein und hoffte, mein Ansehen beim General zu verbessern, indem ich ihm zustimmte.

Badaxe reagierte jedoch mit einem starren Blick. »Seltsam, das gerade von Euch zu hören, Zauberer«, bemerkte er eisig. »Grimbels Ratschlag lautete, das Geld anders einzusetzen, nämlich zur Einstellung eines Zauberers.«

Plötzlich wurde klar, warum wir vom General und den Soldaten nicht gerade mit den offenen Armen der Kameradschaft empfangen wurden. Nicht nur, dass man ihnen anstatt ihrer Verstärkung uns vor die Nase gesetzt hatte, sondern unsere Präsenz war auch ein Schlag gegen ihre Fähigkeiten.

»Na schön, General«, stimmte Aahz zu. »Das ist ja wohl erst mal alles gegessen. In welcher Klemme sitzen wir denn nun?«

Der Blick des Generals wanderte zwischen Aahz und mir hin und her, offenbar wunderte er sich, dass ich meinem Lehrling die Leitung in diesem Gespräch überließ. Als ich Aahz nicht wegen seines vorlauten Gehabes zurechtwies, zuckte der General mit den Schultern und trat zu einem Stück Pergament an der Wand.

»Ich glaube, das hier zeigt die Situation ganz eindeutig«, erklärte er.

»Was ist das?«, wollte Aahz wissen.

Der General wollte eine scharfe Bemerkung machen, riss sich dann aber zusammen.

»Das hier«, sagte er leichthin, »ist eine Karte des Königreiches, das Ihr verteidigen sollt. Es heißt Possiltum.«

»Ja, natürlich.« Ich nickte eilig. »Fahrt fort.«

»Diese Linie hier im Norden unserer Grenze stellt die vorrückende Armee dar, mit der Ihr es aufnehmen sollt.«

»Schade, dass Ihr es nicht im richtigen Maßstab hinbekommen habt«, bemerkte Aahz. »So sieht es ja aus, als sei die feindliche Front länger als Eure Grenze.«

Der General fletschte die Zähne. »Die Zeichnung *ist* im richtigen Maßstab«, betonte er. »Vielleicht begreift Ihr nun den Umfang der Aufgabe, die vor Euch liegt.«

Mein Kopf wollte seine Erklärung gar nicht wahrhaben. »Also wirklich, General«, tadelte ich ihn. »Gewiss überzeichnet Ihr den Fall. In keinem Königreich gibt es ausreichend Leute, um eine so lange Front aufzustellen.«

»Zauberer!« Die Stimme des Generals klang bedrohlich. »Ich habe meinen gegenwärtigen Rang nicht erworben, weil ich militärische Situationen überzeichnet habe. Die Armee, der Ihr gegenübersteht, ist die stärkste Streitmacht, die die Welt je gesehen hat. Es handelt sich um die kampfstarke Armee eines wachsenden Reiches im Norden. Sie rückt nun seit drei Jahren vor, verleibt sich alle kleineren Königreiche ein und walzt jeden Widerstand nieder. Alle tauglichen Männer der eroberten Länder werden zum Militärdienst einberufen, sodass ihre Reihen nun die Größe angenommen haben, wie Ihr sie auf der Karte seht. Der einzige Grund, dass sie nicht noch schneller vorrücken, besteht darin, dass sie zusätzlich zu der zahllosen Menge von Menschen über stabile Kriegsmaschinen verfügen, die zwar sehr wirksam, aber schwer zu transportieren sind.«

»Und jetzt könnt Ihr uns die schlechte Nachricht beibringen«, kommentierte Aahz trocken.

Obwohl ich mir sicher sein durfte, dass seine Bemerkung ironisch gemeint war, nahm der General ihn völlig ernst.

»Die schlechte Nachricht«, knurrte er, »lautet, dass ihr Führer ein unvergleichlicher Stratege ist. Er kam an die Macht, indem er Heere besiegte, die dreimal so stark waren wie das seine. Jetzt, mit einer so riesigen Armee unter seinem Oberbefehl, dürfte er ohne jeden Zweifel unschlagbar sein.«

»Allmählich verstehe ich, warum der König sein Geld in einen Zauberer stecken will«, erklärte mein schlaubergerisch-beratungsintensiver Mentor. »Es sieht nicht so aus, als hättet Ihr eine ausreichend große Streitmacht aufstellen können, um sie aufzuhalten.«

»Das war auch nicht meine Absicht«, widersprach der General zornig. »Wenn wir auch nicht in der Lage gewesen wären, den Feind zu vernichten, so hätten wir ihm doch bei der Überschreitung unserer Grenzen derartige Verluste beibringen können, dass er es vielleicht vorgezogen hätte, andere, kleinere Reiche zu erobern, die weniger Widerstand leisteten.«

»Wisst Ihr, Badaxe«, sagte Aahz nachdenklich, »das ist kein übler Plan. Wenn wir zusammenarbeiten, könnten wir ihn vielleicht immer noch durchführen. Wie viele Leute könnt Ihr zu unserer Unterstützung abstellen?«

»Keinen!«, sagte der General unumstößlich.

Ich blinzelte. »Entschuldigt, General«, drängte ich ihn. »Wenn ich richtig verstanden habe, sagtet Ihr doch gerade …«

»Keinen«, wiederholte er. »Ich werde keinen einzigen meiner Soldaten zur Unterstützung Eures Feldzuges abstellen.«

»Aber das ist doch Wahnsinn!« Aahz drohte zu explodieren. »Wie sollen wir denn Eurer Auffassung nach eine derartige Armee mittels Magik aufhalten?«

»Überhaupt nicht«, meinte der General lächelnd.

»Aber wenn wir scheitern«, betonte ich, »wird Possiltum besiegt.«

»Das ist richtig«, entgegnete Badaxe ruhig.

»Aber …«

»Gestattet mir, dass ich meine Position erläutere«,

unterbrach er mich. »Nach meiner Einschätzung steht hier mehr als nur ein Königreich auf dem Spiel. Solltet Ihr mit Eurem Auftrag Erfolg haben, so beweist das, dass Magik ein geeigneteres Mittel zur Verteidigung eines Reiches darstellt als militärische Stärke. Das könnte schließlich dazu führen, dass alle Armeen aufgelöst und stattdessen Zauberer eingestellt werden. Ich werde keinen Finger rühren, um einen derartigen Präzedenzfall zu schaffen. Wenn Ihr beweisen wollt, dass Zauberer Armeen überlegen sind, so werdet Ihr das alleine mit Hilfe der Magik zustande bringen müssen. Das Militär wird zu Eurer Unterstützung keinen Finger krumm machen.«

Während er sprach, nahm er Aahz den Weinkrug aus den Händen. Dass der Dämon das zuließ, war ein Zeichen dafür, dass er durch die Worte des Generals ebenso verblüfft war wie ich.

»Ich bin in dieser Angelegenheit sehr engagiert, meine Herren«, fuhr Badaxe fort und goss sich etwas Wein ein. »So sehr, dass ich bereit bin, mich und mein Königreich zu opfern, um den Beweis zu erbringen. Und darüber hinaus würde ich Euch sehr empfehlen, es ebenso zu halten.« Er machte eine Pause und betrachtete uns mit glitzernden Augen.»Denn ich sage Euch hier und jetzt: Solltet Ihr aus der bevorstehenden Schlacht siegreich hervorgehen, werdet Ihr keine Gelegenheit mehr haben, die Früchte Eurer Mühen zu ernten. Der König herrscht vielleicht bei Hofe, doch was im Königreich vor sich geht, erfährt er über meine Soldaten, und diese Soldaten säumen Euren Rückweg zum Palast. Sie haben Befehl, Euren Unfalltod zu melden, und wenn sie ihn selbst organisieren müssten. Habe ich mich klar genug ausgedrückt?«

8

»Alle Arbeit, die der Mühe wert ist,
ist es auch wert,
sich dafür gut bezahlen zu lassen.«

Sisyphus

Es kostete mich gewaltige Selbstbeherrschung, mich nicht nur, bis wir die Gemächer des Generals verlassen hatten, zurückzuhalten, sondern, bis uns die Leibwachen nicht mehr hören konnten. Und als ich schließlich das Wort ergriff, gelang es mir sogar, den verräterischen, hysterischen Unterton zu unterdrücken, der meine wahren Gefühle sofort entlarvt hätte.

»Wie du schon sagtest, Aahz«, bemerkte ich leichthin, »es gibt solche und solche Armeen. Stimmt's?«

Aahz ließ sich keinen Augenblick täuschen.

»Hysterie hilft uns nicht weiter, Kleiner«, erklärte er. »Was wir jetzt brauchen, ist gesunder Menschenverstand.«

»Entschuldige mal«, sagte ich spitz, »aber war es nicht ›gesunder Menschenverstand‹, der uns in diesen Schlamassel gebracht hat?«

»Na schön, na schön!« Aahz zog eine Grimasse. »Ich

will ja zugeben, dass ich ein paar Kleinigkeiten übersehen habe bei meiner ursprünglichen Einschätzung der Lage.«

»Ein paar Kleinigkeiten übersehen?«, wiederholte ich ungläubig. »Aahz, der ›gemütliche Posten‹, auf den du mich da gehetzt hast, hat nicht die geringste Ähnlichkeit mit der Beschreibung, mit der du mich darauf heiß gemacht hast!«

»Ich weiß, mein Freund.« Aahz seufzte theatralisch. »Ich schulde dir wohl eindeutig eine Entschuldigung. Es klingt wirklich so, als arte das Ganze in Arbeit aus.«

»Arbeit?«, kreischte ich, während ich allmählich die Beherrschung verlor. »Selbstmord wird das!«

Aahz schüttelte traurig den Kopf. »Da übertreibst du doch schon wieder. Es muss kein Selbstmord werden. Wir haben immer noch die Wahl, weißt du.«

»Klar«, gab ich sarkastisch zurück. »Wir können uns aussuchen, ob wir von den Invasoren oder von Badaxe' Männern umgebracht werden. Wie dumm von mir, dass ich daran nicht gedacht hatte. Da habe ich mir doch glatt einen Augenblick lang Sorgen gemacht.«

»Unsere Wahl«, verbesserte Aahz mich streng, »besteht darin, diesen hirnrissigen Auftrag anzunehmen oder das Geld zu kassieren und abzuhauen.«

Ein Hoffnungsstrahl durchbrach die schaurige Finsternis, die meine Gedanken umwölkt hatte.

»Aahz«, sagte ich voll aufrichtiger Ehrfurcht, »du bist ein Genie. Komm, verduften wir!«

»Wohin verduften?«, wollte Aahz wissen.

»Zurück zum Gasthof natürlich«, erwiderte ich. »Je eher, desto besser.«

»Das war keine unserer Alternativen«, spottete mein Lehrer.

»Aber du sagtest doch …«

»Ich sagte, das Geld kassieren *und* abhauen, nicht nur ›abhauen‹!«, korrigierte er. »Wir gehen keinen Schritt, ehe wir nicht bei Grimbel vorgesprochen haben.«

»Aber Aahz …«

»Nichts ›aber Aahz‹!«, unterbrach er mich hitzig. »Dieser kleine Ausflug hat uns einiges gekostet. Das wollen wir zumindest wieder hereinholen, wenn nicht gar einen kleinen Gewinn einstreichen.«

»Es hat doch so gut wie nix gekostet«, sagte ich dümmlich.

»Es hat uns Reisezeit gekostet und Zeit, die wir uns nicht unseren Studien widmen konnten«, konterte Aahz. »Das ist schließlich einiges wert.«

»Aber …«

»Abgesehen davon«, fuhr er angelegentlich fort, »stehen hier wichtigere Dinge auf dem Spiel.«

»Zum Beispiel?«, drängte ich ihn.

»Na … zum Beispiel, hm …«

»Da seid Ihr ja, meine Herren!«

Wir drehten uns um und erblickten Grimbel, der eilig auf uns zukam.

»Ich hoffte, Euch nach der Besprechung abpassen zu können«, fuhr der Kanzler, der sich nun zu uns gesellte, etwas atemlos fort. »Habt Ihr etwas dagegen, wenn ich Euch begleite? Ich weiß, Ihr habt es eilig, Euren Feldzug anzutreten, aber es gibt da einige Angelegenheiten, die wir unbedingt vor Eurer Abreise klären müssen.«

»Wie beispielsweise unsere Gehälter«, schlug Aahz unumstößlich vor.

Grimbels Lächeln gefror auf seinem Gesicht. »Oh! Ja, natürlich. Aber zuvor gibt es noch andere Dinge zu erledigen. Ich gehe davon aus, dass der General Euch die notwendigen Informationen für Euren Auftrag hat zukommen lassen.«

»Bis zum letzten, brutalen Detail«, bestätigte ich.

»Gut, gut«, gluckste der Kanzler, den mein Sarkasmus keineswegs zu dämpfen schien. »Ich bin zutiefst überzeugt, dass Ihr in der Lage seid, mit dem Gesindel aus dem Norden fertigzuwerden. Und ich will Euch sagen, dass ich bereits vor der Vorstellung für Euch gestimmt hatte. Tatsächlich war ich derjenige, durch den Ihr die Einladung erhalten habt.«

»Wir werden es nicht vergessen«, sagte Aahz lächelnd und kniff furchterregend die Augen zusammen.

Da fiel mir etwas ein. »Sagt, Herr Kanzler«, fragte ich beiläufig, »wie hattet Ihr überhaupt von uns erfahren?«

»Warum fragt Ihr?«, gab Grimbel zurück.

»Aus keinem bestimmten Grund«, versicherte ich ihm. »Aber da die Vorstellung sich für uns als so fruchtbar erwiesen hat, würde ich dem Betreffenden, der mich in so hohen Tönen bei Euch gelobt hat, gerne ein Zeichen meiner Dankbarkeit zukommen lassen.«

Es war eine reichlich fadenscheinige Geschichte, doch der Kanzler schien sie mir abzunehmen.

»Nun… äh, ehrlich gesagt war es eine Dirne«, gab er zu. »Ziemlich gewöhnlich, aber ich kann mich im Augenblick nicht an ihren Namen erinnern. Sie hat sich vielleicht die Haare gefärbt, seit Ihr sie das letzte Mal gesehen habt. Zur Zeit, als wir sie… äh, kennenlernten, waren sie grün. Wisst Ihr, wer das ist?«

Und ob ich das wusste. Es gab nur eine Frau, die von Aahz und mir wusste und auch noch von unserer Bleibe. Und außerdem kannte ich nur eine Frau, auf die die Beschreibung von Wollüstigkeit und grünem Haar passte. Tanda!

Ich machte den Mund auf, um zuzugeben, dass ich sie kannte, als Aahz mir warnend einen Ellbogen in die Rippen stieß.

»Ta*ah*!«, sagte ich intelligenterweise.

»Wie meintet Ihr?«, erkundigte sich Grimbel.

»Ich… äh, ich kann die Person nicht aus dem Stegreif unterbringen«, log ich. »Aber Ihr wisst ja, wie zerstreut wir Zauberer sind.«

»Natürlich«, antwortete der Kanzler mit einem Lächeln und wirkte aus irgendeinem Grunde erleichtert.

»Da das nun geklärt ist«, unterbrach ihn Aahz, »meine ich, Ihr erwähnt unsere Gehälter.«

Grimbel sah einen Augenblick lang finster drein, dann setzte er ein gutmütiges Grinsen auf. »Nun verstehe ich, warum Meister Skeeve Euch seine Geschäftsverhandlungen überlässt.«

»Schmeicheleien sind ja ganz nett«, bemerkte Aahz,

»aber man kann sich nichts dafür kaufen. Es ging um unsere Gehälter.«

»Ihr müsst begreifen, dass wir ein bescheidenes Königreich sind«, meinte Grimbel seufzend. »Trotzdem bemühen wir uns, unsere Gefolgsleute so gut wie möglich zu entlohnen. Für den Hofzauberer wurden Gemächer bereitgestellt, die für Euch beide groß genug sein dürften. Ihr erhaltet freie Kost, sofern Ihr anwesend seid, wenn die Mahlzeiten serviert werden. Darüber hinaus besteht eine Möglichkeit, nein, ich würde sagen, die Gewissheit, dass die Großzügigkeit Seiner Majestät Euch Stallplätze und Futter für Eure Einhörner gewährt. Wie klingt das?«

»Bis jetzt ziemlich billig«, bemerkte Aahz frei heraus.

»Was meint Ihr mit ›billig‹?«, fauchte der Kanzler, der für einen Augenblick seine Fassung verlor.

»Ihr habt bislang nicht mehr geboten als ein Zimmer, in dem wir nicht schlafen«, spottete Aahz, »Mahlzeiten, die wir nicht essen, und Stallplätze, die wir nicht in Anspruch nehmen werden, weil wir auf dem Schlachtfeld Euren Krieg für Euch austragen. Dafür wollt Ihr dann Meister Skeeves Fähigkeiten, um Euer Königreich zu retten. Nach meinen Berechnungen ist das ziemlich billig!«

»Ja, ich verstehe Euer Argument«, räumte Grimbel ein. »Nun, Ihr werdet natürlich auch eine kleine Barentlohnung erhalten.«

»Wie klein?«, drängte Aahz.

»Genügend, um Eure Unkosten zu decken«, antwortete der Kanzler lächelnd. »Sagen wir, fünfzig Goldstücke pro Monat?«

»Sagen wir zweihundert.« Aahz lächelte zurück.

»Vielleicht könnten wir auf fünfundsiebzig hochgehen«, entgegnete Grimbel.

»Und wir gehen auf zweihundertfünfundzwanzig herunter«, bot Aahz an.

»Angesichts seiner Fähigkeiten könnten wir … entschuldigt!« Der Kanzler begriff allmählich. »Sagtet Ihr zweihundertfünfundzwanzig?«

»Genau«, bestätigte Aahz, »ich hatte mich versprochen.«

»Dachte ich mir's doch.« Grimbel lächelte schon wieder.

»Ich meinte zweihundertfünfzig.«

»Nun passt mal auf …«, begann der Kanzler.

»Passt Ihr auf, Grimbel«, kam Aahz ihm auf halber Strecke entgegen. »Ihr hattet drei Möglichkeiten. Ihr konntet Eure Armee verdoppeln, einen Zauberer anstellen oder Euer Königreich verlieren. Selbst bei dreihundert im Monat ist Skeeve hier Euer bestes Geschäft. Bedenkt nicht nur Eure Ausgaben, sondern auch Eure Einsparungen.«

Grimbel dachte ein paar Augenblicke darüber nach.

»Na schön«, sagte er mit einer Grimasse, »bleiben wir bei zweihundertfünfzig.«

»Soweit ich mich erinnere, war dreihundert als Zahl im Gespräch«, bemerkte ich bissig.

Das trug mir einen bitterbösen Blick ein, doch ich gab nicht nach und hielt dem Blick stand.

»Dreihundert«, sagte er, wobei er die Worte zwischen zusammengepressten Zähnen hervorquetschte.

»Im Voraus zu zahlen«, fügte Aahz hinzu.

»Am Ende der Zahlungsfrist zu entrichten«, korrigierte Grimbel.

»Nun kommt schon, Grimbel«, hob Aahz an, doch der Kanzler unterbrach ihn mit emporgehaltener Hand.

»Nein! In diesem Punkt bleibe ich unnachgiebig«, sagte er halsstarrig. »Alle im königlichen Gefolge werden zum gleichen Zeitpunkt bezahlt, nämlich wenn am Ende der Zahlungsperiode die Tresore geöffnet werden. Wenn wir mit diesem Brauch brechen und Ausnahmen zulassen, dann ist kein Ende abzusehen.«

»Ihr könntet uns doch zumindest einen Teil als Abschlag geben«, drängte Aahz. »Etwas, womit sich die Unkosten des bevorstehenden Feldzuges decken lassen.«

»Eindeutig nein!«, entgegnete Grimbel. »Wenn ich Geld für noch nicht geleistete Dienste auszuzahlen begänne, würden gewisse Leute – besonders Hugh Badaxe – vermuten, dass Ihr die Absicht habt, das Geld ganz einfach an Euch zu nehmen und sogleich die Flucht zu ergreifen, ohne überhaupt in die Schlacht zu ziehen.«

Das traf die Wahrheit ziemlich genau, und ich merkte, wie ich den Blick abwandte, um mich nicht zu verraten.

Aahz dagegen zuckte noch nicht einmal mit der Wimper. »Und was ist mit Schmiergeldern?«

Grimbel schaute finster drein. »Es ist unvorstellbar, dass einer der Anhänger des Königs ein Bestechungsgeld annähme, geschweige denn es zum festen Bestandteil seines Einkommens rechnen würde. Jeden Versuch, Euch zu bestechen, solltet Ihr unverzüglich Seiner Majestät melden.«

»Es geht nicht um die Annahme von Schmiergeldern«, schnaubte Aahz, »es geht darum, sie selber zu vergeben. Wenn wir beim Feind Geld ausgeben, geht das von unseren Löhnen ab, oder trägt das das Reich?«

»Ich bezweifle ernsthaft, dass Ihr in der Lage sein solltet, die Armee, die Euch gegenübersteht, ganz einfach zu kaufen«, bemerkte der Kanzler eher skeptisch. »Außerdem sollt Ihr es mittels Magik schaffen, denn dafür werdet Ihr schließlich bezahlt.«

»Selbst die Magik benötigt die Unterstützung durch genaue Informationen«, erwiderte Aahz treffend. »Nun kommt schon, Grimbel, Hofintrigen sind Euch doch nichts Neues. Eine kleine Vorwarnung kann in einer Schlacht eine Menge nützen.«

»Das ist schon wahr«, gab der Kanzler zu. »Nun schön, ich nehme an, wir können Euch die Vollmacht für Bestechungen geben, selbstredend natürlich, sie halten sich in einem gewissen Rahmen.«

»Wie stark denn im Rahmen?«, erkundigte sich Aahz.

»Sagen wir, fünf Goldstücke.«

»Fünfundzwanzig wären …«

»Fünf«, sagte Grimbel, und es klang unumstößlich.

Aahz musterte seinen Gegner einen Augenblick, dann seufzte er.

»Fünf«, bestätigte er und streckte dem anderen seine Handfläche hin.

Der Kanzler kramte knurrend in seiner Börse und zählte fünf Goldstücke heraus. Er zählte sie tatsächlich zweimal, ehe er sie Aahz aushändigte.

»Ihr werdet freilich verstehen«, sagte er warnend, »dass ich nach Eurem Sieg eine Abrechnung über diese Gelder verlange.«

»Aber gewiss doch.« Aahz lächelte und liebkoste die Münzen hingebungsvoll.

»Ihr scheint unseres Sieges sehr sicher, Herr Kanzler«, bemerkte ich.

Grimbel betrachtete mich einen Moment lang mit hochgezogener Augenbraue. »Selbstverständlich bin ich ganz sicher, Herr Zauberer«, antwortete er schließlich. »So sicher, dass ich mein Königreich und sogar meinen Ruf für Euren Erfolg aufs Spiel gesetzt habe. Ihr werdet feststellen, dass ich meinen guten Ruf über das Königreich stelle. Das ist kein Zufall. Königreiche entstehen und zerfallen, doch ein Kanzler findet überall einen Posten. Das heißt natürlich nur, wenn das Königreich nicht durch seine Ratschläge zugrunde gerichtet wurde. Solltet Ihr in Eurem Feldzug zur Rettung Possiltums versagen, so ist meine Karriere ruiniert. Und sollte das eintreten, so geht Eure Laufbahn mit der meinen zu Ende.«

»Das klingt ja wie eine Drohung«, bemerkte Aahz trocken.

»Tatsächlich?«, entgegnete der Kanzler mit gespielter Ahnungslosigkeit. »Das war nicht meine Absicht.

Ich drohe nicht, ich konstatiere Fakten. Ich pflege gute Kontakte zu den Kanzlern der benachbarten Königreiche, mit einigen bin ich sogar verwandt. Sie blicken alle auf mein Urteil in dieser Auseinandersetzung Magik kontra Militär. Sollte sich mein Urteil als falsch herausstellen, und Ihr scheitert bei der Verteidigung von Possiltum, so werden sie sich das merken. Dann wird in Zukunft jeder Zauberer und ganz besonders Ihr, Skeeve, als Schwindler und Scharlatan abgewiesen werden, wenn Ihr eine neue Stelle sucht. Und da häufig die Kanzler die Höfe regieren, sollte es mich nicht wundern, wenn sie eine Entschuldigung oder einen vorgeschobenen Grund finden, um Euch mir zuliebe hinrichten zu lassen. Die Tötungsmethoden sind von Reich zu Reich verschieden, aber das Ergebnis bleibt das gleiche. Ich bin überzeugt, dass Ihr das bei der Planung Eures Feldzuges nicht vergessen werdet.«

Mit diesen Worten machte er auf dem Absatz kehrt und ließ uns einfach wortlos stehen.

»Nun, Aahz«, sagte ich schließlich. »Hast du irgendeinen vernünftigen Vorschlag für diese Lage?«

»Natürlich«, gab er zurück.

»Welchen?«, fragte ich.

»Jetzt, da wir die ganze Geschichte erfahren haben«, meinte er feierlich, »können wir in Panik verfallen.«

9

»Es geht hier um
mehr als unser Leben.«

COMMANDER W. TRAVIS
(Alamo)

Am dritten Abend, nachdem wir den Regierungssitz von Possiltum verlassen hatten, lagerten wir auf einem kleinen Hügel mit Blick auf die Haupt-Nord-Süd-Verbindung des Königreiches.

Ich setzte hier Nord-Süd ziemlich willkürlich gleich. In den ganzen drei Tagen war unser Marsch die einzige Bewegung in Richtung Norden, die wir auf diesem speziellen Streifen ausgefahrenen Staubs hatten beobachten können. Der fehlende Verkehr gen Norden wurde noch auffälliger durch die große Menge der Leute, die in die entgegengesetzte Richtung zogen.

Auf unserer Reise begegneten wir ständig kleinen Gruppen oder Familien, die ihren Weg zum Regierungssitz auf jene beständige Weise ohne Hast nahmen, wie sie typisch ist für Leute, die kein anderes Transportmittel als ihre Füße kennen.

Sie wirkten nicht besonders erschreckt oder furchtsam, aber zwei Merkmale wiesen sie als mehr denn gewöhnliche Reisende aus.

Zum einen überstieg die große Menge persönlicher Habe, die sie mit sich führten, bei Weitem das selbst für eine lange Reise notwendige Gepäck. Ob nun in beschwerlichen Rucksäcken oder kleinen Handkarren aufgestapelt – offensichtlich war, dass die Reisenden in Richtung Süden so viel ihres weltlichen Besitzes bei sich trugen oder mit sich schleppten, wie sie nur konnten.

Zum anderen schenkte uns keiner mehr Beachtung als einen flüchtigen Blick. Und das war noch bemerkenswerter als die erste Beobachtung.

Gegenwärtig bestand unsere Gruppe aus drei Mitgliedern: mir, Aahz und Gliep. Wir hatten Butterblume zum großen Unmut von Aahz im Palast zurückgelassen. Viel lieber hätten wir Butterblume mitgenommen und Gliep zurückgelassen, aber in dieser Hinsicht waren die königlichen Befehle eindeutig gewesen. Der Drache durfte nicht im Palast bleiben, sofern nicht einer von uns dabeiblieb, um ihn zu bändigen. Folglich reisten wir zu dritt, ein Jugendlicher, ein Drache und ein brummiger Dämon, also nicht gerade ein gewöhnliches Bild in dieser oder anderen Gegenden. Doch die nach Süden ziehenden Bauern beachteten uns nur, um uns auf der Straße Platz zu machen, wenn wir vorüberkamen.

Aahz behauptete hartnäckig, es läge daran, der Grund für ihre Flucht flöße ihnen solche Angst ein, dass sie kaum irgendetwas oder irgendjemanden auf ihrem Weg beachteten. Darüber hinaus nahm er an, dass die treibende Kraft für ihren Exodus in der Armee bestand, der entgegenzutreten wir unterwegs waren.

Um diese Vermutung zu untermauern, versuchten wir, mehrere Gruppen zu befragen, die uns über den Weg liefen. Nach dem ersten Tag gaben wir das wegen der reichlichen Übereinstimmungen bei den Antworten wieder auf.

Hier ein Beispiel:

Aahz: Haltet ein, Fremder! Wohin geht Ihr?

Antwort: Zur Hauptstadt!

Aahz: Warum?

Antwort: Um so nahe wie möglich beim König zu sein, wenn er sich gegen die Eindringlinge aus dem Norden verteidigt. Er wird zumindest versuchen müssen, sich selbst zu retten, wenn er die Provinzen schon nicht verteidigen will.

Aahz: Bürger, Ihr braucht nicht mehr zu fliehen. Ihr habt des Königs Sorge um Eure Sicherheit unterschätzt. Vor Euch seht Ihr den neuen Hofzauberer, den Seine Majestät eigens zur Verteidigung Possiltums gegen die Invasionsarmee bestellt hat. Was sagt Ihr dazu?

Antwort: Einen einzigen Zauberer?

Aahz: Und meine sachkundige Unterstützung natürlich.

Antwort: Ich würde sagen, Ihr seid verrückt.

Aahz: Nun seht einmal …

Antwort: Nein, seht *Ihr* einmal, was immer und wer immer Ihr auch seid. Ohne es an der notwendigen Achtung für diesen und alle anderen Zauberer fehlen zu lassen, so seid Ihr doch Narren, Euch dieser Armee entgegenzustellen. Magik mag bei gewöhnlichen Heeren schön und recht sein, aber *die* Armee haltet Ihr nicht mit einem Zauberer auf … nicht einmal mit zwanzig.

Aahz: Wir sind ganz zuversichtlich.

Antwort: Dann zieht weiter gen Norden. Ich für meinen Teil, ich halte auf den Palast zu!

Obwohl dieser Wortwechsel schließlich unsere Bemühungen, die Bevölkerung zu beruhigen, zunichtegemacht hatte, gab er Stoff für einen Disput, der immer noch nicht geklärt war, als wir uns am dritten Abend schlafen legten.

»Was ist aus deinem Plan geworden, das Geld einzusacken und abzuhauen?«, knurrte ich.

»Ein tolles Geschäft!«, gab Aahz zurück. »Mit fünf ganzen Goldstücken.«

»Du sagtest, du wolltest einen Gewinn herausschlagen«, drängte ich weiter. »Na schön! Wir haben einen. Wenn er auch nicht gewaltig ist … unsere bisherigen Bemühungen waren schließlich auch nicht überwältigend. Wenn man dann noch in Betracht zieht, dass wir nichts ausgegeben haben …«

»Und was ist mit dem Einhorn?«, erwiderte Aahz. »Solange sie noch das Einhorn haben, haben wir ein schlechtes Geschäft gemacht.«

»Aahz«, mahnte ich ihn. »Butterblume hat uns nichts gekostet. Erinnerst du dich? Er war ein Geschenk von Ganzfix.«

»Aber es würde Geld kosten, ihn zu ersetzen«, antwortete Aahz starrsinnig. »Das heißt, dass wir Geld eingebüßt haben, bis wir ihn wiederbekommen. Ich habe dir gleich gesagt, dass ich etwas verdienen will! Und einen Verlust hinzunehmen, das lehne ich strikt ab.«

»Gliep?«

Aahz' hitzige Worte hatten meinen Drachen geweckt, der nun schläfrig fragend den Kopf hob.

»Schlaf weiter, Gliep!«, sagte ich besänftigend. »Es ist alles in Ordnung.«

Beruhigt rollte er sich auf den Rücken und legte den Kopf zurück.

So albern, wie er dalag mit seinen in die Luft gereckten vier Beinen, hatte er mich an etwas erinnert.

Ich ging mein Gedächtnis eine Weile durch und beschloss dann, meine Taktik zu ändern.

»Aahz«, sagte ich nachdenklich, »aus welchem Grund willst du diese Sache eigentlich durchstehen?«

»Hast du denn nicht zugehört, Junge? Ich sagte doch ...«

»Ich weiß, ich weiß«, unterbrach ich ihn. »Du sagtest, es wäre um des Gewinns willen. Der einzige Haken dabei ist, dass du Gliep zurücklassen wolltest, der uns Geld gekostet hat, anstatt Butterblume, für den wir nichts bezahlt haben! Das klingt aber irgendwie falsch, wenn du mit geringstem Einsatz einen Gewinn einstreichen willst.«

»Hm, du weißt ja, wie ich zu dem dummen Drachen stehe ...«, hob Aahz an.

»… und du weißt, wie ich zu ihm stehe«, unterbrach ich ihn. »Und deshalb weißt du auch genau, dass ich ihn nie im Stich lassen würde, um meine eigene Haut zu retten, geschweige denn für Geld. Aus irgendeinem Grunde wolltest du, dass mir diese Zusammenhänge aufgehen – und dieser Grund hat nicht das Geringste mit Geld zu tun. Was aber ist es dann?«

Nun war Aahz an der Reihe, einige Minuten nachdenklicher Stille einzulegen.

»Du machst Fortschritte bei der Einsicht in Zusammenhänge, mein Schüler, aber hallo«, sagte er schließlich.

Normalerweise hätte ich das Kompliment gerne angenommen. Diesmal jedoch erkannte ich es als das, was es war, nämlich ein Versuch, mich abzulenken.

»Der Grund, Aahz!«, mahnte ich entschlossen.

»Es gibt mehrere Gründe, Bürschchen«, erklärte er mit ungewohnter Feierlichkeit. »Der Hauptgrund ist der, dass du noch kein Meisterzauberer bist.«

»Wenn du mir die Bemerkung gestattest«, kommentierte ich trocken, »das ergibt keinen rechten Sinn. Wenn meine Fähigkeiten so begrenzt sind, weshalb hast du mich dann so eifrig auf diesen Auftrag gehetzt?«

»Hör mich zu Ende an, Junge«, sagte Aahz und hob abwehrend die Hand. »Ich habe einen Fehler begangen, ja, und dieser Fehler hat uns in eine Lage gebracht, wo ein Zaubermeister vonnöten ist. Nicht so sehr seine Fähigkeiten als vielmehr sein Bewusstsein. Kannst du mir folgen?«

»Nein«, gab ich zu.

»Kein Wunder.« Aahz seufzte. »Deshalb habe ich versucht, dich in die Ausführung dieses Auftrags zu stürzen, anstatt es zu erklären. Bislang galt deine ganze Ausbildung den körperlichen Geschicken, ohne dein professionelles Bewusstsein zu entwickeln.«

»Du hast mir beigebracht, ein wachsames Auge auf die Einkünfte zu haben«, erklärte ich abwehrend.

»Das meine ich nicht. Vergiss nun mal für einen Augenblick die Einkünfte.«

»Geht es dir gut, Aahz?«, fragte ich voll aufrichtiger Besorgnis. »Du klingst gar nicht wie du selbst.«

»Vielleicht lässt du mich mal in Ruhe«, fauchte er. »Ich versuche, dir hier etwas Wichtiges zu erklären!«

Ich verfiel in schüchternes Schweigen. Aber ich war wenigstens beruhigt, dass Aahz eindeutig Aahz war.

»Als du bei Garkin in die Lehre gingst«, begann Aahz, »und sogar noch, als ich dich kennengelernt habe, wolltest du nicht Zauberer werden. Du wolltest Dieb werden. Um dich zu deinen Lektionen zu motivieren, musste ich unterstreichen, wie nützlich dir die Magik dabei werden könnte.«

Er machte eine Pause, ich sagte nichts. Es gab halt nichts zu sagen. Er hatte recht, sowohl in Bezug auf seine Erinnerungen wie auch auf seine Interpretationen derselben.

»Nun«, seufzte er, »die Magik hat noch eine andere Seite. Du trägst Verantwortung … eine Verantwortung für deine Kollegen, und was noch wichtiger ist: für die Magik selbst. Zwar haben wir Rivalen und werden uns noch mehr einhandeln, je länger wir leben, zwar bekämpfen wir sie oder bringen sie um ihre Posten, doch sind wir alle einer gemeinsamen Sache verpflichtet. Jeder Zauberer hat die Pflicht, die Magik weiterzuentwickeln, dafür zu sorgen, dass sie einen guten Ruf hat und geachtet wird. Je größer der Zauberer, umso größer sein Pflichtbewusstsein.«

»Und was hat das mit der aktuellen Lage zu tun?«, erkundigte ich mich.

»Hier steht einiges auf dem Spiel, Dummfuchs«, antwortete er vorsichtig. »Du hast es sowohl von Badaxe wie von Grimbel gehört. Und was noch bedeutsamer ist, du hast es von der Bevölkerung gehört, als wir die Bauern ansprachen. Rodrick setzt sein ganzes Reich auf das Geschick der Magik, das Werk zu vollbringen. Nun, niemand außer einem Zauberer vermag zu sagen, wie vernünftig oder unvernünftig eine solche Aufgabe sein mag. Wenn wir scheitern, werden alle Gefolgsleute sehen, dass die Magik selbst versagt hat, und sie werden nie wieder Vertrauen in sie setzen. Deshalb können wir vor dieser Mission nicht davonlaufen. Wir stehen hier als Vertreter der Magik … und wir müssen unser Bestes dafür tun.«

Ich dachte ein paar Augenblicke darüber nach.

»Aber was können wir gegen eine ganze Armee ausrichten?«, fragte ich schließlich.

»Um dir gegenüber ehrlich zu sein«, seufzte Aahz, »ich habe nicht die geringste Idee. Ich hoffe, wir können uns etwas ausdenken, wenn wir genau gesehen haben, mit wem wir es zu tun bekommen.«

Danach saßen wir lange schweigend zusammen, ein jeder in Gedanken verloren über unseren Auftrag und alles, was auf dem Spiel stand.

10

»Es bedarf nicht zahlenmäßiger Überlegenheit, wenn man den Feind genau ausgekundschaftet und eingeschätzt hat.«

Sitting Bull
(Sioux, am Little Bighorn)

Mein letztes Fünkchen Hoffnung zerstob, als wir die Armee zu Gesicht bekamen. Die Berichte über ihre gewaltige Größe waren nicht übertrieben gewesen; sie hatten sogar den vollen Umfang der feindlichen Macht nicht auszudrücken vermocht.

Unser Spähunternehmen hatte uns über die Nordgrenze Possiltums und mehrere Tagesreisen in das Gebiet eines kleineren Nachbarreiches geführt. Der Name des Königreiches war nicht von Bedeutung. Falls man es nicht jetzt schon als Teil des neuen Imperiums betrachtete, so würde man dies spätestens dann tun, sobald die Neuigkeiten bekannt wurden.

Wir wussten nicht so recht, ob wir die letzte Schlacht versäumt hatten oder ob sich das Königreich einfach ergeben hatte.

Wie dem auch gewesen sein mochte, jedenfalls waren keine Verteidigungstruppen zu sehen, es erstreckten sich lediglich große Feldlager der Streitkräfte des Imperiums in einer groben Linie, die in beiden Richtungen bis über den Horizont hinaus reichte.

Glücklicherweise war das Heer nicht in Bewegung, was unsere Kundschafterei erheblich erleichterte. An der ganzen Frontlinie entlang waren in regelmäßigen Abständen Wachen aufgestellt, aber da sie nicht weit von den Feldlagern entfernt waren, überschritten wir die Linie einfach, ohne ihnen zu nahe zu kommen – und entgingen so der Entdeckung.

Von Zeit zu Zeit konnten wir an ein Lager näher herankriechen oder einen Baum erklimmen, um besser zu sehen. Aahz schien sehr in seine eigenen Gedanken versunken, sowohl wenn wir die Soldaten direkt beobachteten als auch wenn wir unseren Standort wechselten. Da ich ihm nicht mehr als ein gelegentliches Grunzen oder etwas ähnlich Einsilbiges entlocken konnte, widmete ich mich meinen eigenen Beobachtungen.

Die Soldaten waren ungefähr gleich gekleidet. Zu der Standardausrüstung gehörten offensichtlich ein Lederhelm, ein Brustschild, ein derber, knielanger Uniformmantel, Sandalen, ein Schwert, zwei Speere und ein großer, rechteckiger Schild. Allem Augenschein nach hatten sie nicht die Absicht, demnächst weiterzuziehen, denn sie hatten Zelte aufgestellt und brachten die meiste Zeit damit zu, ihre Waffen zu schärfen, Rüstungen zu reparieren, zu essen oder einfach umherzuschlendern. Gelegentlich erschien ein metallgepanzerter Soldat, vermutlich ein Offizier, und brüllte die anderen an, worauf diese lustlos Aufstellung nahmen und mit den Drills begannen. Gewöhnlich erschlafften ihre Trainingsmaßnahmen, sobald der Offizier verschwunden war.

Gelegentlich sahen wir einzelne Belagerungsgeräte, die gebaut waren, um dicke Steine oder Speere über weite Entfernungen zu schleudern, obgleich wir sie nie in Aktion erlebten. Die einzigen Ausrüstungsgegenstände, die offenbar mit gewisser Regelmäßigkeit benutzt wurden, waren die Signaltürme. Jedes Feldlager besaß einen davon, eine wackelige Angelegenheit aus zusammengeschnürten Pfählen, die sich etwa sechs Meter in die Höhe schoben und eine kleine, quadratische Plattform trugen. Mehrmals am Tag bestieg ein Soldat in jedem Lager dieses Gerüst, dann gaben sie sich mit Fahnen und Standarten Zeichen. Die Türme dienten auch als Wäscheständer und waren von Zeit zu Zeit mit flatternden Uniformjacken geschmückt.

Alles in allem sah es nach einer unglaublich langweiligen Existenz aus. Und meiner Schätzung nach gab es tatsächlich nur noch eines, das anödender war, als Soldat des Imperiums zu sein: nämlich mehrere Tage ununterbrochen damit zuzubringen, die Soldaten des Imperiums zu beobachten.

Ich machte eine entsprechende Bemerkung gegenüber Aahz, während wir bäuchlings auf einem grasbewachsenen Hügel lagen und mal wieder ein Feldlager beobachteten.

»Du hast vollkommen recht, mein junger Freund«, gab er geistesabwesend zu. »Soldat zu sein ist ein ziemlich stumpfsinniger Job.«

»Und was ist mit uns?«, hakte ich nach, um das Gespräch in Gang zu halten. »Was wir machen, ist auch nicht gerade rasend aufregend, weißt du!«

»Du suchst etwas Aufregendes?«, fragte er mich und sah mich zum ersten Mal seit Tagen richtig an. »Dann will ich dir was sagen. Warum schlenderst du nicht einfach da runter und bittest den diensthabenden Offizier, dir einen kurzen Abriss ihrer Operationsmethoden zu geben? Ich möchte wetten, dass das die Sache entschieden lebhafter für dich macht.«

»*Sooo* gelangweilt bin ich nun auch wieder nicht!«, korrigierte ich hastig.

»Dann halte einfach die Klappe und lass mich das hier auf meine Weise zu Ende bringen.« Aahz lächelte und setzte seine Studien fort.

»Was auf deine Weise zu Ende bringen?«, bohrte ich weiter. »Was versuchen wir hier eigentlich zu erfahren?«

Aahz seufzte.

»Wir kundschaften den Feind aus«, erklärte er geduldig. »Es stehen schon genügend Faktoren gegen uns, ohne dass wir unvorbereitet den Kampf antreten.«

»Wie viele Informationen benötigen wir denn?«, brummelte ich. »Dieses Feldlager unterscheidet sich kaum von den letzten fünf, die wir uns angesehen haben.«

»Das liegt daran, dass du nicht weißt, wonach du Ausschau halten musst«, schalt Aahz. »Was hast du denn bis jetzt über die Gegenseite in Erfahrung gebracht?«

Ich war auf die Frage nicht vorbereitet, nahm die Forderung jedoch bereitwillig an.

»Hm ... sie sind ziemlich viele ... sie sind gut bewaffnet ... hm ... und sie haben Katapulte ...«

»Das ist alles?«, spottete Aahz. »Brillant! Du und Badaxe, ihr gebt ein feines Paar Strategen ab.«

»Na schön, dann erklär's mir!«, gab ich zurück. »Was hast du denn in Erfahrung gebracht?«

»Man kann Jahre damit zubringen, sich Militärtheorien aneignen zu wollen, ohne auch nur an der Oberfläche zu kratzen«, entgegnete mein Lehrer streng. »Aber ich will versuchen, dir das Wesentliche in wenigen Worten zu erläutern. Um eine Streitmacht einzuschätzen, wie wir das nun tun, musst du dir zwei Worte merken: ›Sam‹ und ›Fok‹.«

»Sam und Fok«, wiederholte ich artig.

»Manche ziehen ›Salute‹ vor, aber mir gefallen ›Sam‹ und ›Fok‹ besser«, fügte Aahz so nebenbei hinzu.

»Großartig«, feixte ich. »Wenn du mir vielleicht noch erklären würdest, was das bedeutet?«

»Es sind die Anfangsbuchstaben für deine Checkliste«, vertraute Aahz mir an. »›Salute‹ steht für Standort, Ausrüstung, Leistungskraft, Umfang, Truppenteile und Einsatzzeit. Das ist ja so weit ganz schön und recht, aber es setzt beim Späher keine Urteilsfähigkeit voraus. Ich ziehe ›Sam‹ und ›Fok‹ vor. Sie bedeuten Stärke, Armierung, militärische Bewegung und Formation, Organisation und Kommunikation.«

»Aha«, antwortete ich und hoffte, er rechnete nicht damit, dass ich mir das alles merken würde.

»Nun wollen wir mal anhand dieses Gerüsts zusammenfassen, was wir bislang gesehen haben«, fuhr Aahz fort. »Stärke: Es ist ein Haufen, sodass eine genaue Zählung sinnlos ist. Militärische Bewegung: Im Augenblick sitzen sie nur herum.«

»So weit bin ich auch selbst gekommen«, erklärte ich ironisch.

»Der große Schlüssel jedoch«, sprach Aahz weiter, ohne mir Beachtung zu schenken, »sind Armierung und Ausrüstung. Wenn man über diesen Punkt nachdenkt, muss man gleichermaßen in Rechnung stellen, was sie haben und was nicht.«

»Wie war das gleich?«, erkundigte ich mich.

»Was sie haben, sind eine Menge Fußlatscher, Infanterie, eine kleine Artillerie in Form von Katapulten und Bogenschützen, aber nichts, was auch nur im Geringsten nach Kavallerie aussieht. Das bedeutet, dass sie beim Vorrücken langsamer werden, insbesondere im Kampf. Wir haben also keine schnellen Flankenangriffe zu befürchten, vielmehr wird es ein Mann-gegen-Mann-Kampf werden.«

»Aber Aahz …«, setzte ich an.

»Was nun Formation und Organisation angeht«, fuhr er unbeeindruckt fort, »so haben sie sich über die ganze Gegend verteilt, wahrscheinlich ist die Lebensmittelzufuhr auf diese Weise besser sicherzustellen. Auf der anderen Seite beweist das eine gewisse Selbstsicherheit, sie halten es nicht für notwendig, ihre Kräfte zu massieren. Ich denke, wir sollten uns nun ihrer Organisation zuwenden: Es ist eine Sammlung von Kompanien oder Bataillonen, die jeweils unter der Führung von zwei oder drei Offizieren stehen und alle zusammen unter der Oberleitung des Generals.«

»Aahz ...«, versuchte ich erneut, ihm ins Wort zu fallen.

»Die Kommunikation scheint ihr schwächster Punkt zu sein«, fuhr er hartnäckig fort. »Wenn eine Armee dieser Größe ihre Truppenbewegungen nicht koordiniert, gerät sie ganz schön in die Klemme. Wenn sie tatsächlich Signaltürme und Läufer zur Nachrichtenübermittlung benutzen, sind wir vielleicht in der Lage, sie ein wenig durcheinanderzubringen.«

»Und was heißt das nun alles?«, unterbrach ich ihn endlich.

»Hm? Oh, das ist eine knappe Zusammenfassung dessen, wogegen wir kämpfen müssen«, antwortete Aahz unschuldig.

»Ich weiß, ich weiß«, seufzte ich. »Aber seit Tagen hast du gesagt, du würdest dir einen Plan ausdenken, sobald du gesehen hast, mit wem wir es zu tun haben. Nun hast du es gesehen. Wie lautet nun dein Plan? Wie können wir sie schlagen?«

»Gar nicht«, gab Aahz ernst zu. »Wenn ich eine Möglichkeit gesehen hätte, hätte ich es dir schon gesagt. Da dem aber nicht so ist, beobachte ich weiter.«

»Vielleicht gibt es überhaupt keine Möglichkeit«, meinte ich vorsichtig.

Aahz seufzte. »Allmählich fange ich an zu glauben, dass du recht hast. Wenn das stimmt, müssen wir etwas tun, das ich wirklich nicht gern mache.«

»Du meinst aufgeben?«, fragte ich ziemlich erschrocken. »Nach der gewaltigen Rede von Verantwortungsgefühl, die du mir gehalten hast …«

»Hey, hey!«, unterbrach mich Aahz. »Ich habe kein Wort von Aufgeben gesagt. Wir werden vielmehr …«

»Gliep!«

Der unmissverständliche Laut erscholl hinter uns und tönte aus dem strauchbewachsenen Graben herauf, wo wir mein Haustier zurückgelassen hatten.

»Kind!«, stöhnte Aahz. »Würdest du bitte diesen dummen Drachen zum Schweigen bringen? Das fehlt uns gerade noch, dass er uns jetzt die Armee auf den Hals hetzt.«

»Richtig, Aahz!«, stimmte ich ihm zu und schob mich, so schnell ich konnte, rückwärts.

Sobald ich hinter dem Hügelkamm war, richtete ich mich geduckt auf und huschte in dieser Haltung den Hang hinab. Kriechen ist weder eine bequeme noch eine schnelle Fortbewegungsart.

Wie es uns inzwischen zur Gewohnheit geworden war, hatten wir Gliep an einen Baum gebunden … einen richtig großen Baum, nachdem er mehrere kleinere erfolgreich entwurzelt hatte. Es erübrigt sich zu erklären, dass er von der Idee keineswegs erbaut war, aber angesichts der delikaten Natur unserer gegenwärtigen Aufgabe war das unumgänglich.

»Gliep?«

Nun konnte ich ihn sehen, wie er heftig an dem Seilende zerrte. Überraschenderweise versuchte er jedoch nicht, auf mich zuzustürzen. Vielmehr tat er sein Möglichstes, um zu einem großen Gebüsch zu gelangen, das in der Nähe des Baumes stand … oder zu etwas, das sich in dem Gebüsch versteckte.

Plötzlich trat mir kalter Schweiß auf die Stirn. Ich kam auf den Gedanken, dass Gliep vielleicht von einem der gegnerischen Späher entdeckt worden war. Das wäre schon schlimm genug, doch noch schrecklicher war die Möglichkeit, dass der Späher sich nach wie vor in der Nähe befand.

Ich trat eilends zur Seite in den Schatten eines Baumes und überdachte noch einmal die Lage. Bis jetzt hatte ich noch keinen Späher gesehen. In dem betreffenden Busch regte sich überhaupt nichts. Ich könnte mich hochschleichen und Aahz holen, aber wenn ich mich täuschte, wäre er nicht sehr erbaut davon, wegen eines blinden Alarms gestört worden zu sein. Natürlich konnte ich Gliep auch loslassen, damit er den Eindringling aufstöberte, aber das hieß, mich selbst zu gefährden.

Während ich so dastand und meinen nächsten Schritt überlegte, schlüpfte jemand hinter mich und legte mir seine Hände über die Augen.

»Na, wer könnte das hier wohl sein?«, ertönte eine sanfte Stimme hinter mir.

11

»Wiedersehen macht Freude.«

Der Graf von Monte Christo

Ich machte einen Sprung in die Luft!

Vielleicht sollte ich das näher erklären. Wenn ich sage, »in die Luft«, so bin ich wirklich in die Luft gesprungen. Vor über einem Jahr hatte Aahz mir das Fliegen beigebracht, wobei es sich eigentlich um ein gesteuertes Schweben handelt, das durch die Umkehrung der Levitation zustande kommt.

Was immer es war, ich tat es. Ich ging etwa drei Meter senkrecht in die Luft und blieb dort. Ich wusste nicht, wer sich hinter mir angeschlichen hatte, und wollte es auch gar nicht wissen. Vielmehr wollte ich Hilfe haben. Ich brauchte Aahz!

Ich holte tief Luft, um diesem übermächtigen Bedürfnis Ausdruck zu verleihen.

»Bisschen nervös, was, Süßer?«

Das durchdrang sogar meine Panik.

Ich unterdrückte den Schrei, zu dem ich noch nicht einmal richtig angesetzt hatte, und schaute auf meinen Angreifer hinab. Von meinem Blickwinkel aus erkannte ich ein prächtiges, oliv-goldenes Antlitz mit mandelförmigen Katzenaugen, das von einer herrlichen Mähne hellgrünen Haars umrahmt war. Außerdem sah ich einen üppigen Busen.

»Tanda!«, rief ich begeistert und versuchte, meinen Blick wieder auf ihr Gesicht zu richten.

»Hättest du etwas dagegen herunterzukommen?«, rief sie. »Ich kann so schlecht hoch.«

Zuerst erwog ich, theatralisch zu ihr hinabzuschweben, entschied mich jedoch dagegen.

Ich bin noch nicht so gut im Fliegen, und die ganze Wirkung wäre dahin gewesen, wäre ich ungeschickt auf sie gedonnert. Stattdessen entschloss ich mich, mich langsam ein paar Schritte von ihr entfernt zu Boden zu lassen.

»Hallo, Tanda, ich … *ächz*!«

Letzteres wurde mit Gewalt aus mir herausgepresst, als Tanda mich umarmte, dass mir fast die Knochen krachten.

»He, es ist schön, dich zu sehen, Süßer«, murmelte sie glücklich. »Wie ist es dir denn so ergangen?«

»Mir *ging* es gut«, bemerkte ich, während ich mich kurz von ihr losmachte. »Was machst du denn hier?«

Als ich Tanda zum letzten Mal gesehen hatte, gehörte sie der unglücklichen Gruppe an, welche Aahz und ich in unbekannte Dimensionen hatten aufbrechen sehen. Von dem ganzen Haufen war sie die Einzige gewesen, die ich nur ungern hatte gehen sehen.

»Ich warte auf dich, Dummerchen«, foppte sie mich

und legte liebevoll den Arm um meine Taille. »Wo steckt Aahz?«

»Er ist...« Ich wollte gerade zu dem Hügel empordeuten, als mir etwas auffiel. »Sag mal: Woher weißt du eigentlich, dass Aahz bei mir ist?«

»Oh! Nun spinn mal nicht rum«, schalt sie mich und schüttelte mich zum Scherz. »Das liegt doch auf der Hand. Nicht einmal Aahz würde dich allein gegen eine ganze Armee antreten lassen.«

»Aber woher...«

»Gliep!«

Mein Drache hatte entdeckt, dass seine Beute sich nicht mehr in dem Gebüsch versteckte. Deshalb zerrte er nun am Ende des Seiles, um sich zu uns zu gesellen. Der Baum, an den er gebunden war, schwankte gefährlich hin und her.

»Gliep!«, rief Tanda erfreut. »Wie geht's dir denn, mein Junge?«

Das Befinden des Baums wurde langsam kritisch, während der Drache vor Freude darüber zitterte, dass sie ihn erkannt hatte. Ich zitterte ja selbst ein bisschen. Tanda wirkte nun einmal so auf männliche Wesen.

Ohne an ihre eigene Sicherheit zu denken, sprang Tanda nach vorn, um sich vor Gliep hinzuknien, seine Barthaare zu kraulen und zärtlich über seine Nase zu streicheln.

Gliep genoss es. Ich ebenfalls. Zu ihren üblichen, weichen, wadenhohen Stiefeln trug Tanda eine grüne Uniform, welche ihre üppigen Rundungen halbwegs zusammenhielt und ihre Beine sehen ließ. Mehr noch, als sie niederkniete, rutschte ihr Rocksaum hoch, bis …

»Was ist denn mit dem Drachen los?«, polterte Aahz los, der gerade aus dem Gebüsch hinter mir trat.

Diesmal sprang ich nicht in die Luft … nicht viel, zumindest.

»Also, Aahz«, setzte ich an, »es ist nämlich …«

Ich hätte mich gar nicht erst um eine Erklärung bemühen brauchen. Tanda richtete sich auf und schoss an mir vorüber.

»Aahz!«, rief sie und warf sich ihm in die Arme.

Zur Abwechslung war mein rohrstockbestückter Mentor mal ebenso fassungslos, wie ich es gewesen war. Einen Augenblick lang schwankte das Armegewirr am Rande des Zusammenbruchs, dann ging es zu Boden. Sie landeten mit einem laut schallenden Dröhnen, Aahz auf der Unterseite fing glücklicherweise den meisten Schwung auf.

»Immer noch ziemlich impulsiv, was?«, spöttelte Tanda.

»Uff … ha … ah …«, antwortete Aahz liebenswürdig.

Tanda rollte sich auf die Füße und zog ihre … Uniform zurecht. »Wenigstens muss ich dich nicht fragen, ob du dich freust, mich wiederzusehen.«

»Tanda!«, keuchte Aahz schließlich.

»Du erinnerst dich?« Tanda strahlte.

»Sie hat auf uns gewartet, Aahz«, ergänzte ich freudig. »Das ist wahr!«

Aahz blickte finster drein. »Grimbel sagte, du hättest uns diesen Job auf den Hals geladen.«

Tanda zuckte zusammen. »Das kann ich erklären«, sagte sie entschuldigend.

»Ich kann es kaum erwarten«, brummte Aahz.

»Darauf bin ich aber auch neugierig«, fügte ich hinzu.

»Hm ... Das könnte eine Weile in Anspruch nehmen, Jungs«, sagte sie nachdenklich. »Habt ihr vielleicht etwas zu trinken dabei?«

Das war zweifellos die gescheiteste Frage, die ich an diesem Tag gehört hatte. Wir zogen den Wein heraus, saßen in Sekundenschnelle im kleinen Kreis und stillten unseren Durst. Zum großen Unbehagen von Aahz hatte ich darauf bestanden, dass wir ganz in Glieps Nähe saßen, damit er sich nicht ausgeschlossen fühlte. Dies bedeutete natürlich, dass sein etwas strenger Atem unser Gespräch umnebelte, aber wie ich erklärte, war dies die einzige Möglichkeit, ihn ruhig zu halten, während wir sprachen.

»Was tat sich nach eurer Abreise?«, drängte ich sie. »Wo stecken Isstvan und Brockhurst und Higgens? Was ist aus Ganzfix geworden? Habt ihr Frumpel jemals wieder zum Leben erwecken können, oder ist er immer noch eine Statue?«

»Später, Junge«, unterbrach mich Aahz. »Die wichtigen Dinge zuerst. Du, Tanda, wolltest gerade die Sache mit Grimbel erklären.«

»Grimbel«, antwortete Tanda also und runzelte die Nase. »Hast du jemals festgestellt, dass, je unehrlicher einer ist, umso besitzergreifender er sich auch gibt? Er ist der Hauptgrund, dass ich in Possiltum nicht länger auf euch gewartet habe.«

»Von vorne!«, ordnete Aahz an.

»Von vorne.« Tanda schürzte nachdenklich die Lippen. »Also, ich riss ihn in einer Single-Bar auf ... Er ist verheiratet, aber das erfuhr ich erst später.«

»Was ist eine Single-Bar?«, fiel ich ihr ins Wort.

»Halt den Rand, Kleiner«, schnauzte Aahz mich an.

»Na ja, es war auch eigentlich keine Single-Bar«, verbesserte Tanda. »Eher eine Taverne. Ich hätte wissen sollen, dass er verheiratet war. Ich meine, kein Mann in so jungen Jahren kann so kahl sein, wenn er nicht eine Frau zu Hause hat.«

»Die Philosophie kannst du dir schenken.« Aahz stöhnte. »Erzähl uns schlicht und einfach die Geschichte, ja?«

Tanda hob eine Augenbraue in seine Richtung. »Weißt du, Aahz«, beschuldigte sie ihn, »für einen, der so viele Schlenker macht wie du, wenn es ums Geschichtenerzählen geht, bist du verdammt ungeduldig, wenn es darum geht, jemand anderem zuzuhören.«

»Da hat sie ganz recht«, kommentierte ich.

»Schluss jetzt!«, maulte Aahz. »Die Geschichte!«

»Nun, eines der Dinge, die Grimbel erwähnte, als er mir mit seinem hohen Posten imponieren wollte, war, dass er einen Hofzauberer suchte. Er sagte, er hätte den König überzeugt, einen anzustellen, aber jetzt konnte er keinen ausfindig machen und würde am Ende wie ein Idiot dastehen.«

»Und als er auf Idioten zu sprechen kam«, ergänzte ich, »fielen wir dir ein.«

»Jetzt fang bloß nicht so an«, schimpfte Tanda. »Ich

hielt es für eine gute Möglichkeit, zwei Freunden weiterzuhelfen. Ich wusste, dass ihr in dem Wald da rumhingt, und schließlich weiß jeder, was für ein gemütlicher Job Hofzauberer ist.«

»Genau, wie ich dir gesagt habe, Hofzauberer«, betonte Aahz.

»Dann müssen wir von verschiedenen Jobs gesprochen haben«, gab ich zurück.

»He!«, unterbrach Tanda, indem sie zärtlich eine Hand auf meinen Arm legte. »Als ich ihm eure Namen angab, wusste ich nichts von der Invasionsarmee. Ehrlich!«

Unter ihrer Berührung schmolz mein Ärger dahin wie Eis. In diesem Augenblick hätte sie mir gestehen können, meinen Kopf als Galionsfigur verkauft zu haben, und ich hätte ihr auch das verziehen.

»Nun …«, hob ich an, doch sie fuhr zu meinem Glück fort.

»Sobald ich die ganze Geschichte erfahren hatte, wusste ich, dass ich euch in eine missliche Lage gebracht hatte«, sagte sie leise und aufrichtig. »Wie ich schon sagte, hätte ich in Possiltum gewartet, doch ich hatte Angst, dass ihr mich mit euren Maskeraden erkennen würdet, ehe ich euch ausgemacht haben könnte. Hättet ihr mich auf gewohnte Weise begrüßt, wäre das dem Geschäft sehr zuwidergelaufen. Grimbel ist ein eifersüchtiger Narr, und wenn er uns für mehr als flüchtige Bekannte gehalten hätte, hätte er euch womöglich alle Unterstützung versagt, die er euch normalerweise gewährt hätte.«

»Ein tolles Geschäft«, knurrte Aahz, »fünf ganze Goldstücke.«

»So viel?« Tanda klang aufrichtig überrascht. »Wie habt ihr das denn geschafft?«

»Aahz holt bei jedem Handel das Bestmögliche heraus«, sagte ich stolz. »Zumindest in finanzieller Hinsicht.«

»Also«, schloss Tanda, »zumindest will ich nicht eure Kriegskasse belasten. Als ich den ganzen Schlamassel erfuhr, in den ich euch gebracht hatte, beschloss ich, mich diesmal umsonst zur Verfügung zu stellen. Da ich euch da hineingerissen habe, ist das Mindeste, was ich tun kann, euch wieder herauszuhelfen.«

»Klasse!«, rief ich aus.

»Und wie das klasse ist!«, stimmte Aahz zu.

Irgendetwas an seiner Stimme störte mich. »Ich meine, dass sie uns helfen will«, stieß ich hervor, »nicht, dass sie es umsonst tut.«

»Das habe ich ja auch gemeint, *Lehrling*«, gab Aahz böse zurück. »Aber im Gegensatz zu einigen anderen weiß ich, wovon ich rede!«

»Jungs!«, rief Tanda und schob uns auseinander. »Wir stehen auf der gleichen Seite, wisst ihr noch?«

»Gliep!«, erklärte der Drache und schob sich neben Tanda. Wie ich schon sagte, ist der Atemhauch meines Drachen stark genug, um jedes Gespräch zu beenden, und es dauerte einige Minuten, bis die Luft wieder so frisch war, dass wir unsere Unterhaltung fortsetzen konnten.

»Ehe wir so rau unterbrochen wurden«, keuchte

Tanda schließlich, »wolltest du etwas sagen, Aahz. Hast du dir einen Plan ausgedacht?«

»Inzwischen ja«, lächelte Aahz und fasste sie unters Kinn. »Und glaub mir, ohne dich wäre das ziemlich schwierig geworden.«

Das klang irgendwie besorgniserregend. Tandas Hauptgewerbe, zumindest das einzige, das man in anständiger Gesellschaft erwähnen konnte, war das einer Mörderin.

»Nun komm schon, Aahz«, druckste ich. »Tanda ist gut, aber sie ist nicht so gut, dass sie es mit einer ganzen Armee aufnehmen könnte.«

»Sei dir da lieber nicht so sicher, Süßer«, meinte sie und zwinkerte mir zu.

Ich errötete, führte mein Argument jedoch weiter aus. »Ich behaupte nun einmal, dass die Sache für einen oder auch für drei einfach zu gewaltig ist«, erklärte ich hartnäckig.

»Da hast du recht, Junge«, sagte Aahz feierlich.

»Wir können einfach nicht ... Was sagtest du, Aahz?«

»Ich sagte, dass du recht hast«, wiederholte er.

»Dachte ich mir's doch«, meinte ich verwundert. »Ich wollte es nur noch mal hören.«

»Das könntest du öfter hören, wenn du öfter recht hättest«, erläuterte der Dämon.

»Nun komm schon, Aahz«, unterbrach ihn Tanda. »Wie lautet der Plan?«

»Wie das Bürschlein hier schon sagte«, meinte Aahz leichthin, »benötigen wir weitere Hilfe. Wir brauchen eine eigene Armee.«

»Aber Aahz«, erinnerte ich ihn, »Badaxe sagte doch …«

»Wer redet denn von Badaxe?«, erwiderte Aahz in aller Unschuld. »Wir sollen diesen Krieg doch mit Hilfe der Magik gewinnen, nicht wahr? Na schön. Mit Tanda in unserem Team verfügen wir über ein paar weitere Tricks, vergiss das nicht.«

Ich vergaß es nicht. Ich hatte nicht vergessen, wie Aahz erklärt hatte, er mache sich keine Sorgen um Tanda, die mit Isstvan verschwunden war, denn sie könnte selbst durch die Dimensionen reisen, falls die Lage prekär würde.

»Du meinst …«

»Genau das, min Jung.« Aahz lächelte. »Wir kehren nach Tauf zurück. Dort werden wir eine eigene kleine-feine Invasionsarmee rekrutieren!«

12

»Dies ist kein Spiel
für alte Knacker!
Schickt die Knaben herein!«

Caligula

Ich weiß nicht, wie Tanda uns von meiner Heimatdimension Klah nach Tauf gebracht hat. Wüsste ich es, so hätte ich sie nicht dazu gebraucht. Ich weiß nur, dass sie zu der entsprechenden Zeit zu singen begann und ihre Schultern wiegte (ein an sich schon faszinierender Vorgang), und schon waren wir da.

Mit »da« meine ich in diesem Fall den Basar auf Tauf. Doch dieser Satz allein vermag keinen Eindruck der neuen Umgebung zu vermitteln, deren Anblick sich uns nun bot.

Vor langer Zeit erlitt die Dimension Tauf einen wirtschaftlichen Zusammenbruch. Um zu überleben, nutzten die Täufler (welche ich früher unter der Bezeichnung Teufel gekannt hatte) ihre Fähigkeit zum Dimensionen-Reisen und wurden Kaufleute. Durch einen Ausleseprozess waren nicht jene Täufler am stärksten, die am besten kämpfen konnten, sondern jene, die am geschicktesten handelten. Nach zahllosen Generationen, die diesen Prozess durchliefen, waren die Täufler als die besten Kaufleute aller Dimensionen bekannt. Außerdem waren sie als die verschlagensten, kältesten und profitgierigsten Betrüger berühmt, die die Welt jemals gesehen hat.

Der Basar auf Tauf war ihr Schaufenster. Es war ein Markt, der rund um die Uhr und das ganze Jahr über stattfand und wo die Täufler miteinander um die Waren feilschten, welche sie aus den verschiedensten Dimensionen herbeigeschleppt hatten. Obwohl der Markt ursprünglich von den Täuflern eingerichtet und unterhalten wurde, war es keineswegs ungewöhnlich, Reisenden aus vielen Dimensionen zu begegnen, welche durch die endlosen Reihen von Auslagen und Buden schlenderten. Als Faustregel galt: Wenn man es überhaupt irgendwo findet, dann auf dem Basar von Tauf.

Ich war schon einmal mit Aahz hier gewesen. Damals suchten wir nach einer Überraschungswaffe zum Einsatz gegen Isstvan. Schließlich kehrten wir mit Gliep und Tanda zurück… Rund um den Markt gab es zahllose Unterhaltungsmöglichkeiten.

Ich erwähne dies, weil niemand, so ungewöhnlich unser Vierergespann auch erschienen sein mochte, uns auch nur die geringste Beachtung schenkte, während wir dastanden und das Kaleidoskop von Aktivitäten sich um uns drehen ließen.

Gliep drückte sich ängstlich an mich, da ihn der plötzliche Wechsel unserer Umgebung erschreckt hatte. Ich beachtete ihn nicht weiter. Mein erster Besuch hier war viel zu kurz gewesen, um meine Neugier befriedigt zu haben. Folglich verrenkte ich mir nun den Hals, um so schnell wie möglich so viel wie möglich mitzubekommen.

Tanda war da schon profihafter.

»Da wir nun hier sind«, meinte sie schleppend, »hast du eine Ahnung, wo wir hinmüssen, Aahz?«

»Nein«, gab Aahz zu. »Aber das werde ich auf der Stelle herausbekommen.«

Ohne weitere Vorwarnung streckte er die Hand aus und packte den Arm des nächstbesten Passanten, eines kurzgewachsenen, hässlichen Burschen mit Fangzähnen. Aahz wirbelte sein Opfer herum und beugte sich hinab, um ihm drohend ins Gesicht zu schauen.

»He, du!«, knurrte er. »Hast du Lust auf ein Kämpfchen?«

Einen Augenblick lang blieb mir das Herz stehen. Es fehlte uns gerade noch, in eine Schlägerei verstrickt zu werden.

Glücklicherweise zog der Keiler keine Waffe, sondern wich einen Schritt zurück und beäugte unsere Gruppe misstrauisch.

»Doch nicht mit einem Perversen mit einem Drachen zur Unterstützung. Ich nicht!«, gab er vorsichtig zurück.

»Gut!« Aahz lächelte. »Und wenn du jemanden anheuern wolltest, der den Kampf für dich austrägt, wohin würdest du dann gehen?«

»Auf den Basar von Tauf.« Der Keiler zuckte die Schultern.

»Das weiß ich selbst!«, knurrte Aahz. »Aber wohin auf dem Basar?«

»Ach so!«, rief der Keiler, als er plötzlich verstand. »Etwa zwanzig Reihen weiter in dieser Richtung, dann circa dreißig Reihen nach rechts. Dort hängen die Söldner herum.«

»Zwanzig, dann dreißig nach rechts«, wiederholte Aahz aufmerksam. »Danke!«

»Ein Finderlohn wäre besser angebracht als Dank«, sagte der Keiler mit einem Lächeln und hielt uns die offene Handfläche entgegen.

»Da hast du wohl recht!«, stimmte Aahz ihm zu und kehrte unserem Wohltäter den Rücken.

Der Keiler zögerte einen Moment, dann zuckte er mit den Schultern und ging seines Weges. Ich hätte ihm sagen können, dass Perfekter im Allgemeinen und Aahz im Besonderen nicht gerade für ihre Großzügigkeit berühmt sind. »Wir gehen zwanzig Reihen hier entlang, dann dreißig nach rechts«, informierte uns Aahz.

»Hm. Wir haben es gehört.« Tanda schnitt eine Grimasse. »Warum hast du ihn denn nicht direkt danach gefragt?«

»Meine Methode ist schneller«, erwiderte Aahz selbstgefällig.

»Tatsächlich?«, fragte ich skeptisch.

»Hör zu, Bürschchen«, schalt Aahz. »Möchtest *du* uns durch diese Menagerie führen?«

»Also …« Ich trat den Rückzug an.

»Dann halt den Mund und lass mich machen, okay?«

In Wirklichkeit ließ ich mich nur allzu gern von Aahz leiten, wo immer er uns auch hinführen mochte. Zum einen war er dann damit beschäftigt, uns einen Weg durch die Menge zu bahnen. Zum anderen hatte ich dann so gut wie nichts zu tun und konnte den Anblick des Basars genießen, während ich ihm folgte.

Doch sosehr ich mich auch bemühte, es gab einfach zu vieles zu sehen für ein einziges Augenpaar.

In einer Bude debattierten zwei Täufler mit einem elefantenköpfigen Wesen über einen Schädel oder zumindest etwas, das ich für einen Schädel hielt. In einer anderen Bude bereitete ein Täufler eine Vorführung für ein buntgemischtes Publikum vor und lockte Wolken aus grünen, schwebenden Bläschen aus einem Holzkasten.

Einmal wurde uns der Weg durch eine Bude versperrt, an der man Ringe verkaufte, die Lichtpfeile verschossen. Zwischen der Vorführung des Verkäufers und den Kunden, die ihre Erwerbung ausprobierten, war tatsächlich kein Durchkommen.

Aahz und Tanda verlangsamten ihren Schritt jedoch nicht, sondern gingen unbekümmert weiter zwischen den Blitzen hindurch. Wie durch ein Wunder blieben sie unversehrt.

Ich biss die Zähne zusammen, packte Gliep am Ohr und folgte ihnen. Und wieder trafen uns die Energiestrahlen nicht. Offensichtlich würde ein Täufler niemals einen potenziellen Kunden verletzen oder zulassen, dass dergleichen an seinem Stand geschah. Es war gut, das zu wissen.

Doch die Blitzringe erinnerten mich an etwas anderes. Als wir das letzte Mal mit Tanda zusammen gewesen waren, hatte Aahz ihr einen Ring geschenkt, mit dem man ein manngroßes Objekt durch Hitzestrahlen auf der Stelle versengen konnte. Es stimmt, ich sagte, er *schenkte* ihn ihr. Jetzt denkt manch einer vielleicht, dass dies ein Ausdruck seiner tiefen Gefühle für sie war.

Meiner Auffassung nach war er einfach krank gewesen. Jedenfalls fiel mir der Ring nun wieder ein, und ich war neugierig, was aus ihm geworden war.

Als ich etwas schneller ging, um den Abstand zwischen mir und den beiden an der Spitze zu verringern, konnte ich lediglich feststellen, dass sie tief in ein Gespräch verwickelt waren. Das auf dem Basar herrschende Getöse vereitelte jeden Versuch, jemanden ernsthaft zu belauschen, doch es gelang mir, beim Gehen gelegentlich Brocken ihrer Unterhaltung aufzuschnappen.

»... gehört ... fürchterlich teuer, oder?«, hörte ich Tanda sagen.

»... sind ihr Geld wert ...«, erwiderte Aahz.

Ich schob mich ein bisschen näher heran, um besser zu hören.

»... glaubst du eigentlich, dass hier jemand zu finden ist?«, erkundigte sich Tanda.

»Bei den vielen Kneipen?«, gab Aahz zurück. »Nach allem, was ich weiß, ist das eine ihrer Lieblings...«

Den Rest der Debatte bekam ich nicht mehr mit. Ein kniehohes, vielarmiges Scheusal huschte plötzlich über meine Füße und duckte sich unter einer Zeltklappe hindurch, dicht gefolgt von zwei äußerst frustriert wirkenden Täuflern.

Ich beachtete die Verfolgungsjagd und die folgenden Schreie nicht weiter, sondern beeilte mich, Aahz und Tanda einzuholen. Offensichtlich sprachen sie über Söldner, und ich wollte so viel wie möglich mitbekommen, sowohl für meine weitere Ausbildung als auch aus dem Grund, dass ich sie vielleicht in die Schlacht führen musste.

»... sie denn finden?«, fragte Tanda gerade. »Wir kennen ja nur die grobe Richtung.«

»... leicht«, erwiderte Aahz zuversichtlich. »Man muss nur dem Gesang nachgehen.«

»Dem Gesang?« Tanda war skeptisch.

»Das ist ihr Markenzeichen«, verkündete Aahz. »Das bringt sie auch in die meisten ...«

Ein Täufler trat vor mich und hielt mir stolz eine Handvoll Samen entgegen. Dann warf er sie mit Schwung zu Boden, und sogleich erwuchs ein schwarzer Dornbusch, der mir den Weg versperrte. Wow! Normalerweise wäre ich fasziniert gewesen, doch im Augenblick hatte ich es zu eilig.

Ohne mich auch nur damit aufzuhalten, dem Täufler Vorwürfe zu machen, erhob ich mich in die Lüfte, wobei mein Unmut mir Flügel verlieh. Mein Unmut und ein bisschen Levitation. Ich überwand den Dornbusch ohne Schwierigkeiten und landete weich auf der anderen Seite – um beinahe von Gliep niedergetrampelt zu werden, als dieser durch das Hindernis gestapft kam.

»Gliep?«, sagte er und drehte neugierig den Kopf nach mir.

Ich rappelte mich aus dem Staub auf, wo sein Ungestüm mich hingeschleudert hatte, und versetzte ihm eine Kopfnuss.

»Pass das nächste Mal auf, wo du hinlatschst!«, befahl ich wütend.

Seine Reaktion bestand darin, seine lange Zunge auszufahren und mir das Gesicht abzulecken. Sein Maulgeruch war verheerend, und seine Zunge hinterließ eine eklige Schleimspur. Ganz offensichtlich hatte meine Ermahnung ihn in Furcht und Schrecken versetzt.

Mit einem tiefen Seufzer folgte ich Aahz, so schnell ich konnte, während Gliep neben mir herpolterte.

Ich hätte sie fast überholt, als Aahz plötzlich mitten im Weg stehen blieb und sich umdrehen wollte. Da ich bei meinem Tempo nicht mehr anhalten konnte, prallte ich gegen ihn und warf ihn zu Boden.

»Hast du's eilig, Süßer?«, erkundigte sich Tanda und blinzelte mich vielsagend an.

»Oh, Aahz«, stammelte ich über ihn gebeugt. »Ich wollte dich nicht…«

Aus einer halben Sitzstellung heraus verpasste er mir eine Ohrfeige, die mich um mich selbst wirbelte. »Pass das nächste Mal auf, wo du langlatschst«, knurrte er.

»Gliep«, sagte der Drache und leckte mir übers Gesicht.

Entweder war mir schlimmer schwindelig, als ich

geglaubt hatte, oder ich hatte diese Szene schon einmal erlebt.

»Nun hör mal auf herumzualbern und pass lieber auf.« Aahz war wieder auf den Beinen und ganz bei der Sache. »Hier trennen wir uns erst mal für eine Weile. Du wartest hier, während ich mit den Söldnern feilschen werde.«

»Ach, komm schon, Aahz«, jammerte ich. »Darf ich nicht…«

»Nein, du darfst nicht!«, sagte er unbarmherzig. »Der Haufen, hinter dem ich her bin, ist eine wilde Horde. Das fehlte uns gerade noch, dass du mitten in den Verhandlungen eine dumme Bemerkung machst und die ihre Preise verdreifachen.«

»Aber…«, setzte ich an.

»Du wartest hier!«, befahl Aahz. »Ich sage es noch einmal: *Warte!* Keine Schlägereien und kein Einkaufsbummel mit Drachenkauf. Du tust nichts, außer zu warten!«

»Ich werde hier bei ihm bleiben, Aahz«, erklärte Tanda sich bereit.

»Gut.« Aahz nickte. »Sieh zu, dass er nicht in Schwierigkeiten gerät, ja?«

Mit diesen Worten drehte er sich um und verschwand in der Menge. Eigentlich war ich nicht allzu enttäuscht. Ich meine, ich hätte ihn schon gerne begleitet, aber noch lieber war es mir, einige Zeit alleine mit Tanda zu verbringen. Das heißt, soweit man es als Alleinsein mit jemandem bezeichnen kann, wenn man mitten im Basar auf Tauf steht.

»Na, Tanda«, sagte ich und setzte mein strahlendstes Lächeln auf.

»Später, Süßer«, antwortete sie spröde. »Im Augenblick habe ich noch einige Besorgungen zu machen.«

»Besorgungen?« Ich blinzelte.

»Hmm. Aahz ist großartig, was die Leistungskraft angeht, aber ich hätte gerne noch ein paar Tricks im Ärmel, für den Fall, dass es brenzlig wird«, erklärte sie. »Ich husche mal rüber zur Spezialeffekte-Abteilung und sehe mir an, was sie auf Lager haben.«

»Einverstanden«, sagte ich. »Gehen wir!«

»Nein, du nicht.« Sie schüttelte den Kopf. »Ich glaube, es ist besser, wenn ich diesmal allein gehe. Die Lokalitäten, an die ich denke, sind nichts für zivilisierte Gäste. Du wartest hier mit dem Drachen.«

»Aber du solltest doch dafür sorgen, dass ich nicht in Schwierigkeiten gerate!«, widersprach ich.

»... genau deshalb nehme ich dich ja auch nicht mit«, sagte sie mit einem Lächeln. »Na, was hast du überhaupt an Waffen dabei?«

»Nun ...«, sagte ich zögernd, »in Glieps Gepäck befindet sich eine Art Schwert.«

»Schön!«, sagte sie. »Hol es heraus und hänge es dir um. Es wird dir den Pöbel vom Hals halten. Dann ... hm ... wartest du da drinnen auf mich!«

Sie deutete auf ein zweifelhaft aussehendes Steingebäude mit einem abblätternden Schild an der Vorderseite.

»Was ist *das* denn?«, fragte ich und beäugte es misstrauisch.

»Das gehört zur Kette mit dem gelben Halbmond«, erklärte sie. »Eine Art Restaurant. Bestell dir was zu essen. Die Speisen sind nicht besonders appetitlich, aber genießbar.«

Ich besah mir das Haus eine Weile.

»Eigentlich«, entschied ich schließlich, »würde ich lieber …«

In diesem Augenblick bemerkte ich, dass ich mit mir selbst sprach. Tanda war spurlos verschwunden.

Zum zweiten Mal in meinem Leben stand ich nun allein auf dem Basar von Tauf …

13

»Ran an die Buletten!«

HEINRICH VIII.

So faszinierend der Basar auch ist – sich dort allein wiederzufinden, das kann ziemlich erschreckend sein.

Folglich beschloss ich, Tandas Rat zu befolgen, und betrat das Gasthaus.

Zuerst war ich jedoch vorsichtig genug, Gliep an einem der Pfosten des Gasthofs anzubinden und das Schwert herauszuziehen. Es war Garkins altes Schwert, eine Waffe, die gleichermaßen zum Gespött von Dämonen *und* Dämonenjägern geworden war. Doch ihr Gewicht an meiner Hüfte wirkte beruhigend auf mich, obwohl es vielleicht noch beruhigender gewesen wäre, hätte ich gewusst, wie man damit umgeht. Bedauerlicherweise hatte es jedoch bei meinem Unterricht bei Aahz bislang noch keine Stunden im Schwertkampf gegeben.

Ich konnte nur hoffen, dass dem zufälligen Beobachter nicht gleich in die Augen sprang, dass ich zum ersten Mal ein Schwert trug.

Ich blieb im Türrahmen stehen und besah mir das

Innere des Gasthauses. So wenig vertraut ich mit gepflegten Speisen war, begriff ich doch sofort, dass hier nicht die Rede davon sein konnte.

Einer der wenigen Ratschläge, die mein bäuerlicher Vater mir erteilt hatte, ehe ich von zu Hause fortgelaufen war, lautete, dass man keinem Gasthaus oder Restaurant trauen sollte, das übertrieben sauber wirkte. Er behauptete, je sauberer ein Lokal war, umso zweifelhafter wären Qualität und Herkunft seiner Speisen. Wenn er nur annähernd recht hatte, musste dieser Gasthof das Allerletzte sein. Er war nicht sauber, er blitzte nur so.

Ich meine das wörtlich. Grelle Deckenlampen spiegelten sich auf wahllos arrangierten, winzigen Tischen und unbequem aussehenden Stühlen aus glänzendem Metall und einem harten, weißen Material, das ich nicht kannte. An der entgegengesetzten Wand des Gasthauses erstreckte sich eine Theke, hinter der ein großer, steinerner Wasserspeier stand, das einzige dekorative Stück in diesem Raum. Hinter ihm befand sich eine Tür, die vermutlich zur Küche führte. Ein kleines Fenster in dieser Tür gab den Blick auf die Speisenzubereitung frei. Diese Zubereitung bestand darin, kleine Fleischpasteten auf dem Herd zu garen, sie in Rollenform zu halbieren, eine Vielzahl bunter Pasten auf das Fleisch zu schmieren und die ganze Scheußlichkeit in Papier zu schlagen.

Die Beobachtung dieser Vorgänge erhärtete meine vorangegangenen Befürchtungen. Ich erledige die gesamte Kocherei für Aahz und mich, wie zuvor für Garkin und mich und früher für mich ganz allein. Während ich mir über das Niveau meiner Kochkünste keine Illusionen mache, so weiß ich doch, dass nach einem solchen Umgang mit dem Fleisch die Mahlzeit Beschaffenheit und Geschmack von verkohltem Handschuhleder haben muss.

Trotz der offenkundig geringen Qualität der Speisen war der Gasthof fast voll besetzt mit Gästen. Das beobachtete ich aus den Augenwinkeln. Und ich bemerkte ebenso, dass ein hoher Prozentsatz von ihnen mich anstarrte. Es kam mir in den Sinn, es könnte vielleicht daran liegen, dass ich so lange in der Tür stand, während ich Mut fasste, um einzutreten.

Ich war nun etwas verlegen, trat in den Raum und ließ die Tür hinter mir zuschwingen. Mit teuflischer Präzision schloss sie sich über meinem Schwert und klemmte es sogleich fest, sodass ich beim Weitergehen tölpelhaft strauchelte. So viel zu meinem Auftreten als Schwertträger.

Peinlich berührt vermied ich es, den anderen Gästen in die Augen zu sehen, und sputete mich zur Theke. Ich wusste nicht so recht, was ich dort anfangen sollte, da ich dem Essen nicht traute, aber vermutlich würden die Leute aufhören, mich anzustarren, wenn ich die Bestellprozedur hinter mich brachte.

Immer noch in dem Bemühen, ihren Blicken auszuweichen, betrachtete ich demonstrativ den Wasserspeier. Plötzlich ertönte ein knirschendes Geräusch, und die Statue drehte den Kopf, um mich anzusehen. Das war gar keine Statue! Sie hatten ein richtiges Scheusal, das an der Theke bediente.

Das Scheusal schien aus grobem, grauem Stein zu bestehen, und wenn es seine Flügel bewegte, rieselten kleine Stückchen zermalmten Gesteins zu Boden. Seine Hände waren krallenbewehrt, aus seinen Ellbogen wuchsen geschwungene Dornen. Der einzige versöhnliche Zug, den ich entdecken konnte, war sein Lächeln, das wiederum leicht entnervend war. Es beherrschte sein faltiges Gesicht und schien in seine Züge eingeätzt, erstreckte sich bis hinter die Ohren und entblößte eine Reihe spitzer Zähne, die noch länger als die von Aahz waren.

»Ihre Bestellung, bitte?«, erkundigte sich das Scheusal höflich, ohne auch nur einmal sein Lächeln aufzugeben.

»Hm …«, sagte ich und trat einen Schritt zurück. »Ich muss erst darüber nachdenken. Die Auswahl ist so groß.«

In Wirklichkeit konnte ich die Speisekarte nicht lesen …, falls es sich überhaupt um diese handelte. Hinter dem Scheusal war etwas in einer Sprache in die Wand gemeißelt, die ich nicht entziffern konnte. Ich nahm an, dass es sich um die Speisekarte handelte, denn die Preise waren nicht in die Wand geritzt, sondern mit Kreide über viele ausradierte Stellen geschrieben.

Das Scheusal zuckte mit den Schultern.

»Wie Sie wollen«, sagte es gleichgültig. »Wenn Sie sich entschieden haben, rufen Sie einfach. Gus heiße ich.«

»Das werde ich tun … Gus«, sagte ich lächelnd und schob mich langsam wieder zur Tür.

Zwar war es meine Absicht, mich still hinauszuschieben und draußen mit Gliep zu warten, doch es sollte anders kommen. Noch ehe ich vier Schritte getan hatte, fiel mir schwer eine Hand auf meine Schulter.

»Skeeve, richtig?«, erklang eine Stimme.

Ich wirbelte herum, beziehungsweise setzte dazu an. Der Versuch wurde vereitelt, als mein Schwert an ein Tischbein stieß. Doch mein Kopf drehte sich weiter, und ich sah mich einem Imp gegenüber.

»Brockhurst!«, rief ich aus, denn ich erkannte ihn sofort.

»Ich dachte doch gleich, dass du das bist, als du … *heh!*«

Der Imp trat einen Schritt zurück und hob abwehrend die Hände. »Nun mal langsam! Ich will doch gar keinen Ärger machen.«

Meine Hand war unwillkürlich zu meinem Schwert gefahren, um es aus dem Tischbein zu ziehen. Offensichtlich hatte Brockhurst diese Bewegung als das Bemühen interpretiert, meine Waffe zu ziehen.

Das kam mir gelegen. Brockhurst war einer von Isstvans Helfershelfern gewesen, und wir waren nicht in bestem Einvernehmen auseinandergegangen.

»Ich hege keinen Groll mehr«, fuhr Brockhurst halsstarrig fort. »Das war nur mein Job. Und zurzeit warte ich auf einen neuen – und zwar schon eine ganze Weile!« Den letzten Satz sagte er mit einem bitteren Unterton, der meine Neugier anstachelte.

»Dann ist es dir nicht allzu gut ergangen?«, erkundigte ich mich vorsichtig.

Der Imp zog eine Grimasse. »Das ist eine Untertreibung. Komm, setz dich. Ich spendier dir einen Milchshake und erzähle dir alles.«

Ich wusste nicht recht, was ein Milchshake war, war jedoch überzeugt, dass ich keinen wollte, wenn er hier verkauft wurde. »Hm … vielen Dank jedenfalls, Brockhurst«, sagte ich und rang mir ein Lächeln ab. »Aber ich möchte lieber nichts.«

Der Imp hob eine Augenbraue. »Immer noch ein bisschen misstrauisch, wie?«, murmelte er. »Na ja, ich kann es dir nicht verdenken. Aber ich werde dir sagen, was wir machen.«

Ehe ich ihn aufhalten konnte, schlenderte er zur Theke. »He, Gus!«, rief er. »Ich hätte gern noch einen Becher.«

»Eigentlich …«, begann der Wasserspeier.

»Danke!«

Brockhurst war schon auf dem Rückweg und trug seine Erwerbung, eine Art dünnwandigen, durchschimmernden Becher. Er stellte ihn auf einen nahe gelegenen Tisch, nickte mir zu und wies mit der Hand auf den Stuhl gegenüber.

Die Höflichkeit ließ mir keine andere Wahl, als mich zu ihm zu setzen, obwohl mir später der Gedanke kam, dass ich keinerlei Verpflichtung zur Höflichkeit hatte. Mit vorsichtigen Bewegungen, um nicht wieder etwas mit meinem Schwert umzustoßen, bahnte ich mir meinen Weg zu dem bezeichneten Platz.

Offenbar hatte Brockhurst hier vorher schon gesessen, denn auf dem Tisch stand genau so ein Becher, wie er ihn eben an der Theke geholt hatte. Der einzige Unterschied bestand darin, dass der auf dem Tisch zu drei Vierteln mit einer merkwürdigen rosafarbenen Flüssigkeit gefüllt war.

Betont feierlich nahm der Imp den Becher vom Tisch und schüttelte die Hälfte daraus in das neue Behältnis. Die Flüssigkeit hatte die Konsistenz von flüssigem Dung.

»Hier!«, sagte er und schob mir einen der Becher über den Tisch zu. »Nun brauchst du dir über die komische Sache mit den Getränken keine Gedanken mehr zu machen. Jetzt trinken wir beide das Gleiche.«

Mit diesen Worten hob er seinen Becher zu einem ironischen Zuprosten und nahm einen kräftigen Schluck. Offensichtlich erwartete er, dass ich es ihm gleichtat. Doch eher hätte ich Blut gesaugt und Mist dazu gemampft.

»Es ist schwer zu glauben, dass die Geschäfte bei dir nicht laufen«, sagte ich. »Du siehst ziemlich gut aus.«

Zur Abwechslung war ich einmal ganz ehrlich. Brockhurst sah gut aus, sogar für einen Imp. Wie Aahz gesagt hatte, verstanden es die Imps, sich flott zu kleiden, und Brockhurst bildete da keine Ausnahme. Er war mit einem rostfarbenen, goldgeschnürten Samtwams bekleidet, das seine rosa Hautfarbe und sein glattes, schwarzes Haar gut zur Geltung brachte. Falls er Hunger litt, sah man ihm das jedenfalls nicht an. Obwohl er immer noch ziemlich schlank war, war er so muskulös und durchtrainiert wie bei unserer früheren Begegnung.

»Lass dich nicht vom Anschein täuschen«, sagte Brockhurst nachdrücklich und schüttelte den Kopf. »Du hast vor dir einen Imp, der mit dem Rücken zur Wand steht. Ich musste alles verkaufen: meine Armbrust, meinen Beutel mit Magiktricks, ich konnte nicht einmal meine Schulden bei der Mörderzunft bezahlen.«

»Ist es denn so schwierig, Arbeit zu finden?«, fragte ich mitleidsvoll.

»Ich sage dir, Skeeve«, flüsterte er vertraulich, »seit dem Fiasko mit Isstvan habe ich keine Arbeit mehr gehabt.«

Der Klang des Namens jagte mir immer noch einen Schauer über den Rücken. »Wo ist Isstvan eigentlich?«, fragte ich beiläufig.

»Mach dir um den keinen Gedanken«, antwortete Brockhurst finster. »Den haben wir mit einer Lotteriebude auf der Insel von Coney zwei Dimensionen von hier zurückgelassen.«

»Und was ist aus den anderen geworden?«

Ich war aufrichtig neugierig, denn ich hatte ja noch keine große Gelegenheit gehabt, mich mit Tanda zu unterhalten, seit wir uns wiedergetroffen hatten.

»Frumpel sahen wir zuletzt unter einer Vogelschar in irgendeinem Park. Offenbar sah er als Statue besser aus als lebendig. Der Dämonenjäger und das Mädchen sind eines Nachts zu unbekannten Gefilden aufgebrochen, während wir schliefen. Mein Partner, Higgens, hat sich auf den Heimweg nach Imper gemacht. Er meinte, seine Karriere sei zu Ende, sodass er sich genauso gut irgendwo niederlassen könnte. Ich suche seither Arbeit und glaube allmählich, dass Higgens wirklich recht gehabt hat.«

»Nun komm schon, Brockhurst«, schalt ich ihn. »Irgendetwas musst du doch tun können. Ich meine, wir sind hier doch schließlich auf dem Basar von Tauf!«

Der Imp stieß einen schweren Seufzer aus und nahm noch einen Schluck von seinem Getränk.

»Es ist nett, dass du das sagst, Skeeve.« Er lächelte mich an. »Aber ich muss mich mit den Tatsachen abfinden. Jedenfalls besteht keine große Nachfrage nach Imps, und schon gar nicht nach einem Imp ohne Zauberkräfte.«

Ich verstand, was er meinte. Alle Dimensionsreisenden, die ich bislang kennengelernt hatte – Aahz, Isstvan, Tanda und sogar der Täufler Frumpel –, schienen Imps für minderwertige Wesen zu halten. Die netteste Bemerkung, die ich noch über Imps gehört hatte, war, dass sie stillose Imitatoren der Täufler seien.

Er tat mir echt ein bisschen leid. Zwar hatten wir uns beim ersten Mal als Gegner gegenübergestanden, doch es war ja noch nicht allzu lange her, dass ich selbst jedermann ein Klotz am Bein gewesen war.

»Du musst es weiterversuchen«, ermutigte ich ihn. »Irgendwo gibt es schon jemanden, der bereit ist, dich einzustellen.«

»Das ist reichlich unwahrscheinlich.« Der Imp schnitt eine Grimasse. »In meinem jetzigen Zustand würde ich mich ja nicht einmal selbst einstellen. Du vielleicht?«

»Na klar doch«, bestätigte ich. »Jederzeit.«

»Ach ja«, seufzte er. »Ich sollte mich nicht so viel mit mir selbst beschäftigen. Wie ist es dir denn ergangen? Was führt dich auf den Basar?«

Nun war es an mir, eine Grimasse zu schneiden. »Aahz und ich sitzen ganz schön in der Tinte«, erklärte ich. »Wir wollen hier versuchen, eine Truppe zu unserer Unterstützung anzuwerben.«

»Dann heuert ihr Leute an?« Brockhurst war plötzlich ganz bei der Sache.

»Hmm. Warum?« Zu spät begriff ich, was ich gesagt hatte.

»Dann hast du es ernst gemeint, als du sagtest, du würdest mich anstellen!« Brockhurst setzte sich freudestrahlend neben mich.

»Hm …«, machte ich.

»Das ist ja großartig!« Der Imp kicherte und rieb sich die Hände. »Glaub mir, Skeeve, du wirst es nicht bereuen.«

Ich bereute es jetzt schon. »Nun warte mal eine Minute, Brockhurst«, unterbrach ich ihn verzweifelt. »Da gibt es einige Punkte, die du bei dem Job wissen solltest.«

»Zum Beispiel?«

»Äh … Zum einen stehen unsere Chancen miserabel«, erklärte ich wohlüberlegt. »Wir haben es mit einer ganzen Armee zu tun. Das ist eine ziemlich harte Sache angesichts der niedrigen Bezahlung.«

Ich dachte, dass ich mit dieser Bemerkung den Punkt träfe. Das tat ich auch.

»Wie niedrig *ist* die Bezahlung denn?«, fragte der Imp plump.

Mist! Jetzt saß ich so richtig in der Klemme. Ich hatte ja nicht die geringste Vorstellung, wie viel Söldner normalerweise bekamen.

»Wir … äh … wir könnten nicht mehr als ein Goldstück für den gesamten Auftrag anbieten.« Ich zuckte mit den Achseln.

»Einverstanden!«, rief Brockhurst aus. »Beim aktuellen Stand meiner Finanzen kann ich es mir gar nicht leisten, ein solches Angebot abzulehnen, wie gefährlich der Job auch sein mag.«

Mir fiel auf, dass ich mir gelegentlich von Aahz einmal die Wechselkurse erläutern lassen müsste.

»Hm … Da ist noch ein anderes Problem«, murmelte ich nachdenklich.

»Und das wäre?«

»Nun, mein Partner, du erinnerst dich doch an Aahz?«

Der Imp nickte.

»Also, er ist gerade unterwegs, um eine Truppe anzuheuern, und er hat das Geld bei sich«, fuhr ich fort. »Es kann durchaus sein, dass wir nicht mehr genug Geld haben, dich anzustellen, wenn er Erfolg hat.«

Brockhurst schürzte die Lippen einen Augenblick lang, dann zuckte er mit den Schultern.

»Na«, sagte er. »Ich werde es riskieren, hatte ja ohnehin nichts anderes vor. Wie ich schon sagte, haben sie mir nicht gerade die Tür eingerannt mit Arbeitsangeboten.«

Nun fiel mir keine Ausrede mehr ein.

»Also …«, sagte ich lahm, »wenn du dir darüber im Klaren bist …«

»Vorsicht, Boss«, unterbrach mich das Gemurmel des Imps. »Wir haben Gesellschaft bekommen.«

Ich konnte nicht sagen, was mich mehr ängstigte: die Tatsache, dass Brockhurst mich Boss nannte, oder die absolut gespensterhafte Erscheinung, die gerade an unseren Tisch getreten war.

14

»Wir können jederzeit noch eine Menge guter Leute hier gebrauchen.«

Butch Cassidy

Einen Augenblick lang dachte ich, vor uns stünde ein Skelett. Dann sah ich genauer hin und begriff, dass wirklich Haut über die Knochen gespannt war, obwohl ihre staubig weiße Tönung sie sehr tot aussehen ließ.

Die Blässe der Gestalt wirkte noch leichenhafter durch den blau-schwarzen Kapuzenumhang, in den sie gehüllt war.

Erst als ich das runzlige Gesicht mit einem struppigen, kurzen Bart bemerkte, begriff ich, dass es sich bei unserem Besucher um einen sehr, sehr alten Mann handelte.

Er sah so schwach aus, als würde er gleich zusammenbrechen, und er klammerte sich verzweifelt an einen knorrigen, schwarzen Wanderstab, der allein in der Lage schien, ihn aufrecht zu halten.

Doch seine Augen blickten noch ganz klar, und sein Lächeln strahlte Selbstvertrauen aus, während er dastand und uns ansah.

»Habe ich euch Jungspunde richtig verstanden?«, fragte er mit krächzender Stimme.

»Wie bitte?« Brockhurst schaute ihn finster an.

Der Greis schnaubte verächtlich und sprach lauter.

»Ich sagte: ›Habe ich euch Jungspunde richtig verstanden?‹«, brüllte er. »Was ist los? Bist du taub?«

»Hm… verzeih mir«, unterbrach ich hastig. »Ehe wir deine Frage beantworten können, müssen wir ja wissen, was du zu verstehen glaubtest.«

Der alte Mann dachte einen Augenblick nach, dann hüpfte sein Kopf zu einem plötzlichen Nicken auf und nieder.

»Tatsächlich, da hast du recht!« Er kicherte. »Ziemlich schlaues Kerlchen.« Er begann zur Seite zu schwanken, fing sich dann aber wieder. »Ich glaube, gehört zu haben, wie du dem Rosenröschen hier sagtest, du suchst eine Truppe, die es mit einer ganzen Armee aufnehmen kann«, erklärte er und wies mit dem Daumen auf Brockhurst.

»Brockhurst ist mein Name, nicht Rosenröschen!«, knurrte der Imp.

»Na schön, Bockwurst«, sagte der alte Mann und nickte. »Kein Grund, sich gleich aufzuregen.«

»Brockhurst heiße ich!«

»Du hast ganz recht gehört«, unterbrach ich wieder in der Hoffnung, der Alte würde abziehen, wenn seine Neugier befriedigt war.

»Gut!«, erklärte der Mann. »Auf mich könnt ihr zählen. Ich und Blackie haben schon lange keinen anständigen Kampf mehr mitgemacht.«

»Wie viele Jahrhunderte ist das denn her?«, spottete Brockhurst.

»Sieh dich vor, was du sagst, Bockwurst!«, warnte ihn der alte Mann. »Wir sind vielleicht alt, aber wir können dir immer noch ein paar Takte erzählen, wie man einen Krieg gewinnt.«

»Wer ist Blackie?«, fragte ich und kam damit Brockhursts Erwiderung zuvor.

Zur Antwort richtete der alte Mann sich auf, bis er fast kerzengerade dastand. Dann tätschelte er seinen Stock.

»Das ist Blackie«, verkündete er stolz. »Der beste Bogen, der je von Archäa kam, und da kamen eine Menge guter Bogen her.«

Voller Schrecken wurde mir klar, dass der Stock ein ungespannter Bogen war, dessen Schnur nun locker um das Holz gewickelt war. Er ähnelte keinem Bogen, den ich jemals gesehen hatte, war schwerfällig und uneben, doch so glatt poliert, dass ihm in seinem Glanz ein eigenes Leben inne zu sein schien.

»Warte mal!« Brockhurst war plötzlich sehr interessiert. »Sagtet Ihr, Ihr kommt von Archäa?«, fragte er salbungsvoll.

»Das sagte ich«, meinte der alte Mann grinsend. »Ajax ist mein Name, das Kämpfen mein Beruf. Bis jetzt habe ich noch keinen Krieg erlebt, der den alten Ajax hätte niedermähen können, und ich habe eine ganze Menge davon miterlebt.«

»Hm ... würdet Ihr uns einen Augenblick entschuldigen, Herr?«, murmelte Brockhurst entschuldigend.

»Aber gewiss, Söhnchen.« Der Alte nickte wohlwollend. »Lasst euch Zeit.«

Ich konnte den plötzlichen Stimmungsumschwung des Imps nicht begreifen, doch er schien Feuer und Flamme zu sein, als er seinen Kopf zu mir drehte, also beugte ich mich nahe genug zu ihm, um zu hören, was er zu sagen hatte.

»Stell ihn ein, Boss!«, zischte er mir ins Ohr.

»*Was?*« Ich keuchte vernehmlich, weil ich nicht glauben wollte, was ich gerade gehört hatte.

»Ich sagte: Stell ihn ein!«, wiederholte der Imp. »Ich habe dir vielleicht nicht viel zu bieten, aber einen Rat kann ich dir geben. Und jetzt lautet mein Rat: Stell. Ihn. Ein!«

»Aber er ist doch ...«

»Er stammt von Archäa!«, fiel Brockhurst mir ins Wort. »Boss, in dieser Dimension hat man das Bogenschießen *erfunden.* Man findet kaum noch Archäer in einem Alter, dass sie eingestellt werden könnten. Wenn ihr wirklich einen Krieg am Hals habt, dann stell ihn ein. Er könnte für uns das Zünglein an der Waage werden!«

»Wenn er so gut ist«, flüsterte ich zurück, »können wir ihn uns dann leisten?«

»Ein Goldstück wäre angemessen.« Ajax lächelte mit gefletschten Zähnen, wobei er seinen Kopf zu den unsrigen steckte. »Ich nehme euer Angebot an.«

»Großartig!« Brockhurst strahlte.

»Wartet einen Augenblick!«, schrie ich verzweifelt. »Ich habe einen Partner ...«

»Ich weiß, ich weiß.« Ajax seufzte und hob abwehrend die Hand. »Ich habe es gehört, als du mit Bockwurst verhandelt hast.«

»Brockhurst«, knurrte der Imp, jedoch immer noch mit dem Lächeln von eben auf den Lippen.

»Wenn dein Partner keine Helfer findet, sind wir eingestellt!« Der alte Mann lachte und schüttelte den Kopf. »Es ist schon ein bisschen eigentümlich, aber wir haben nun mal eigentümliche Zeiten.«

»Worauf du mehr als nur einen lassen kannst«, murmelte ich.

Allmählich gelangte ich zu der Auffassung, dass ich bei meiner Unterhaltung mit Brockhurst zu laut gesprochen hatte.

»Aber eines solltest du wissen, Jüngelchen«, murmelte Ajax vertrauensvoll. »Ich werde verfolgt.«

»Von wem?«, wollte ich wissen.

»Ich weiß nicht recht«, gab er zu. »Habe es noch nicht herausbekommen. Es ist der kleine, blaue Kerl in der Ecke hinter mir.«

Ich reckte meinen Hals, um in die angegebene Ecke zu schauen. Sie war leer.

»Was für ein Kerl?«

Ajax drehte seinen Kopf mit einer Geschwindigkeit, die sein gebrechliches Aussehen Lügen strafte.

»Verdammnis!«, fluchte er. »Nun hat er es schon wieder geschafft. Ich sage dir doch, Jüngelchen, deshalb bekomme ich ja auch nicht heraus, hinter was er her ist!«

»Aha… natürlich, Ajax«, antwortete ich besänftigend. »Das nächste Mal erwischst du ihn ganz bestimmt.«

Großartig. Ein Imp ohne seine Kräfte und jetzt ein alter Bogenschütze, der fantasierte.

Ich wurde aus meinen Gedanken gerissen, als mir jemand sachte auf die Schulter tippte. Ich drehte mich um und sah den Wasserspeier über mich gebeugt.

»Ihre Bestellung ist fertig, Sir«, sagte er durch sein Dauerlächeln hindurch.

»Meine Bestellung?«

»Ja, wenn Sie bitte hier entlang mitkommen wollen.«

»Da muss ein Irrtum vorliegen«, begann ich. »Ich habe gar nichts …«

Der Wasserspeier war schon wieder gegangen und humpelte zur Theke zurück. Ich überlegte, ob ich einfach nicht reagieren sollte. Dann bedachte ich seine Größe und seinen Gesichtsausdruck und kam zu dem Schluss, dass ich dieses Missverständnis auf höfliche Weise aus der Welt schaffen musste.

»Entschuldigt«, sagte ich zu meinen Schützlingen. »Ich bin gleich wieder zurück.«

»Mach dir keine Sorgen um uns, Boss.« Brockhurst winkte lässig ab.

Ich war nicht sehr beruhigt.

Es gelang mir, ohne jemanden oder etwas mit meinem Schwert zu streifen, bis zur Theke zu gelangen, ein Erfolg, der meine Stimmung zum ersten Mal an diesem Nachmittag hob. Entsprechend ermutigt trat ich dem Scheusal gegenüber.

»Ich ... äh ... kann mich nicht erinnern, etwas bestellt zu haben«, stellte ich höflich fest.

»Das kann ich Ihnen auch nicht verdenken«, brummte der Wasserspeier durch sein Lächeln hindurch. »Es verblüfft mich ohnehin, wie irgendjemand oder irgendetwas diesen Mist essen kann, den die hier verkaufen.«

»Aber ...«

»Ich habe das nur gesagt, um Sie von den beiden loszueisen.« Das Scheusal zuckte mit den Schultern. »Verstehen Sie, ich bin etwas schüchtern.«

»In welcher Hinsicht denn?«

»Na, um Sie um einen Job zu bitten, was denn sonst!«

Ich beschloss, dass ich in Zukunft wirklich leiser sprechen musste. Mein gedämpftes Gespräch mit Brockhurst musste die Aufmerksamkeit des halben Basars erregt haben.

»Sehen Sie, äh ...«

»Gus«, ergänzte der Wasserspeier.

»Nun ja, Gus, ich stelle eigentlich keine Leute ein ...«

»Ich weiß. Ihr Partner macht das«, unterbrach mich Gus. »Aber Sie sind nun einmal hier und er nicht, deshalb dachte ich mir, ich haue Sie schon mal an, ehe die Ersatzmannschaft womöglich bereits komplett ist.«

»Aha!«, sagte ich, weil mir nichts Besseres einfiel.

»Ich bin der Ansicht«, fuhr der Wasserspeier fort, »dass wir Ihnen eine Menge nützen könnten. Sie sind Klahe, nicht wahr?«

»Ja, ich stamme von Klah«, gab ich steif zu.

»Also, wenn mein Gedächtnis mich nicht trügt, ist die Kriegsführung in jener Dimension technologisch nicht allzu fortgeschritten.«

»Wir besitzen Armbrüste und Katapulte«, informierte ich ihn. »Zumindest die Gegenseite.«

»Das sage ich ja«, stimmte Gus zu. »Praktisch ganz primitiv. Um dieses Heer aufzuhalten, braucht ihr nicht mehr als Luftunterstützung und etwas Feuerkraft. Wir können beides bieten, und wir arbeiten billig, beide zusammen für ein Goldstück.«

Nun war ich endgültig überzeugt, dass ich den Marktwert der Goldstücke unterschätzt hatte. Doch das Angebot war verlockend.

»Ich weiß nicht recht, Gus«, erwiderte ich gerissen. »Ajax dort hinten soll ein ziemlich guter Bogenschütze sein.«

»Bogenschütze!«, spottete das Scheusal. »Ich rede von *richtiger* Feuerkraft. So, wie mein Partner sie zu liefern vermag.«

»Wer ist denn Ihr Partner?«, erkundigte ich mich. »Er ist nicht zufällig klein und blau, oder?«

»Nein«, entgegnete Gus und wies zur gegenüberliegenden Ecke. »Das ist der Gremlin. Der kam mit dem Bogenschützen herein.«

»Ein Gremlin?«, fragte ich und schaute seinem Finger nach.

Dort hockte tatsächlich auf einem Stuhl in der Ecke ein kleiner, koboldhafter Typ. Bösartige Augen blitzten aus seinem sanften, blauen Gesicht, als er mir schweigend zur Begrüßung zunickte. Unwillkürlich lächelte ich und nickte zurück. Offenbar war ich Ajax eine Entschuldigung schuldig.

»Ich dachte, Gremlins gäbe es gar nicht«, meinte ich leichthin zu Gus.

»Viele Leute glauben das«, bestätigte der Wasserspeier. »Aber Sie können ja mit eigenen Augen sehen, dass sie wirklich existieren.«

Ich war nicht überzeugt. In dem Sekundenbruchteil, da ich meinen Blick abwandte, um mit Gus zu sprechen, war er spurlos verschwunden. Zunächst war ich versucht, nach ihm zu suchen, doch Gus redete bereits weiter.

»Nur einen Augenblick, dann stelle ich Ihnen meinen Partner vor«, sagte er. »Er muss hier irgendwo sein.«

Bei diesen Worten begann der Wasserspeier an seinem eigenen Körper herumzutasten, befühlte seine Armhöhlen und Hauttaschen.

Ich sah neugierig zu, bis eine kleine Echse meine Aufmerksamkeit auf sich zog, welche aus einer Flügelfalte des Wasserspeiers gekrochen war und mich nun von Gus' rechter Schulter aus wie gebannt anstarrte. Sie war höchstens acht Zentimeter lang, schillerte jedoch in strahlendem Orange. Fleckige, rote Muster schienen über die Haut der Echse zu kriechen, als führten sie ein eigenes Leben. Die Gesamtwirkung war überwältigend schön.

»Ist das Ihre Echse?«, fragte ich.

»Da ist er ja!«, krähte Gus triumphierend, schnappte das Reptil von seiner Schulter und legte seine beiden

Hände darum. »Darf ich Ihnen Berfert vorstellen? Er ist der Partner, von dem ich Ihnen erzählt habe.«

»Hallo, Berfert«, sagte ich mit einem Lächeln und streckte einen Finger aus, um ihn zu streicheln.

Der Wasserspeier zuckte heftig zurück und nahm die Echse aus meiner Reichweite.

»Vorsicht!«, warnte er mich. »Auf diese Weise werden Sie schnell einen Finger los.«

»Ich wollte ihm doch nichts tun.«

»Nein, aber er Ihnen!«, entgegnete Gus. »Berfert ist ein Salamander, eine wandelnde Feuerbombe. Wir kommen miteinander zurecht, weil ich zu den wenigen Wesen gehöre, die bei seiner Berührung nicht zu Asche verbrennen.«

»Oh«, sagte ich, als ich plötzlich verstand. »Als Sie von ›Feuerkraft‹ sprachen…«

»Meinte ich auch *Feuerkraft*«, schloss Gus. »Berfert erledigt sie am Boden, und ich stürze mich aus der Luft auf sie. Nun, was sagen Sie dazu? Kommen wir ins Geschäft?«

»Ich… äh… muss noch mit meinem Partner sprechen«, erwiderte ich.

»Schön.« Gus strahlte wie ein Honigkuchenpferd. »Ich gehe schon mal packen.«

Er war verschwunden, ehe ich ihn zurückhalten konnte.

Ich sackte gegen den Tresen und wünschte mir sehnlichst, Aahz würde zurückkehren. Als könnte er meine Gedanken lesen, kam in diesem Augenblick mein Mentor durch die Tür gepoltert, dicht gefolgt von Tanda.

Meine Begrüßung blieb mir im Halse stecken, als ich seinen finsteren Blick sah. Aahz war irgendwie schlecht gelaunt.

»Sagte ich dir nicht, du solltest draußen warten?«, schnauzte er mich an.

»Nun beruhige dich doch, Aahz«, wollte Tanda ihn besänftigen. »Ich dachte, es wäre bequemer für ihn, hier drinnen zu warten. Außerdem besteht schließlich kein Grund zur Aufregung. Wir sind da, und er ist da. Es ist nichts schiefgegangen.«

»Du hast nicht mit irgendwelchen Täuflern gehandelt?«, erkundigte Aahz sich misstrauisch.

»Ich habe nicht einmal mit einem geredet«, versicherte ich.

»Gut!«, gab er etwas besänftigt zurück. »Dann besteht noch Hoffnung für dich.«

»Ich sagte dir doch, dass er sich nicht in Schwierigkeiten bringen muss«, lächelte Tanda triumphierend. »Stimmt's, Süßer?«

Sosehr ich mich auch bemühte, ich brachte es nicht fertig, ihr zu antworten.

15

»Darüber werde ich mir morgen Gedanken machen.«

Scarlett O'Hara

»Hm... warten die Söldner draußen?«, fragte ich schließlich.

»Du hast Tandas Frage nicht beantwortet, Kleiner«, bemerkte Aahz und sah mich erneut misstrauisch an.

»Verrenk dir nicht den Hals nach den Söldnern, Süßer«, riet mir Tanda. »Es sind keine da. Sieht ganz so aus, als sei unser großer Feilscher auf Ebenbürtige gestoßen.«

»Diese Gauner!« Aahz explodierte fast. »Hast du eine Vorstellung, was es uns gekostet hätte, ihre Kneipenrechnung als Teil unsrer Vereinbarung zu bezahlen? Wenn das ein gemeinnütziger Verein ist, möchte ich bei denen mal eine Buchprüfung machen.«

Meine Hoffnung auf Rettung sank wie ein Stein im Wasser.

»Du hast sie nicht angeheuert?«, fragte ich ihn.

»Nein, habe ich nicht«, erklärte Aahz finster. »Und

das wirft uns zurück auf den Nullpunkt. Nun müssen wir eine ganze Streitmacht auf einmal anwerben.«

»Hast du denn versucht…«, begann ich.

»Hör zu, Klugscheißer«, unterbrach mich Aahz mit einem Schnauben. »Ich tat mein Bestes und habe nichts erreicht. Ich möchte gern mal sehen, ob du es besser machst.«

»Das hat er schon!«, verkündete Brockhurst und erhob sich von seinem Platz. »Während du deine Zeit vergeudet hast, hat Skeeve hier selbst ein ganzes Kampfteam angeheuert.«

»Er hat *was*?«, brüllte Aahz und drehte sich zu seinem Kritiker um. »Brockhurst! Was machst du denn hier?«

»Erwarte die Befehle für unseren bevorstehenden Feldzug«, entgegnete der Imp leichthin.

»Welchen Feldzug?«, fragte Aahz drohend.

»Den auf Klah natürlich!« Brockhurst blinzelte. »Hast du's ihm noch nicht erzählt, Boss?«

»Boss?«, grölte Aahz. *»Boss?«*

»Kein Grund zum Brüllen«, brummelte Ajax und wandte sich nun der Gesellschaft zu. »Wir hören dich sehr gut!«

»Ajax!«, rief Tanda begeistert.

»Tanda!«, kreischte der alte Mann seinerseits.

Mit einem Satz war sie bei ihm, doch er schob fix seinen Bogen zwischen sich und sie.

»Immer mit der Ruhe, Mädel«, sagte er lachend. »Nur keine von deinen athletischen Begrüßungen. Ich bin nicht mehr so jung wie früher, weißt du!«

»Du alter Gauner!«, neckte sie ihn. »Du wirst uns noch alle überleben.«

Ajax zuckte theatralisch mit den Schultern. »Das hängt davon ab, ein wie guter General das Bürschchen da ist.«

»Boss«, knurrte Aahz zwischen zusammengepressten Zähnen hervor. »Ich muss mal mit dir reden. *Auf der Stelle!*«

»Die Trompete kenne ich doch«, verkündete Gus, der gerade aus dem Hinterzimmer trat.

»Gus!«, entfuhr es Aahz.

»In Stein und Bein!«, bestätigte der Wasserspeier. »Bist du auch auf dieser Expedition dabei? Der Boss hat kein Wort davon erzählt, dass er mit Perfekten arbeitet.«

Anstatt zu antworten, sank Aahz schwer auf einen Stuhl und schlug die Hände vors Gesicht.

»Tanda«, knurrte er und ließ dann einen kurzen, aber kraftvollen Stöhner hören. »Erzähl mir doch noch mal, wie dieser Tunichtgut hier sich aus allen Schwierigkeiten raushalten kann.«

»Hm … Aahz«, begann ich vorsichtig. »Könnte ich dich mal einen Augenblick sprechen … unter vier Augen?«

»Na, ich denke, das ist eine großartige Idee … *Boss!*«, flötete er. Das Lächeln, das er mir gleichzeitig schenkte, war allerdings nicht allzu freundlich.

»Bei allem, was von mir aus heilig ist, Junge!« Aahz stöhnte laut und vernehmlich, nachdem ich meine Erzählung beendet hatte. »Wie oft muss ich dir das noch sagen? Du bist hier auf dem Basar von Tauf! Hier musst du vorsichtig sein, was du sagst und wem, insbesondere, wenn dabei Geld im Spiel ist.«

»Aber ich habe ihnen doch erklärt, dass nichts definitiv ist, bis wir wissen, ob du jemand anders angeheuert hast«, protestierte ich.

»Aber ich habe keinen angeheuert, somit ist der Handel perfekt«, seufzte Aahz.

»Können wir uns da nicht rausreden?«

»Auf Tauf aus einem Geschäft aussteigen?« Aahz schüttelte den Kopf. »Damit wären wir so schnell vom Markt ausgeschlossen, dass dir schwindlig würde. Vergiss nicht: In dieser Dimension regiert die Kaufmannsgilde.«

»Na, du sagtest doch, du wolltest Hilfe von außerhalb«, erinnerte ich ihn.

»Aber doch nicht von so weit außerhalb«, feixte er. »Ein Imp, ein seniler Archäer und ein Wasserspeier!«

»… und ein Salamander«, ergänzte ich.

»Gus hängt immer noch mit Berfert zusammen?«, erkundigte sich Aahz, dessen Miene sich plötzlich aufhellte. »Das ist ein Pluspunkt.«

»Der einzig unsichere Faktor«, sagte ich nachdenklich, »ist der Gremlin.«

»Wie kommst du darauf?«

»Er hat Ajax verfolgt. Die Frage ist, warum? Und verfolgt er uns weiter auf Klah?«

»Mein offenbar vergesslicher Lehrling!«, sagte Aahz feierlich. »Ich habe es dir schon einmal erklärt: So etwas wie einen Gremlin gibt es nicht!«

»Aber Aahz! Ich habe ihn gesehen!«

»Lass dich nicht irremachen, du Kindskopf«, sagte Aahz mitfühlend. »Nach einem Tag, wie du ihn durchgemacht hast, würde ich mich nicht wundern, wenn du einen Tatzelwurm sähest.«

»Hä? Was ist denn ein …«

»Alles geklärt?«, erkundigte sich Tanda, die sich soeben zu uns gesellte.

»Soweit es sich überhaupt klären lässt.« Aahz seufzte schon wieder. »Aber wenn du meine ehrliche Meinung hören willst: Mit dem Team könnten wir eher einen Zoo aufmachen als Krieg führen.«

»Aahz steht der Auswahl meiner Rekruten etwas kritisch gegenüber«, erklärte ich ihr.

»Was hast du für Bauchschmerzen, Aahz?«, fragte sie und neigte den Kopf zur Seite. »Ich dachte, du und Gus, ihr wärt alte Kumpels.«

»Wegen Gus mache ich mir keine Gedanken«, versicherte Aahz eilends. »Wegen Berfert genauso wenig. Die kleine Echse ist einsame Spitze, wenn sie feuert.«

»Nun, für Ajax kann ich mich verbürgen«, klärte Tanda ihn auf. »Lass dich nicht von seinem Alter täuschen. Ich möchte lieber von ihm Rückendeckung erhalten als von einer ganzen Kompanie Bogenschützen.«

»Kommt er wirklich von Archäa?«, fragte Aahz skeptisch.

»Das behauptet er zumindest, seit ich ihn kenne.« Tanda zuckte mit den Achseln. »Und nachdem ich ihn habe schießen sehen, habe ich keinen Anlass, daran zu zweifeln. Warum?«

»Ich habe noch nie einen richtigen Archäer kennengelernt«, erklärte Aahz. »Eine Zeitlang glaubte ich schon fast, die ganze Dimension sei ein Märchen. Na, wenn er nur halb so gut schießt, wie die Archäer es angeblich vermögen, dann habe ich keine Bauchschmerzen, dass er dabei ist.«

Allmählich fühlte ich mich etwas wohler. Doch unglücklicherweise bemerkte Aahz mein Lächeln.

»Das mit dem Imp ist dagegen eine ganz andere Geschichte«, sagte er finster. »Ich bin nicht scharf darauf, mit einem Imp zusammenzuarbeiten, aber einen ohne seine Kräfte einzustellen ist nackte Geldverschwendung.«

»Vergiss nicht, dass er ein Mörder ist«, erinnerte ihn Tanda. »Kräfte oder nicht, ich wette, wir finden schon eine Gelegenheit, ihn einzusetzen. Als wir uns gerade mit dem Gremlin unterhalten haben …«

»Jetzt fang du bloß nicht auch noch damit an!«, schnaubte Aahz.

»Womit anfangen?« Tanda blinzelte verständnislos.

»Mit dem Gremlin-Quatsch«, ätzte Aahz. »Jeder halbwegs Normale weiß, dass es so etwas wie Gremlins nicht gibt!«

»Willst du ihm das nicht selber sagen?« Tanda lächelte. »Ich rufe ihn mal an den Tisch und … oh, verdammt! Nun ist er fort.«

»Wenn ihr fertig seid«, brummte Aahz und erhob sich von seinem Stuhl, »dann sollten wir besser aufbrechen. Wir haben einen Krieg zu führen, wisst ihr.«

»Ach! Da fällt mir ein!«, rief Tanda und suchte irgendwas in ihrem Mantel.

»Ich weiß, ich sollte das nicht fragen«, meinte Aahz mit einem Seufzer. »Aber was …«

»Hier«, verkündete Tanda und warf ihm einen wohlbekannten Gegenstand zu.

Es war ein Metallstab von etwa zwanzig Zentimeter Länge und zwei Zentimeter Durchmesser mit einem Knopf am Ende.

»Ein D-Hüpfer!«, rief ich, da ich das Gerät sofort wiedererkannte.

»Es ist derselbe, den du Isstvan gegeben hast.« Tanda lächelte stolz. »Ich habe ihn ihm abgenommen, als wir uns trennten. Aber du solltest besser erst mal wieder das beheben, was du damals an den Kontrollmechanismen frisiert hast.«

»Wenn ich mich genau daran erinnere«, sagte Aahz mit finsterem Blick auf das Gerät.

»Ich dachte, er könnte vielleicht von Nutzen sein, falls wir bei diesem Job mal getrennt würden und ihr einen schnellen Abgang benötigt.« Tanda zuckte mit den Schultern.

»Ich weiß den Einfall ja auch zu schätzen …« Aahz lächelte und legte einen Arm um sie.

»Heißt das, dass du jetzt in der Lage bist, mir beizubringen, wie man durch die Dimensionen reist?«, fragte ich hoffnungsvoll.

»Aber nicht jetzt!« Aahz zog eine Grimasse. »Wir haben einen Krieg auszufechten, erinnerst du dich noch?«

»Oh! Ja, natürlich.«

»Na, dann treib deine Soldaten zusammen und lass uns gehen«, befahl Aahz.

»Na gut«, erklärte ich mich einverstanden und stand auf. »Ich hole Gliep und… warte mal! Hast du eben gesagt, *meine* Soldaten?«

»Du hast sie angeheuert, du führst sie auch«, sagte mein Lehrmeister und grinste.

»Aber du…«

»Ich bin natürlich dein militärischer Berater«, fuhr Aahz leichthin fort. »Aber der Job des furchtlosen Führers liegt ganz bei dir. Du bist schließlich der Hofzauberer, weißt du noch?«

Ich schluckte schwer. Dies hatte mir nie so recht in den Kopf gewollt. »Und was mache ich jetzt?«

»Nun«, meinte Aahz schleppend. »Als Erstes würde ich dir raten, sie nach draußen zu bringen, damit wir zusammen nach Klah aufbrechen können… das heißt, falls du nicht deinen Drachen hierlassen möchtest.«

Darauf erübrigte sich jede Antwort.

Ich drehte mich zu den Soldaten um, schenkte ihnen einen, wie ich hoffte, herrischen Blick, der sofort ihre Aufmerksamkeit auf mich lenken musste.

Es bemerkte gar keiner. Sie unterhielten sich alle gemütlich weiter.

Ich räusperte mich lautstark.

Nichts.

Ich erwog, zu ihrem Tisch zu gehen.

»Herhören!«, brüllte Aahz so plötzlich, dass ich mich schier zu Tode erschreckte.

Die Unterhaltung verstummte abrupt, die Köpfe flogen herum, alle schauten mich an.

»Äh …«, begann ich selbstsicher. »Wir können jetzt gehen. Alles nach draußen. Wartet beim Drachen auf mich.«

»In Ordnung, Boss«, rief Brockhurst und machte sich auf den Weg zur Tür.

»Bin gleich da, Junge«, krächzte Ajax und versuchte, sich aufzurappeln.

»Komm, Opi«, sagte Gus. »Lass dir helfen.«

»Ich heiße nicht Opi, sondern Ajax!«, schimpfte der Archäer.

»Wollte dir ja nur behilflich sein …«

»Ich kann alleine aufstehen«, sagte Ajax starrsinnig. »Dass ich alt bin, heißt noch lange nicht, dass ich hilflos bin.«

Ich warf Aahz einen hilfesuchenden Blick zu, doch er war mit Tanda schon auf dem Weg nach draußen. Als ich wieder zu Ajax hinüberschaute, glaubte ich eine kleine, blaue Gestalt zu sehen, die vor uns durch die Tür schlüpfte. Falls es sich tatsächlich um den Gremlin gehandelt hatte, so war er jetzt nirgendwo zu sehen, als ich endlich auf der Straße war.

16

»Ein kleiner Funke
für einen Menschen ...«

Berthold Schwarz

Glücklicherweise hatte die Armee sich nicht von der Stelle gerührt, seit wir nach Tauf aufgebrochen waren. Ich sage glücklicherweise, weil Aahz darauf hinwies, dass sie in unserer Abwesenheit vielleicht weiter vorgerückt war. In diesem Falle hätten wir uns hinter den feindlichen Linien, wenn nicht gar mitten in einem ihrer Feldlager, wiederfinden können.

Natürlich erklärte er mir das erst, nachdem wir wieder auf Klah gelandet waren. Aahz steckt voller nützlicher Informationen, aber der Zeitpunkt, wann er sie preisgibt, lässt stets vieles zu wünschen übrig.

Ajax verlor bei unsrer Ankunft keine Zeit. Mit einer Behändigkeit, die seine Jahre Lügen strafte, spannte er seinen Bogen, stellte sich auf und spähte zu den entfernten Feldlagern.

»Nun, Junge«, fragte er, ohne ein Auge von den feindlichen Linien zu wenden, »welches sind meine ersten Ziele?«

Sein Eifer entsetzte mich ein wenig, doch Aahz sprang zum Glück für mich ein.

»Als Erstes«, sagte er beiläufig, »müssen wir eine endgültige Planungsberatung durchführen.«

»Wir hatten ja nicht damit gerechnet, dich in unseren Reihen zu haben, Ajax«, fügte Tanda hinzu. »Einen echten Archäer auf unserer Seite zu haben erfordert natürlich einige grundlegende Änderungen unserer… Schlachtenpläne.«

»Mir soll's recht sein«, gab Ajax sich zufrieden. »Wollte euch nur wissen lassen, dass ich bereit bin, für mein Geld zu arbeiten. Lasst euch Zeit. Zu viele Kriege werden verpfuscht, weil keiner sich die Mühe gemacht hat, etwas zu planen! Wenn ihr nichts dagegen habt, werde ich wohl ein kleines Nickerchen machen. Ruft einfach, wenn ich schießen soll.«

»Ja, mach nur, Ajax«, stimmte ich zu.

Ohne ein weiteres Wort ließ Ajax sich zu Boden fallen und zog seinen Umhang enger um sich. Innerhalb weniger Minuten schnarchte er leise, doch ich bemerkte, dass er seinen Bogen trotzdem fest umklammert hielt.

»Da seht ihr mal einen wirklich fronterfahrenen Soldaten«, erklärte Aahz. »Holt sich seinen Schlaf, wann und wo er kann.«

»Soll ich ein paar Erkundungsrunden drehen, Boss?«, fragte mich Gus.

»Hm…« Ich zögerte und warf Aahz schnell einen Blick zu.

Aahz bemerkte das und nickte mir knapp zu.

»Klar, Gus«, antwortete ich schließlich. »Wir werden hier auf dich warten.«

»Ich könnte mal in die andere Richtung schleichen«, erbot sich Brockhurst.

»In Ordnung.« Ich nickte. »Aahz, kannst du ihm mal kurz seine Anweisungen geben?«

Ich versuchte, Aahz die Verantwortung aufzuladen, und er stieg so schnell in unser Gespräch ein, als hätten wir das vorher so geprobt.

»Über zwei Dinge könnten wir nähere Informationen brauchen«, erklärte er feierlich. »Zum einen benötigen wir ein Schlachtfeld, das regelmäßig mit Stellen zur Deckung durchsetzt ist. Danach siehst du dich um, Gus. Du weißt ja, was wir brauchen werden. Brockhurst, kümmere dich um Näheres über die drei nächsten Feldlager.«

Beide Späher nickten knapp.

»Und lasst euch beide nicht sehen«, warnte Aahz. »Die Informationen nützen uns nichts, wenn ihr nicht zurückkommt.«

»Nun komm schon, Aahz«, mahnte Gus. »Über was verfügen die schon, das einem alten Felsklotz etwas anhaben könnte?« Mit diesen Worten schlug er zur Demonstration seinen Unterarm gegen einen jungen Baum. Der Baum ging zu Boden, ohne offensichtlich den Arm des Wasserspeiers im Geringsten beschädigt zu haben.

»Ich weiß nicht«, gab Aahz zu. »Und ich will es auch noch gar nicht wissen. Du bist eine unserer Überraschungswaffen. Es wäre unsinnig, den Feind vorzuwarnen. Verstehst du, was ich meine?«

»Verstanden, Aahz.« Gus nickte und wankte davon. »Auf bald.« Brockhurst winkte uns zu und verschwand in der entgegengesetzten Richtung.

»Wo wir nun endlich mal eine Minute unter uns haben«, murmelte ich Richtung Aahz, während ich Brockhurst hinterherwinkte, »würdest du mir vielleicht verraten, wie unser endgültiger Plan aussieht? Ich kenne ja nicht mal die Pläne für die Vorbereitungen.«

»Das ist nicht schwer zu beantworten«, erwiderte Aahz. »Wir haben keinen – noch nicht.«

»Na, und wann denken wir uns einen aus?« Ich zwang mich zur Geduld.

»Wahrscheinlich auf dem Schlachtfeld.« Aahz gähnte. »Vorher hat es keinen Sinn. Bis zu jenem Zeitpunkt bestehen zu viele Variablen.«

»Wäre es nicht klug, zumindest eine grobe Vorstellung zu haben, was wir unternehmen, *ehe* wir in die Schlacht ziehen?«, fragte ich hartnäckig. »Meinem Seelenfrieden käme das sehr zugute.«

»Ach, eine grobe Vorstellung, was wir unternehmen werden, habe ich schon«, gab Aahz zu.

»Ist er nicht ein Herzchen?« Tanda zog eine Grimasse. »Hättest du was dagegen, sie uns mitzuteilen? Wir sind nämlich auch darin verwickelt.«

»Also«, begann er träge. »Die entscheidende Parole heißt Verzögerung und Demoralisierung. So wie ich mir das denke, werden wir sie nicht kräftemäßig überwinden. Wir können nicht einmal genug ins Feld führen, um das überhaupt zu versuchen.«

Ich verkniff mir eine sarkastische Bemerkung und ließ ihn weitersprechen.

»Zu Verzögerung und Demoralisierung sollten wir allerdings in der Lage sein«, lächelte Aahz. »Wir haben von vornherein zwei starke Waffen, um diese Art von Kampf zu führen.«

»Ajax und Berfert«, ergänzte ich eifrig.

»Angst und Bürokratie«, verbesserte mich Aahz.

»Wie war das gleich?« Tanda runzelte die Stirn.

»Tanda, mein Zuckerschnütchen«, Aahz lächelte, »deine Herumtollerei durch die Dimensionen hat dich verdorben. Du weißt nicht mehr, wie der Mann von der Straße denkt. Der Durchschnittsbürger in allen Dimensionen hat nicht die geringste Vorstellung von Magik und schon gar nicht von ihren Grenzen. Wenn unser Junge hier ihnen erzählen würde, er könnte dafür sorgen, dass die Sonne nicht mehr aufgeht oder die Bäume von oben nach unten wachsen, so würden sie ihm glauben. Insbesondere, wenn um ihn herum ein paar eigentümliche Typen herumhampeln zum Beweis seiner Macht, und ich denke, du wirst schon zugeben müssen, dass die Mannschaft, die er diesmal hinter sich hat, recht eigentümlich ist.«

»Was ist Bürokratie?«, fragte ich, als ich endlich zu Worte kam.

»Der Amtsschimmel … das System«, klärte Aahz mich auf. »Die Organisation, die für jene Dinge sorgt, welche veranlassen, dass andere Dinge unerledigt bleiben. In diesem Falle nennt sich das Befehlskette. Eine Armee von der Größe«, er wies vage in die entsprechende Richtung, »muss wie eine gut geölte Maschine funktionieren, sonst beginnt sie, über die eigenen Füße zu stolpern. Ich wette, wenn wir ein paar Handvoll Sand ins Getriebe werfen, werden sie mehr Zeit dazu aufwenden, sich untereinander zu bekämpfen, als uns zu jagen.«

Das war das erste Mal, dass Aahz eine seiner Äußerungen erläutert hatte. Ich wünschte, er hätte es bleiben lassen. Nun war ich nämlich noch mehr durcheinander als zuvor.

»Hm ... Und wie wollen wir das alles schaffen?«, erkundigte ich mich.

»Das können wir besser entscheiden, nachdem du deinen ersten Kriegsrat abgehalten hast.« Aahz zuckte mit den Achseln.

»Halten wir denn den nicht im Augenblick ab?«

»Ich meine mit dem Feind«, meinte Aahz mit finsterem Blick. »Irgendwann in nächster Zeit wirst du dich mit einem ihrer Offiziere zusammensetzen müssen, damit ihr entscheidet, wie dieser Krieg geführt werden soll.«

»Ich?« Ich blinzelte nervös.

»Du *bist* nun mal der Führer der Verteidigungsstreitmacht, vergiss das nicht!« Aahz grinste mich an.

»Das gehört zu dem Job«, versicherte mir Tanda.

»Wartet mal eine Minute«, unterbrach ich. »Mir kam da gerade ein Gedanke. Ich glaube, ich habe eine bessere Idee.«

»Das muss ich hören«, feixte Aahz.

»Halt mal die Klappe, Aahz«, herrschte Tanda ihn

an und stieß ihn in die Rippen. »An was dachtest du denn, Süßer?«

»Wir haben auf unserer Seite doch zwei ausgebildete Mörder, nicht wahr?«, erklärte ich. »Warum lassen wir die nicht einfach an die Arbeit gehen? Wenn plötzlich genügend Offiziere tot wären, stünden die Chancen ja wohl gut, dass die ganze Armee auseinanderfällt. Hab ich recht?«

»Das klappt nicht, Junge«, verkündete Aahz frei heraus.

»Ach, und warum nicht?«

»Nun, wir können Regeln zwar zu unseren Gunsten auslegen, aber wir können sie nicht brechen«, erklärte Aahz. »Kriege werden von Soldaten ausgefochten. Offiziere umzubringen, ohne ihre Soldaten in einen Kampf zu verwickeln, widerspricht der Tradition. Ich bezweifle, dass unsere eigene Streitmacht einen solchen Plan akzeptieren würde. Alte Soldaten wie Ajax würden bei einem derartigen Vorgehen nicht mitmachen.«

»Da hat er recht«, bestätigte Tanda. »Mörder übernehmen Aufträge bei Einzelpersonen in individuellen Auseinandersetzungen, jedoch nicht gegen den Generalstab einer Armee.«

»Aber es wäre doch so leicht«, meinte ich starrköpfig.

»Betrachte es mal von dieser Warte«, gab Aahz zu bedenken. »Wenn du es könntest, könnten sie es auch. Doch so wie die Dinge stehen, hast du von Mördern nichts zu befürchten. Möchtest du das wirklich ändern?«

»Aber was soll ich bei einem Kriegsrat denn vorbringen?«

»Das werde ich dir zu gegebener Zeit schon erklären«, beruhigte mich Aahz. »Im Augenblick haben wir andere Dinge zu planen.«

»Zum Beispiel?«

»Zum Beispiel, was wir mit den Signaltürmen anstellen«, gab Aahz zurück und machte eine Kopfbewegung in Richtung eines der Gerüste in der Ferne. »Wir werden vermutlich kaum die Zeit haben, ihren Code zu entschlüsseln, also lautet die nächstbeste Lösung, ihre Signalkette zu durchbrechen. Tanda, du sagtest doch, du hättest auf dem Basar ein paar Trickgeräte erworben. Hast du irgendetwas dabei, das wir gegen die Signaltürme anwenden könnten?«

»Ich weiß nicht so recht.« Sie runzelte nachdenklich die Stirn. »Hättest du doch nur ein Wort gesagt, ehe ich meinen Einkaufsbummel unternahm.«

»Wie wäre es denn mit Ajax?«, schlug ich vor.

»Was soll mit ihm sein?«, fragte Aahz.

»Wie nahe müsste er denn an die Türme heran, um etwas kaputtzuschießen?«

»Ich weiß es nicht«, meinte Aahz mit einem Achselzucken. »Warum fragst du ihn nicht?

Begeistert, meinen eigenen Vorschlag weiterführen zu können, hockte ich mich zu dem alten Bogenschützen.

»He … Ajax!«, rief ich leise.

»Worum geht's, Junge?«, fragte der alte Mann, der sofort hellwach war.

»Siehst du die Signaltürme dort?« Ich deutete auf die Gerüste in der Ferne.

Ajax erhob sich und blinzelte in die angegebene Richtung. »Klar!« Er nickte.

»Wir ... äh ... ich habe überlegt«, erklärte ich. »Kannst du mit deinem Bogen ihre Signalflaggen herunterholen?«

Zur Antwort zog Ajax einen Pfeil unter seinem Umhang hervor, spannte und ließ ihn fliegen, ehe ich ihn davon abhalten konnte.

Der Pfeil verschwand in Richtung des nächststehenden Turmes. Das Herz wurde mir immer schwerer, während ich meine Augen anstrengte, um seine Spur weiterzuverfolgen.

Auf der Plattform des Turmes stand ein Mann, seine Standarte war gegen das Geländer zu seiner Seite gelehnt. Plötzlich kippte seine Standarte um, offensichtlich brach sie eine Handbreit unter der Querstange. Der Mann bückte sich, hob den unteren Teil der Stange auf und starrte das abgebrochene Ende fassungslos an.

»Noch irgendwelche anderen Ziele?«, erkundigte sich Ajax.

Gelassen lehnte er sich auf seinen Bogen und hatte dem Turm den Rücken zugekehrt. Er hatte sich nicht einmal die Mühe gemacht hinzusehen, ob sein Geschoss auch sein Ziel getroffen hatte.

»Äh ... im Augenblick nicht«, versicherte ich ihm. »Schlaf ruhig weiter.«

»Mir soll's recht sein, Söhnchen.« Ajax lächelte und

legte sich wieder hin. »Morgen werden wir noch genügend Ziele haben.«

»Wie kommst du denn darauf?«, fragte ich.

»Nach dem Signal, das ich abgeschossen habe«, meinte er grinsend, »bereitet die Armee sich für morgen zum Weitermarsch vor.«

»Du kannst die Signale lesen?«

»Klar.« Ajax nickte eifrig. »Es gibt nur etwa acht Codes, welche von Armeen benutzt werden, und die kenne ich alle. Das gehört zu meinem Handwerk.«

»Und sie rücken morgen vor?« Ich wollte das gern noch mal bestätigt wissen.

»Hab ich doch schon gesagt! Was ist los, hörst du schlecht?«

»Nein«, versicherte ich ihm eilig. »Es ändert nur vollkommen unsere Pläne. Geh wieder schlafen.«

Als ich zu unserem kleinen Gesprächskreis zurückkehrte, fand ich Tanda und Aahz im Gespräch mit Brockhurst. »Schlechte Nachrichten, Boss«, informierte mich Aahz. »Brockhurst sagt, die Armee zieht morgen weiter.«

»Ich weiß«, sagte ich. »Ich habe es gerade durch Ajax erfahren. Kannst du auch Signalflaggen lesen, Brockhurst?«

»Nöö«, gab der Imp zu. »Aber der Gremlin.«

»Was für ein Gremlin?« Aahz fletschte die Zähne.

»Vor einer Minute war er noch da«, erklärte Brockhurst und sah sich finsteren Blickes um.

»Na schön, Süßer.« Tanda seufzte und schaute mich an. »Ich schätze, nun bleibt uns keine Zeit mehr zum

Planen. Hol lieber deinen Drachen. Ich glaube, wir werden morgen alle Hilfe benötigen, die wir bekommen können.«

Gliep hatte sich kurz nach unserer Ankunft davongetrollt, wir konnten ihn nur gelegentlich hören, wenn er durchs Unterholz trampelte.

»Den Drachen holst du«, befahl Aahz. »Obwohl ich nicht weiß, wie er uns behilflich sein könnte. Der ›Boss‹ hier und ich müssen mal seinen Kriegsrat für morgen absprechen.«

Alle Zuversicht, die in mir aufgekeimt war, als ich zuvor Aahz' großem Plan gelauscht hatte, verflog nun. Tanda hatte recht: Uns blieb keine Zeit mehr.

17

»Diplomatie ist die feinfühlige Waffe des zivilisierten Kriegers.«

Unbekannter Hunne

Wir warteten geduldig auf unseren Kriegsrat. Wir beide, Aahz und ich. Allein gegen eine Armee.

Das war natürlich Aahz' Idee. Wäre es nach meinen eigenen Vorstellungen gegangen, so hätte man mich nicht einmal tot in einer solchen Situation vorfinden können.

Ich versuchte, diese unglückliche Formulierung zu verdrängen, räusperte mich und sagte zu Aahz aus dem Mundwinkel: »Aahz?«

»Was ist, Kleiner?«

»Wie lange wollen wir eigentlich hier stehen bleiben?«

»Bis sie uns bemerken und etwas unternehmen.«

Großartig. Entweder konnten wir an Ort und Stelle verschimmeln, oder aber irgendjemand pumpte uns mit Pfeilen voll.

Wir standen etwa zwanzig Meter von einem der Feldlager entfernt, zwischen uns und ihnen lag nichts als flache Wiese. Wir sahen genau das geschäftige Treiben innerhalb des Lagers, und in der Theorie hinderte sie nichts daran, uns zu sehen. Deshalb standen wir an diesem Fleck und versuchten, ihre Aufmerksamkeit auf uns zu ziehen. Unglücklicherweise hatte es bislang keiner bemerkt.

Es war beschlossen worden, dass Aahz und ich bei diesem ersten Ausflug alleine arbeiten sollten, um unsere wahre Truppenstärke geheim zu halten. Mir kam der Gedanke, dass wir so auch unsere Truppen-*schwäche* geheim hielten, aber ich hatte den Eindruck, dass eine entsprechende Äußerung taktlos gewesen wäre.

Zuerst hatte Brockhurst sich eingesetzt, an Aahz' Stelle mit mir zu kommen, und er hatte argumentiert, als Imp besäße er weit mehr Erfahrungen beim Verhandeln als ein Perverser. Seine Bezeichnung für meinen Mentor, nicht meine. Aahz wies ihn ziemlich lautstark darauf hin, dass hier nicht um Glasperlen oder Blumenketten, sondern um einen Krieg verhandelt wurde, und wenn der Imp Aahz beweisen wollte, dass er mehr vom Kämpfen verstand …

Es erübrigt sich zu sagen, dass Brockhurst den Rückzug antrat. Das war gut so, denn es brachte mich aus der Verlegenheit, sein Angebot geradewegs abzulehnen. Ich meine, ich bin vielleicht nicht gerade der schnellste Kapierer hier, aber ich konnte mich noch genau erinnern, wie Aahz das Bestmögliche aus Brockhurst herausholte, als die beiden sich beim letzten Mal zu Verhandlungen gegenübergestanden hatten.

Außerdem wollte ich meinen mit so ziemlich allen Wassern gewaschenen Mentor in Reichweite wissen, damit er, falls diese Unterredung schieflief, die Folgen mit mir zusammen ausbadete.

Wir standen da, zeigten uns angeberisch dem Feind und hatten noch nicht einmal ein Schwert zu unserer Verteidigung. Das war ein weiterer von Aahz' Geistesblitzen. Er argumentierte, dass unsere Nichtbewaffnung drei Punkte erfüllte: Erstens zeigte sie, dass wir zum Verhandeln und nicht zum Kämpfen erschienen waren. Zweitens demonstrierte sie unser Vertrauen in meine magischen Fähigkeiten zu unserer Verteidigung. Drittens ermutigte sie unseren Feind, uns ebenfalls unbewaffnet gegenüberzutreten.

Aahz wies noch darauf hin, dass Ajax sich in der Baumreihe hinter uns mit gespanntem Bogen und eingelegtem Pfeil versteckt halten würde – und uns vermutlich besser verteidigen konnte als zwei Schwerter, falls etwas schiefgehen sollte.

Er hatte natürlich recht, aber das vermochte meine Nerven beim Warten kaum zu beruhigen.

»Es geht los, Zauber-Boss«, murmelte Aahz. »Wir bekommen Besuch.«

Tatsächlich kam ein ziemlich untersetzter Typ über die Wiese auf uns zumarschiert.

»Kleiner!«, zischte Aahz plötzlich. »Deine Tarnung!«

»Was ist damit?«, flüsterte ich zurück.

»Du hast sie nicht angelegt!«, kam die Antwort.

Er hatte recht. Ich hatte sorgfältig seine *Dubioser-Typ*-Erscheinung zurechtgemacht, jedoch völlig vergessen, meine eigene zu verändern. Die Tatsache, dass unsere bunt zusammengewürfelte Mannschaft mich in meiner normalen Erscheinung als Führer akzeptierte, hatte mich dazu verführt, zu übersehen, dass Klahe schwerer als Dämonen zu beeindrucken sind.

»Soll ich?«, hob ich an.

»Zu spät!«, knurrte Aahz.

Der Soldat hatte uns nun fast erreicht und war so nahe, dass ich zusehen konnte, wie er seinen gelangweilten Gesichtsausdruck aufgab und sich zu einem Lächeln zwang.

»Tut mir leid, Leute«, rief er mit wohlgeübter Autorität. »Ihr werdet hier abziehen müssen. Wir rücken bald weiter, und ihr steht mitten im Weg.«

»Ruf deinen diensthabenden Offizier!«, herrschte Aahz ihn an.

»Meinen was?« Der Soldat runzelte die Stirn.

»Deinen diensthabenden Offizier, Kommandeur, oder wie immer ihr den nennt, der im Augenblick für euren Truppenteil verantwortlich ist«, erklärte Aahz. »Irgendeiner muss die Sache doch schließlich in der Hand haben, und wenn du ein Offizier bist, bin ich die Maikönigin.«

Ob der Soldat nun Aahz' Anspielung verstand oder nicht (ich verstand sie nicht), jedenfalls bekam er den groben Sinn mit.

»Ja, wir haben einen Verantwortlichen«, knurrte er, und seine Miene verdüsterte sich etwas. »Aber der hat im Augenblick eine Menge zu tun, zu viel, um herumzustehen und sich mit Zivilisten zu unterhalten. Wir machen unsere Truppen zum Abmarsch bereit, Meister, also schnappt Euren Sohn und haut ab. Wenn ihr zwei den Soldaten zusehen wollt, müsst ihr mitziehen und dabei sein, wenn wir heute Abend das Lager aufschlagen.«

»Hast du auch nur die geringste Vorstellung, mit wem du sprichst?«, fragte ich mit überraschend sanfter Stimme.

»Es ist mir völlig egal, wer dein Vater ist, Junge«, gab der Soldat zurück. »Wir versuchen …«

»Ich heiße nicht Junge, sondern *Skeeve!*«, zischte ich und richtete mich auf. »Hofzauberer am Hofe von Possiltum, bestellt zur Verteidigung des Königreiches. Nun rate ich dir, deinen Offizier zu holen, oder willst du morgen in einem Lilienbusch aufwachen?«

Der Soldat trat einen Schritt zurück und musterte mich misstrauisch.

»Meint er das ernst?«, fragte er Aahz skeptisch.

»Was hältst du denn so allgemein vom Fliegen?« Aahz lächelte.

»Ihr meint, er kann wirklich …«

»Hör zu«, fiel Ahaz ihm ins Wort. »Ich spiele ja nicht den Diener eines Halbwüchsigen, weil er eine ach-so-tolle Persönlichkeit ist, wenn du verstehst, was ich sagen will.«

»Verstehe … hm …« Der Soldat schob sich vorsichtig zum Lager zurück. »Ich … äh … werde meinen Offizier holen.«

»Wir warten hier«, versicherte ihm Aahz.

»Was stimmt denn nicht mit meiner Persönlichkeit?«, fragte ich leicht nassforsch, als der Bursche endlich die Fliege gemacht hatte.

Aahz seufzte.

»Später, Jungchen. Konzentriere dich im Augenblick nur darauf, distanziert und würdevoll auszusehen, in Ordnung?«

In Ordnung oder nicht, es blieb mir nicht viel anderes zu tun, während wir warteten, dass der Offizier auftauchte.

Offensichtlich hatte sich die Nachricht von unserer Anwesenheit im Lager in Rekordzeit herumgesprochen, denn eine Menge Soldaten scharten sich am Rande des Lagers zusammen, lange ehe wir das geringste Zeichen des Offiziers zu sehen bekamen. Es sah so aus, als seien alle Aufbruchsvorbereitungen zumindest für den Augenblick lahmgelegt, während die Soldaten sich aufstellten und die Hälse reckten, um uns zu begaffen.

Es war schon ein ganz nettes Gefühl, eine solche Sensation ausgelöst zu haben, bis ich bemerkte, dass einige Soldaten sich die Zeit nahmen, Waffen und Rüstungen anzulegen, bevor sie sich der Menge anschlossen.

»Aahz!«, flüsterte ich.

»Was?«

»Ich dachte, das soll eine friedliche Unterredung werden.«

»Wird es auch«, versicherte er mir.

»Aber sie bewaffnen sich!«, erklärte ich.

»Immer mit der Ruhe, Hosenscheißer«, wisperte er zurück. »Vergiss nicht, dass Ajax uns Deckung gibt.«

Ich versuchte, mich auf diesen Gedanken zu konzentrieren. Dann sah ich einen, bei dem es sich vermutlich um den Offizier handelte, von zwei Soldaten flankiert auf uns zukommen, und mein Blick fiel auf die Schwerter, die sie alle trugen.

»Aahz!«, zischte ich.

»Ganz ruhig, Sportsfreund«, riet mir Aahz. »Denk an Ajax!« Ich dachte an ihn. Und ich dachte auch daran, dass wir zahlenmäßig weit unterlegen waren.

»Wenn ich recht verstehe, sind die Herren die Botschafter von Possiltum?«, erkundigte sich der Offizier, als er vor uns stehen blieb.

Ich nickte steif und hoffte, dass man meine abrupte Bewegung als Zeichen der Verärgerung und nicht der Angst interpretierte.

»Schön«, sagte der Offizier feixend. »Dann habe ich als erster Vertreter des Imperiums, der mit einem Vertreter von Possiltum sprechen kann, das Vergnügen, Eurem Königreich offiziell den Krieg zu erklären.«

»Wie heißt Ihr?«, fragte Aahz beiläufig.

»Claude«, antwortete der Offizier. »Warum fragt Ihr?«

»Historiker lieben Details«, erklärte Aahz mit einem Achselzucken. »Nun, Claude, als erste Vertreter von Possiltum, die in Kriegszeiten mit einem Vertreter Eures Imperiums sprechen können, haben wir das Vergnügen, Euch zur bedingungslosen Kapitulation aufzufordern.«

Das entlockte dem Offizier ein Lächeln. »Kapitulation? Vor einem Krüppel und einem Halbwüchsigen? Ihr müsst verrückt sein. Selbst wenn ich die Befugnis hätte, dergleichen zu tun, so käme mir das nicht in den Sinn.«

»Na schön.« Aahz schüttelte den Kopf wie zu spöttischer Selbstkritik. »Das hätten wir uns denken können, ja, hätten wir uns denken können. Einer, der an der Spitze einer Nachschubeinheit steht, kann in einer solchen Armee nicht viel zu sagen haben, wie?«

Wir hatten diese besondere Soldatengruppe zur Annäherung ausgesucht, weil es sich dabei um eine Nachschubeinheit handelte. Das bedeutete, dass sie leicht bewaffnet und mit etwas Glück nicht gerade eine Elitekampftruppe war.

Nun, Aahz' Spitze traf ins Schwarze. Der Offizier lächelte nicht mehr, sondern fuhr mit der Hand zu seinem Schwertgriff. Mir fiel auf, dass ich schon wieder an Ajax' Deckung denken musste.

»Ich habe gerade genug Befugnis, um mir Euch beide vorzuknöpfen«, zischte er.

»Befugnis vielleicht«, erwiderte ich gähnend. »Aber ich bezweifle ehrlich gesagt, dass Ihr die Stärke besitzt, uns Widerstand zu leisten.«

Ich fühlte mich keineswegs so sicher, wie ich auftrat. Die Leibwachen hatten es ihm gleichgetan, sodass nun alle drei Gegner bereitstanden, ihre Waffen zu ziehen.

»Na gut«, knurrte Claude, »Ihr seid gewarnt. Wir schaffen nun unsere Wagen hierher, und wenn Ihr dann immer noch da seid, habt Ihr die Folgen einzig und allein Euch selber zuzuschreiben.«

»Einverstanden!«, meinte Aahz gehässig. »Sagen wir morgen Mittag?«

»Morgen?«

Der Offizier runzelte die Stirn. »Warum denn nicht jetzt gleich?«

»Nun kommt aber, Claude«, mahnte ihn Aahz. »Wir reden hier vom ersten Gefecht einer neuen Schlacht. Gewiss wollt Ihr doch ein wenig Zeit, um Euch Eure Taktik zurechtzulegen.«

»Taktik?«, wiederholte Claude nachdenklich.

»... und um Euren Vorgesetzten zu melden, dass Ihr den Eröffnungszug macht«, meinte Aahz beiläufig.

»... und um Verstärkung anzufordern«, ergänzte ich. »Sofern Ihr natürlich nicht den ganzen Ruhm auf Euch häufen wollt.«

»Ruhm?«

Das war es. Claude stürzte sich auf das Wort wie ein Täufler auf ein Goldstück. Aahz hatte recht gehabt, als er behauptete, dass Nachschuboffiziere das Schlachtfeld selten zu sehen bekamen.

»Ich ... äh ... glaube kaum, dass ich Verstärkung anfordern werde«, murmelte er.

»Seid Ihr da ganz sicher?«, spottete Aahz. »Die Chancen stehen nur hundert zu eins für Euch.«

»Aber er ist nun mal ein Zauberer.« Claude lächelte. »Ein guter Offizier kann nicht allzu vorsichtig sein. Außerdem wäre es übertrieben, zu viele Offiziere ... äh ... Soldaten in ein kleineres Scharmützel zu verwickeln.«

»Claude«, erklärte Aahz voll missgünstiger Bewunderung. »Ich sehe, Ihr seid ein militärischer Geist ohnegleichen. Sieg oder Niederlage, jedenfalls freue ich mich darauf, Euch als Gegner zu haben.«

»Ich mich ebenfalls, Herr«, gab der Offizier mit gleicher Höflichkeit zurück. »Sagen wir also morgen Mittag?«

»Wir werden hier sein.« Aahz nickte.

Daraufhin drehte sich der Offizier um und marschierte schnell auf sein Lager zu; die beiden Leibwachen stapften pflichtbewusst neben ihm her.

Unsere Kameraden überschütteten uns mit Fragen, als wir wieder hinter die Baumreihe kamen.

»Alles klar, Boss?«, erkundigte sich Brockhurst.

»Irgendwelche Schwierigkeiten?«, drängte Tanda.

»Es war ein Klacks«, prahlte Aahz. »Stimmt's, Junge?«

»Na ja«, begann ich bescheiden. »Ich war etwas besorgt, als sie zu ihren Schwertern greifen wollten. Ich hätte mich zu Tode geängstigt, wenn ich nicht gewusst hätte, dass Ajax ... sagt mal, wo steckt eigentlich Ajax?«

»Der ist da oben in den Büschen«, informierte mich Gus und deutete mit seinem Daumen auf ein Dickicht am Rande der Baumgruppe. »Er sollte aber schon längst wieder hier sein.«

Als wir Ajax fanden, war er tief eingeschlafen um seinen Bogen gekuschelt. Wir mussten ihn mehrmals rütteln und schütteln, ehe er wach wurde.

18

»Und eh ich in die Schlacht zog,
Mama, dachte ich an dich.«

Conan, Barbar

Eine lange, schleimige Zunge fuhr aus der Dunkelheit auf mich herab, begleitet von einem Schwall übelsten Mundgeruchs, wie er nur einen Ursprung haben konnte.

»Gliep!«

Ich begann automatisch, den Drachen wegzuschubsen, doch dann überkam mich ein jäher Gesinnungsumschwung.

»Hallo, Burschi.« Ich lächelte und kraulte ihm das Ohr. »Na, fühlst du dich einsam?«

Zur Antwort warf sich mein Liebling mit einem Rums auf die Seite, dass der Boden erbebte. Sein schlangenartiger Hals war so lang, dass ihm dieses Manöver gelang, ohne seinen Kopf aus meiner Umarmung zu ziehen.

Seine treue Zuneigung ließ mich zum ersten Mal seit meiner einsamen Nachtwache lächeln. Es war ein gutes Mittel gegen meine nervös bedingte Schlaflosigkeit.

Ich saß an einen Baumstamm gelehnt da und beobachtete die Lichtpünktchen, die die Lagerstellen des Feindes markierten. Obwohl ich nach den Ereignissen des Tages reichlich erschöpft war, kam mein Kopf angesichts der Ängste und Vorahnungen auf den morgigen Kampf nicht zur Ruhe. Da ich niemanden auf mein Unbehagen aufmerksam machen wollte, hatte ich mich fortgestohlen, um allein zu sein.

So unbemerkt ich auch zu bleiben versucht hatte, hatte Gliep offenbar mitbekommen, wie ich mich weggeschlichen hatte, und war nun gekommen, um mir Gesellschaft zu leisten.

»Ach, Gliep«, flüsterte ich. »Was sollen wir nur tun?«

Als Antwort darauf kuschelte er sich noch dichter an mich und legte seinen Kopf quasi in meinen Schoß, damit ich ihn weiterstreichelte. Sein Vertrauen in meine Fähigkeit, jede aufkommende Krise zu bewältigen, erschien unerschütterlich.

Ich wünschte von ganzem Herzen, ich hätte seine Zuversicht teilen können.

»Skeeve?«, ertönte eine zarte Stimme zu meiner Rechten.

Ich drehte den Kopf zur Seite und sah Tanda ganz in meiner Nähe stehen. Das Beunruhigende daran, eine Mörderin zur Freundin zu haben, ist ihre Fähigkeit, sich so lautlos zu bewegen.

»Kann ich einen Augenblick mit dir sprechen?«

»Klar, Tanda«, sagte ich und klopfte einladend auf den Boden neben mir. »Komm, setz dich.«

Anstatt an der angebotenen Stelle Platz zu nehmen, ließ sie sich zu Boden sinken, wo sie gerade stand, und schlug die Beine übereinander.

»Es geht um Ajax«, begann sie zögernd. »Ich behellige dich nur ungern damit, aber ich mache mir Sorgen um ihn.«

»Was ist denn los?«

»Na ja, die Mannschaft hat ihn aufgezogen, weil er heute eingeschlafen ist, als er euch Deckung geben sollte«, erklärte sie. »Er hat es ziemlich schwergenommen.«

»Ich fand es auch nicht besonders«, kommentierte ich bitter. »Es ist ein scheußliches Gefühl, wenn man bedenkt, dass wir ganz schutzlos da draußen standen. Wenn *tatsächlich* etwas schiefgegangen wäre, hätte man uns in aller Ruhe in Stücke gehauen, während wir auf das Einschreiten unseres Bogenexperten gewartet hätten!«

»Ich weiß.« Tanda sprach so leise, dass sie kaum zu hören war. »Und ich mache dir daraus keinen Vorwurf. In gewisser Weise mache ich mir selbst Vorwürfe.«

»Du dir selber?« Ich blinzelte. »Warum?«

»Ich habe für ihn gebürgt, Skeeve«, flüsterte sie. »Weißt du das nicht mehr?«

»Doch«, gab ich zu, »aber du konntest ja nicht wissen…«

»*Aber* ich hätte es wissen sollen«, unterbrach sie mich bitter. »Ich hätte mir klarmachen müssen, wie alt er ist. Er sollte nicht hier sein, Skeeve. Deshalb wollte ich mit dir reden, damit du etwas unternimmst.«

»Ich?«, fragte ich aufrichtig entsetzt. »Warum sollte ich etwas unternehmen?«

»Schick ihn zurück!«, drängte mich Tanda. »Es ist dir gegenüber nicht fair, wenn deine ganze Mission seinetwillen aufs Spiel gesetzt wird, und es ist Ajax gegenüber nicht fair, ihn in eine solche Angelegenheit zu verwickeln.«

»Das meinte ich nicht«, murmelte ich und schüttelte den Kopf. »Ich meinte, warum sagst du mir das alles? Aahz ist derjenige, den du überzeugen musst.«

»Da täuschst du dich aber, Skeeve«, widersprach sie mir. »Nicht Aahz führt die Gruppe an, sondern du.«

»Wegen seiner Äußerungen auf Tauf?« Ich lächelte. »Nun komm aber, Tanda. Du kennst doch Aahz. Er war nur ein bisschen sauer. Du hast doch selber gesehen, dass er bis jetzt alle Entscheidungen getroffen hat.«

Das Mondlicht schimmerte in Tandas Haar, als sie den Kopf schüttelte.

»Ich kenne Aahz, Skeeve. Besser als du«, sagte sie. »Er ist ein Pedant, was Befehlsketten angeht. Wenn er gesagt hat, dass du der Anführer bist, dann bist du es auch.«

»Aber …«

»… abgesehen davon«, fuhr sie mir über den Mund, »ist Aahz nur ein Mitglied der Mannschaft. Was zählt, ist, dass alle anderen auch auf dich setzen. Auf dich, nicht auf Aahz. Du hast sie angeworben, und für sie bist du der Boss.«

Das Erschreckende war, dass sie recht hatte. Ich hatte

alles noch nicht zu Ende gedacht, aber sie sagte die Wahrheit. Ich war bisher zu sehr mit meinen eigenen Sorgen beschäftigt gewesen, um darüber nachzudenken. Nun, da ich mir über den vollen Umfang meiner Verantwortung klar wurde, überkam mich eine neue Welle des Zweifels. Ich war meiner ja noch nicht einmal als Zauberer sicher, und als Führer von anderen Lebewesen …

»Ich werde darüber nachdenken müssen«, sagte ich ausweichend.

»Du hast nicht viel Zeit«, gab sie mir zu bedenken. »Morgen soll ein Krieg beginnen.«

Ein Krachen in dem Busch zu meiner Linken unterbrach unser Gespräch.

»Boss?«, ertönte Brockhursts leiser Ruf. »Bist du gerade beschäftigt?«

»Gewissermaßen«, rief ich zurück.

»Was wir zu sagen haben, dauert nur eine Minute.«

Ehe ich etwas erwidern konnte, lösten sich zwei Schatten von dem Gebüsch und kamen näher. Der eine war Brockhurst, der andere Gus. Ich hätte mir bei dem Lärm denken müssen, dass Brockhurst in Begleitung des Wasserspeiers war. Der Imp konnte sich wie Tanda so geräuschlos wie ein Gespenst anschleichen.

»Wir unterhielten uns gerade über Ajax«, erklärte mir Brockhurst und kauerte sich auf den Boden, um unseren kleinen Gesprächskreis zu erweitern. Der Wasserspeier tat es ihm nach.

»Ja«, bestätigte Gus. »Wir drei wollten dir einen Vorschlag machen.«

»Stimmt.« Brockhurst nickte eifrig. »Gus, ich und der Gremlin.«

»Der Gremlin?«, fragte ich.

Der Imp reckte den Hals und schaute sich um.

»Er muss im Lager zurückgeblieben sein.« Er zuckte mit den Schultern.

»Zu Ajax!«, drängte Tanda.

»Wir meinen, dass du ihn aus dem Team nehmen solltest«, verkündete Gus. »Schick ihn auf Tauf zurück, raus aus der Schusslinie.«

»Es geht nicht um uns«, beeilte sich Brockhurst zu erklären. »Es geht um ihn. Er ist ein netter, alter Kerl, und wir fänden es schrecklich, wenn ihm etwas zustieße.«

»Ja, er ist schon ziemlich alt«, murmelte ich.

»Alt!«, rief Gus aus. »Boss, der Gremlin sagt, er sei ihm seit zweihundert Jahren auf den Fersen … zweihundert Jahre! Und nach seinen Aussagen war Ajax schon alt, als er ihm zum ersten Mal begegnet ist. Einen Krieg zu verpassen wird ihn nicht umbringen, doch ein Kampfeinsatz könnte ihn das Leben kosten.«

»Warum ist der Gremlin ihm überhaupt auf den Fersen?«, fragte ich.

»Mannomann, ich hab dir das doch schon einmal erklärt«, erdröhnte eine Stimme hinter mir, »Gremlins gibt es nicht!«

Mit dieser Erklärung ließ Aahz sich zwischen Tanda und mir zu Boden fallen. Während ich versuchte, mein Herzklopfen wieder zu beruhigen, fiel mir auf, dass ich eine Menge Leute kannte, die sich aufs lautlose Anschleichen verstehen.

»Hallo, Aahz«, sagte ich und rang mir ein Lächeln ab. »Wir sprachen gerade über …«

»Ich weiß, ich habe es gehört«, unterbrach mich Aahz. »Und zur Abwechslung bin ich mal eurer Meinung.«

»Tatsächlich?« Ich blinzelte.

»Klar«, sagte er mit einem Gähnen. »Es ist ein eindeutiger Vertragsbruch. Er ließ sich als Bogenschütze anstellen, und bei dem ersten Auftrag, den du ihm erteilst, legt er die Arbeit sprichwörtlich nieder.«

Eigentlich war es ja sein zweiter Auftrag gewesen. Wie ein Blitz jagte mir das Bild durch den Kopf, wie Ajax zielte, in einer geschmeidigen, flüssigen Bewegung schoss und die Signalstandarte herunterholte, welche so weit entfernt gewesen war, dass man sie kaum hatte sehen können.

»Mein Rat wäre, ihn zurückzuschicken«, sagte Aahz. »Wenn du dein Gewissen beruhigen willst, zahl ihm einen Teil seines Lohnes aus und gib ihm ein Empfehlungsschreiben, aber so, wie er ist, nützt er keinem etwas.«

Vielleicht lag es an Tandas Rede, doch plötzlich fiel mir auf, dass Aahz seinen Vorschlag erklärtermaßen als *Ratschlag* und nicht als Befehl erteilt hatte.

»Achtung, Leute«, murmelte Brockhurst, »wir bekommen Gesellschaft.«

Als ich seinem Blick folgte, sah ich Ajax auf uns zustolpern, seine geisterhafte Blässe blitzte in der Dunkelheit wie … nun … eben wie ein Geist. Mir kam in den Sinn, dass das, was als Augenblick der Stille und

Einsamkeit begonnen hatte, allmählich zu einer Massenversammlung ausartete.

»'n Abend, Leute«, grüßte er. »Ich wollte nicht stören. Ich wusste nicht, dass ihr eine Versammlung abhaltet.«

»Wir ... äh ... haben uns nur ein wenig unterhalten«, erklärte ich und war nun reichlich verlegen.

»Ich kann mir auch schon denken, worüber«, seufzte Ajax. »Tja, ich wollte das eigentlich mehr unter vier Augen abwickeln, aber ich schätze, ihr anderen könnt es ruhig mithören.«

»Was denn abwickeln, Ajax?«, fragte ich.

»Meinen Rücktritt«, sagte er. »Er scheint mir als der einzig anständige Ausweg, nach dem, was heute geschehen ist.«

»Das hätte doch jedem passieren können.« Ich zuckte mit den Achseln.

»Nett von dir, das zu sagen, Söhnchen«, meinte Ajax mit einem Lächeln. »Aber ich kann die Schrift an der Wand deutlich erkennen. Ich bin zu alt, um jemandem noch nutze zu sein. War wohl Zeit, dass ich mir das endlich mal selbst eingestehe.«

Ich registrierte unwillkürlich, wie er die Schultern hängen ließ und von einer Mattigkeit befallen schien, von der auf Tauf noch nichts zu spüren gewesen war.

»Lass dir keine grauen Haare über meine Bezahlung wachsen«, fuhr Ajax fort. »Ich habe nichts getan, folglich gehe ich davon aus, dass du mir auch nichts schuldest. Wenn mich nur jemand nach Tauf zurückbefördern würde. Ich werde euch nicht weiter stören und lasse euch euren Krieg führen, wie er geführt werden muss.«

»Ja, Ajax«, seufzte Aahz, stand auf und streckte ihm die Hand hin. »Wir werden dich vermissen.«

»Moment mal!«, hörte ich mich mit kalter Stimme sagen. »Willst du mir erzählen, dass du deinen Vertrag brichst?«

Ajax' Kopf flog ruckartig hoch.

»Von einem echten Archäer hätte ich Besseres erwartet!«

»Ich würde das nicht Vertragsbruch nennen, Söhnchen«, begann der alte Bogenschütze vorsichtig, »eher eine Trennung im gegenseitigen Einvernehmen. Ich bin einfach zu alt, um …«

»Alt?«, fiel ich ihm ins Wort. »Ich wusste, dass du alt bist, als ich meine Strategie für morgen um deine Schießkunst herum angelegt habe. Ich wusste, dass du alt bist, Ajax, aber dass du ein Feigling bist, das wusste ich nicht!«

Irgendjemand ganz in meiner Nähe holte tief Luft, doch ich konnte nicht feststellen, wer es war. Meine Aufmerksamkeit war auf Ajax gerichtet. Er war nicht mehr der niedergeschlagene, alte Mann, sondern ein stolzer, zornerfüllter Krieger, der drohend über mich gebeugt dastand.

»Söhnchen«, knurrte er. »Ich weiß, dass ich alt bin, denn in meinen jüngeren Jahren hätte ich dich für diese Äußerung umgebracht. Nie in meinem Leben bin ich vor einem Kampf davongelaufen, und niemals habe ich einen Vertrag gebrochen. Wenn du morgen ein paar Schießaufträge hast, dann werde ich sie ausführen. Vielleicht siehst du dann, was es heißt, einen echten Archäer auf deiner Seite zu haben!«

Mit diesen Worten machte er auf dem Absatz kehrt und stapfte davon in die Dunkelheit.

Es war ein wohlerwogenes Risiko gewesen, doch ich musste feststellen, dass mir angesichts des Zorns des Alten immer noch der kalte Schweiß auf der Stirn stand. Ich bemerkte ebenfalls, dass die übrige Gruppe mich erwartungsvoll ansah.

»Wahrscheinlich wundert ihr euch alle, warum ich das getan habe«, sagte ich mit einem Lächeln.

Ich hatte auf eine Antwort gehofft, doch das Schweigen dauerte an.

»Ich weiß eure Ratschläge zu schätzen und hoffe, dass ihr sie mir auch weiterhin zukommen lasst. Aber ich bin der Anführer dieser Truppe und habe damit die endgültige Entscheidung zu treffen.« Aus den Augenwinkeln sah ich, wie Aahz eine Augenbraue hochzog, schenkte ihm aber keine weitere Beachtung. »Alle einschließlich Aahz sagten, wenn ich ihn gehen ließe, nach Tauf zurückschickte, würde ihm kein Leid geschehen. Ich bin anderer Auffassung. Es hätte ihn um das eine beraubt, das die Jahre ihm gelassen haben: seinen Stolz. Es hätte seine schlimmsten Befürchtungen bestätigt, dass er ein alter, nutzloser Mann geworden sei.«

Ich ließ meinen Blick über meine Zuhörer schweifen. Keiner konnte mir in die Augen sehen.

»Er kann ums Leben kommen, ja. Na und? Dieses

Risiko nahm er in jedem Krieg, den er ausgefochten hat, auf sich. Ich würde ihn eher in ein Gefecht schicken in dem Bewusstsein, dass dies seinen sicheren Tod bedeutet, als ihn zu dem tödlichen Leben eines abgewirtschafteten Kneipenherumhängers zu verdammen. Auf diese Art hat er eine Chance, und als sein Arbeitgeber fühle ich mich verpflichtet, ihm diese Chance zu geben.«

Ich machte eine Pause, um Luft zu holen. Nun schauten sie mich alle wieder an und lauerten auf meine folgenden Worte.

»Und noch was«, knurrte ich. »Ich möchte kein Wort mehr davon hören, dass er nutzlos sei. Der alte Mann geht immer noch besser mit dem Bogen um als alle, die ich jemals gesehen habe. Wenn ich keine Möglichkeit finde, ihn sinnvoll einzusetzen, dann ist das meine Schuld, weil ich ein schlechter Stratege bin, aber nicht die seine. Ich habe meine Fehler, aber ich würde sie Ajax ebenso wenig wie euch jemals in die Schuhe schieben.«

Wieder herrschte Schweigen, aber es machte mir nichts aus. Ich hatte gesagt, was ich auf dem Herzen hatte, und empfand kein Bedürfnis, sinnlos weiterzulabern, nur um die Stille zu überwinden.

»Nun, Boss«, Brockhurst räusperte sich und stand auf. »Ich glaube, ich gehe mal wieder zurück.«

»Ich auch«, kam das Echo von Gus, der sich ebenfalls erhob.

»Nur eins noch.« Der Imp blieb stehen und sah mir direkt in die Augen. »Als kleiner Aktenvermerk: Es ist eine Freude, für dich zu arbeiten.«

Der Wasserspeier nickte zustimmend, und die beiden verschwanden im Gebüsch.

Dann bekam ich einen zarten Kuss auf die Wange, aber bis ich meinen Kopf gedreht hatte, war Tanda auch schon verschwunden.

»Weißt du, Großer«, sagte Aahz, »eines Tages wirst du einen echt anständigen Anführer abgeben.«

»Danke, Aahz.« Ich blinzelte.

»Falls du das noch erlebst«, beendete mein aufmunternder Mentor seinen Satz.

Wir saßen noch eine Weile schweigend nebeneinander. Gliep war offensichtlich eingedöst, denn er schnarchte leise, als ich ihn erneut streichelte.

»Falls es nicht zu neugierig ist«, fragte Aahz schließlich, »wie sieht denn der meisterhafte Plan aus, den du dir für morgen mit Ajax ausgedacht hast?«

Ich seufzte und machte die Augen zu. »Ich habe noch keinen. Ich hoffte, du hättest ein paar Ideen.«

»Wieso habe ich schon befürchtet, dass du das sagen würdest?«, brummte Aahz.

19

»Was aber, wenn sie einen Krieg veranstalten, und die eine Partei erscheint einfach nicht?«

Luzifer

»Wach auf, Zauberheini!«

Ich kam zu mir, als ich heftig zur Seite hin und über den Waldboden gekullert wurde, wobei ein Zeh meines Mentors eine ausschlaggebende Rolle spielte.

Nachdem ich endlich zum Stillliegen gekommen war, sammelte ich alle meine Kräfte und hob den Kopf.

»Aahz«, verkündete ich feierlich, »als Anführer der Gruppe bin ich zu einem weiteren Entschluss gekommen. In Zukunft möchte ich von Tanda geweckt werden.«

»Keine Chance«, spottete Aahz. »Sie erkundet unsere rechte Flanke. Entweder ich oder der Drache.«

Großartige Alternativen. Plötzlich fiel mir auf, wie hell es war.

»He!«, blinzelte ich. »Wie spät ist es?«

»Ich schätze, wir haben noch ungefähr eine Minute, ehe der Zauber losgeht«, sagte Aahz betont lässig.

»Wie lange?« Ich keuchte kollapsverdächtig.

Aahz zog die Brauen zusammen, während er einen Moment über meine Frage nachdachte. Die andersdimensionierte Zeitrechnung von Klah bereitete ihm immer noch gewisse Schwierigkeiten.

»Eine *Stunde*!« Er lächelte triumphierend. »Das war's! Eine Stunde!«

»Schon besser«, seufzte ich und ließ mich in die Horizontale zurücksinken.

»Auf die Beine, Bubi!«, befahl Aahz. »Wir haben dich so lange schlafen lassen, wie es ging, aber jetzt wirst du zur Truppenschau benötigt.«

»Hast du alle informiert?«, fragte ich gähnend und setzte mich auf. »Ist der Plan klar?«

»So klar es in Anbetracht aller Umstände nur geht«, antwortete Aahz mit einem Schulterzucken.

»Okay«, antwortete ich und hockte mich auf die Füße. »Gehen wir. Unterwegs kannst du mich ja über die neueste Entwicklung aufklären.«

Aahz und ich hatten fast die ganze Nacht über dem Plan für heute zugebracht, und ich stellte fest, dass ich ganz heiß darauf war, ihn in die Tat umgesetzt zu sehen.

»Du solltest dankbar sein, dass du nicht auf der anderen Seite bist.« Aahz kicherte, während wir zu den anderen gingen. »Der alte Claude hat die Zeit, die wir ihm ließen, voll genutzt.«

»Hat sie auf Trab gehalten, wie?« Ich grinste.

»Seit Sonnenaufgang«, erzählte Aahz gehässig. »Drill, Schwerter schärfen, keine ruhige Minute bei der Armee des Imperiums, so viel ist sicher.«

Ich war mir nicht ganz sicher, ob ich Aahz' Begeisterung darüber, dass die Feinde lange Zeit ihre Schwerter geschärft hatten, teilen konnte. Glücklicherweise blieb mir eine unbehagliche Antwort erspart, als Gus auf uns zugehumpelt kam.

»Ihr habt gerade Brockhursts Report verpasst«, klärte er uns auf. »Auf der linken Flanke ist immer noch alles ruhig.«

»Können wir nicht aus ihren Signalen entnehmen, ob sie Nachschub angefordert haben?«, fragte ich.

»Wenn du ihren Signalen Glauben schenken kannst«, entgegnete Aahz. »Es wäre nicht das erste Mal, dass eine Armee irreführende Nachrichten sendet.«

»Aha«, sagte ich intelligent.

»Aber wenn wir gerade von Signalen sprechen. Weißt du noch, was sie gestern übermittelt haben? Sie seien auf ›geringen Widerstand‹ gestoßen.«

Ich nickte.

»Nun, es sieht so aus, als sei Claude zu dem Schluss gekommen, er müsste den Einsatz erhöhen, um aus dieser Sache eine Beförderung herausschlagen zu können. Über Nacht wurden wir deshalb zur ›bewaffneten Gegenmacht, die mit Waffengewalt niedergeschlagen werden muss‹. Wahnsinn, was?«

Ich schluckte schwer, versuchte aber, lässig zu klingen. »Heißt das, dass sie Verstärkung anfahren?«

»Ach wo, Jungchen!« Aahz zwinkerte mir zu. »Claude hat alle Hilfsangebote, die von oben kamen, abgelehnt. Er besteht hartnäckig darauf, das mit seiner Kompanie abwickeln zu können.«

»Ich würde sagen, er hat seinen Kopf ein wenig zu weit vorgestreckt«, kommentierte Gus.

»Und wir sind diejenigen, die ihn ihm abschlagen werden«, meinte Aahz.

»Wo steckt Ajax?«, erkundigte ich mich, um das Thema zu wechseln.

»Drunten im Wald, sucht sich die günstigste Stelle zum Schießen aus«, erwiderte Gus. »Mach dir keine Sorgen, Boss. Er ist wach.«

In Wirklichkeit machte ich mir wegen Ajax diesbezüglich nicht die geringsten Sorgen. Vor meinem geistigen Auge sah ich immer noch, wie er sich zornig vor mir aufbaute, als ich ihn in der vergangenen Nacht einen Feigling genannt hatte.

»'n Morgen, Söhnchen«, rief der Bogenschütze, der nun aus den Büschen auftauchte. »Hab, glaub ich, den richtigen Platz gefunden, um sie alle aufs Korn zu nehmen.«

»Hallo, Ajax«, grüßte ich zurück. »Sag mal … hm … wenn du mal eine Minute Zeit hast, würde ich gerne wegen gestern Abend mit dir reden.«

»Mach dir deswegen keine Gedanken mehr«, versicherte mir Ajax mit einem Grinsen. »Ich hab ohnehin schon alles vergessen.«

Ein Blitzen in seinen Augen strafte seine Worte Lügen, aber wenn er so tun wollte, als sei nichts geschehen, würde ich es vorläufig dabei belassen.

»Ich störe euch nicht gerne«, unterbrach uns Aahz. »Aber ich glaube, Freund Claude rüstet bereits zum Aufbruch.«

Tatsächlich stellte man sich im Feldlager in der Ferne zur Gefechtsformation auf. Die Handkarren wurden beladen und in einer Reihe aufgestellt, während die Begleitmannschaft sich vorn und an den Seiten postierte. Der Signalturm war allem bisherigen Anschein zum Trotz ebenfalls beweglich und wurde von mehreren schwitzenden Soldaten hinter der Formation hergeschoben.

»Altmodischer Kram!«, höhnte Ajax. »Ich sage dir, Söhnchen, Militärs sind in allen Dimensionen gleich!«

»Alles klar, großer Boss«, sagte Aahz knapp. »Zieh deine Sache durch. Wird allmählich Zeit, dass wir Aufstellung nehmen.« Mit ein paar mentalen Pinselstrichen verwandelte ich die Züge des Wasserspeiers, bis er mein Spiegelbild war.

»Recht ordentlich«, bemerkte Aahz und ließ seinen Blick kritisch zwischen Gus und mir hin und her schweifen.

Ich ging nochmals ans Werk und verlieh Aahz seine Dubioser-Typ-Verkleidung.

»Also, es kann losgehen«, winkte Aahz. »Jetzt wollen wir den Gegner mal ein bisschen durcheinanderbringen!«

Der heutige Plan erforderte, dass Gus mich ersetzte. Die dahinterstehende Logik besagte, dass sein steinerner Leib ihn nicht nur vor Schaden bewahrte, wenn irgendetwas schiefging, sondern Aahz gleichzeitig als Schutzschild diente.

Irgendwie kam es mir nicht recht vor, in relativer Sicherheit zu bleiben, während ich einen anderen nach vorne schickte, meine Risiken auf sich zu nehmen. Mir kam in den Sinn, dass ich vielleicht den Falschen einen Feigling genannt hatte, als ich in der vergangenen Nacht mit Ajax sprach.

Doch der Bogenschütze schien die Vorkehrungen widerspruchslos hinzunehmen.

»Komm mit, Söhnchen«, krächzte er. »Ich möchte keinen Augenblick versäumen!«

Mit diesen Worten drehte er sich um und tauchte in die Büsche, sodass ich kaum eine andere Wahl hatte, als ihm zu folgen.

Glücklicherweise war der von Ajax gewählte Aussichtspunkt nicht weit. Alt oder nicht, ich fand, dass der Bursche ein verdammt gutes Tempo draufhatte.

Er spannte seinen Bogen, kauerte sich nieder, wartete und kicherte voller Vorfreude. Während ich mich neben ihm niederließ, nahm ich mir einen Augenblick Zeit, um die Kräftelinien zu überprüfen, die Energieströme, von denen Zauberer ihre Kräfte beziehen. Ganz in der Nähe verliefen zwei Linien, eine in der Luft, die andere im Boden, und das war gut. Zwar hatte Aahz mir beigebracht, wie man Energien speichert, doch bei den vielen Aktionen, die für diesen Tag geplant waren, wollte ich so viel Kraft, wie ich nur bekommen konnte.

Wir konnten zusehen, wie Aahz und Gus sehr würdevoll auf die ausgewählte Kampfstelle zuschritten. Die gegnerische Streitkraft beobachtete wie erstarrt, wie die beiden Aufstellung nahmen. Einen Augenblick lang stand alles reglos wie auf einem Gemälde.

Dann drehte Claude sich zu seiner Truppe um,

bellte einen Befehl. Sogleich traten ein halbes Dutzend Bogenschützen aus der Schlachtenreihe und verteilten sich zu beiden Seiten der Wagen. Langsam und bedächtig nahm jeder einen Pfeil und legte ihn an, dann hoben sie die Bögen in Richtung der beiden Gestalten, die die Kompanie am Weiterziehen hinderten.

Ich konzentrierte meine Energien.

Claude brüllte unseren Kameraden etwas zu. Sie verharrten reglos an Ort und Stelle.

Ich konzentrierte mich stärker.

Alle Bogenschützen ließen ihre Geschosse davonfliegen. Gus hob theatralisch die Hand.

Die Pfeile blieben mitten in der Luft stehen und fielen dann zu Boden.

Die Bogenschützen blickten einander erstaunt an. Claude brüllte ihnen einen neuen Befehl zu. Zitternd legten sie an und schossen eine neue Salve ab.

Diese war weniger synchron als die erste, doch es gelang mir, sie ebenfalls aufzuhalten.

»Gute Arbeit, Söhnchen!«, stieß Ajax freudig hervor. »Das wird ihnen einheizen.«

Und tatsächlich lösten sich die säuberlichen Reihen der Soldaten in Wellen auf, als die Männer untereinander tuschelten. Claude bemerkte es ebenfalls und beorderte seine Schützen zurück in die Aufstellung.

Die erste Runde ging an uns.

Doch mein Hochgefühl war von kurzer Dauer. Jetzt zogen die Soldaten ihre Schwerter. Die beiden Gruppen, welche zum Schutz der Wagen abgestellt waren, traten vor und bildeten zwei Flügel, die sich um unsere

Mannschaftsmitglieder schließen zu wollen schienen. Claude war so nervös, dass er die Soldaten, die die Wagen ziehen sollten, nach vorne holte, um die Mitte der Schlachtreihe zu verstärken.

Darauf hatten wir nur gewartet.

»Jetzt, Ajax!«, zischte ich. »Setze sie hoch an.«

»Ich weiß, Söhnchen.« Unser Schütze grinste von einem Ohr zum anderen. »Ich bin bereit, wenn du es bist.«

Ich wartete, bis er seinen Bogen hob, dann konzentrierte ich einen intensiven Energiestrahl auf einen Punkt wenige Zentimeter vor seinem Bogen.

Es ähnelte der Kerzenübung und ging nun ebenso leicht, nachdem wir es letzte Nacht geübt hatten.

Sowie der Pfeil von Ajax' Bogen flitzte, brach er in Flammen aus und flog weiter.

Immer und immer wieder schoss der Bogenschütze seine Geschosse pfeifend durch meinen Zündungspunkt. Es erforderte meine gesamte Konzentration, den notwendigen Energiestrom aufrechtzuerhalten und gelegentlich umzulenken, wenn er seine Zielrichtung änderte.

Schließlich ließ er seinen Bogen wieder neben sich sinken. »Das müsste reichen, Söhnchen.« Er grinste immer noch. »Sieh dir das mal an!«

Das tat ich denn. Dort in der Ferne hinter den Reihen der Soldaten stiegen dünne Rauchfähnchen von den Wagen auf. Innerhalb weniger Augenblicke würde Claudes Nachschubeinheit ohne Nachschub dastehen.

Aber wir hatten ja nicht einmal wenige Augenblicke

Zeit zu warten! Vor unseren Augen schritten die Männer auf Aahz und Gus zu, ihre Schwerter blitzten in der Sonne.

»Ich glaube, wir sollten besser etwas dagegen unternehmen«, murmelte Ajax und hob wieder seinen Bogen.

»Warte eine Sekunde, Ajax!«, befahl ich und spähte mit zusammengekniffenen Augen nach den beiden Gestalten in der Ferne.

Aahz und Gus hatten rasch einige Worte gewechselt, dann trat der Wasserspeier zurück und fuchtelte wild in Richtung seines Begleiters.

Ich brauchte einen Augenblick, aber dann begriff ich die Nachricht. Lächelnd schloss ich die Augen und hob Aahz' Tarnung auf.

Ein Höllenspektakel brach los. Die Soldaten in der vorderen Reihe warfen einen Blick auf den Dämon, der vor ihnen stand, dann hasteten sie in umgekehrter Richtung davon und trampelten dabei die Männer hinter ihnen halb zu Boden. Als die Kunde sich in der Formation ausbreitete, wurde diese zur wilden Meute, obwohl ich bezweifle, dass die in den hinteren Reihen überhaupt wussten, warum sie davonliefen.

»Sieg! Sieg!«, schrie Ajax und sprang mir ins Kreuz. »Das hat geklappt. Sieh dir an, wie die Hasenfüße laufen. Man sollte glauben, die Kerle hätten noch nie im Leben einen Perfekten gesehen.«

»Haben sie vermutlich auch nicht«, kommentierte ich und versuchte, meine lädierte Schulter zu massieren.

»Weißt du«, erklärte der Bogenschütze schleppend

mit einem Blick auf die Szenerie unter uns. »Ich habe da eine Idee. Die Burschen sind so schnell abgehauen, dass sie vergessen haben, jemand Bestimmtem Zeichen zu geben. Was hältst du davon, wenn wir das für sie erledigen?«

»Wie denn?«, fragte ich.

»Nun«, meinte er mit einem verschlagenen Grinsen, »ich kenne die Signale, und du bist ein Zauberer. Wenn ich dir sagen würde, welches Zeichen gesetzt werden muss, könntest du das dann schaffen? Ohne dass einer es halten muss?«

»Klar«, bestätigte ich. »Was brauchen wir für das Signal?«

»Lass mich nachdenken!« Er runzelte die Stirn. »Wir benötigen einen Schädel, zwei rote Tücher, eine schwarze Kugel und …«

»Warte mal, Ajax«, sagte ich und hob die Hand. »Ich glaube, es gibt da ein einfacheres Signal, das sie verstehen werden. Pass auf.«

Ich jagte einen neuen Energiestoß fort, und sogleich stand der Signalturm in Flammen.

»Meinst du, diese Nachricht begreifen sie?« Ich lächelte.

Ajax starrte einen Augenblick zu dem brennenden Turm.

»Du machst das verdammt gut, Söhnchen«, murmelte er schließlich. »Auf solche Entfernungen Feuer zu werfen.«

»Nun«, hob ich bescheiden an. »Wir Zauberer können …«

»'türlich«, fuhr er fort. »Aber wenn du das kannst, hast du Blackie und mich für diese Wagen doch eigentlich gar nicht gebraucht, oder?«

Zu spät bemerkte ich meinen Fehler.

»Ajax, ich …«

»Schon ulkig, dass du diese ganze Mühe auf dich nimmst, nur um mich zu überzeugen, dass ich nicht nutzlos bin.«

»Du bist nicht nutzlos«, schnauzte ich ihn an. »Die Tatsache, dass du nicht immer gebraucht wirst, heißt nicht, dass du nutzlos bist. Ich bin vielleicht noch jung, aber alt genug, um das zu wissen.«

Ajax schaute mich einen Moment lang an, dann lächelte er plötzlich.

»Hoffen wir, dass du recht hast, Söhn… *Skeeve.*« Er lachte. »Wahrscheinlich wusste ich es und hatte es nur für eine Weile vergessen. Gehen wir zurück und holen uns eine Flasche Wein aus dem Gepäck auf deinem Drachen. Ich würde dir gern angemessen dafür danken, dass du mich daran erinnert hast.«

Gemeinsam machten wir uns auf den Rückweg zum Lager.

20

»Die Befehlskette ist das Rückgrat
allen militärischen Aufbaus
und ist deshalb stets strikt zu beachten.«

Schwejk, braver Soldat

Im Lager herrschte verständlicherweise Feierstimmung. Wenn ich Hoffnungen gehegt hatte, mich an den Festivitäten zu beteiligen, so verflogen diese rasch, als Aahz mich rief.

»Hierher, mein Freund«, winkte er. »Wir haben einige Planungen vorzunehmen!«

»Das ist die Kehrseite des Daseins eines Generals, Großer«, murmelte Ajax mitfühlend. »Beschränkt sich nicht auf Ansprachen und Ruhm. Dann mach mal weiter. Ich trink derweilen einen mit den Jungs.«

Mit einer Kopfbewegung wies er auf Gus und Brockhurst, die sich bereits ein paar Schlückchen Wein zur Brust genommen hatten. Tanda wartete mit Aahz auf mich. Das machte mir die Wahl etwas leichter.

»Na gut, Ajax«, sagte ich mit einem Lächeln. »Ich geselle mich bald zu euch.«

»Herzlichen Glückwunsch, Süßer!« Tanda zwinkerte mir zu, als ich bei den beiden angelangt war. »Das war das beste Stückchen Arbeit, das ich seit Langem gesehen habe.«

»Danke, Tanda.« So wie sie mich anlächelte, wurde mir ganz heiß.

»Wie ich sehe, sprechen Ajax und du wieder miteinander«, meinte Aahz und musterte mich mit hochgezogener Augenbraue. »Nicht übel, mein Lieber. Wie hast du das geschafft?«

»Wir … äh … haben ein langes Gespräch geführt«, antwortete ich vage. »Du sagtest, wir müssten einige Pläne erstellen?«

»Es geht eher um eine kurze Information. Tanda hat ein paar Spezialeffekte dabei, über die du Bescheid wissen solltest.«

Tandas Besorgungen, um deretwillen sie mich auf dem Basar alleingelassen hatte, hatte ich völlig vergessen. Da man mich nun daran erinnert hatte, war meine Neugier angestachelt.

»Was hast du denn bekommen, Tanda?«, fragte ich beflissen.

»Nichts Umwerfendes«, meinte sie mit einem Achselzucken. »Da Aahz mit von der Partie ist, wusste ich ja schon, dass unser Budget ziemlich beschränkt sein würde, sodass ich mich auf ein paar grundlegende Dinge beschränkt habe.«

»Wie wär's denn, wenn du's ihm einfach zeigst?«, knurrte Aahz. »Erspare uns deine Kommentare.«

Sie streckte ihm die Zunge raus und zog einen kleinen Beutel von ihrem Gürtel. »Als Erstes dachte ich, dass wir ein wenig Blitzpulver brauchen könnten. Das verfehlt nie seine Wirkung auf die Bauerntölpel.«

»Blitzpulver«, wiederholte ich aufmerksam.

»Man steckt es an«, ergänzte Aahz. »Es brennt schnell und bringt eine Rauchwolke hervor.«

»Ich habe ungefähr ein Dutzend Päckchen davon besorgt«, fuhr Tanda fort und zeigte mir den Inhalt ihres Beutels. »In verschiedenen Farben und Größen.«

»Kann ich mal eines ausprobieren?«, fragte ich. »Ich habe mit diesem Zeug noch nie zuvor gearbeitet.«

»Klar.« Tanda grinste und hielt mir den Beutel hin. »Du kannst sie benutzen, so wie du es für richtig hältst.«

Ich nahm das Säckchen und suchte mir sorgfältig eines der Päckchen aus.

»Du streust es besser auf den Boden, Boss«, fuhr Aahz fort. »Einige können es in ihrer Hand zünden, aber das bedarf einiger Übung. Wenn du das jetzt versuchen würdest, kostete dich das vermutlich eine Hand.«

Gehorsam warf ich den Beutel in einiger Entfernung auf die Erde. Dann schaute ich neugierig hin, was geschehen würde, wenn ich einen raschen Energiestrahl darauf richtete. Es gab einen hellen Blitz, gefolgt von einem leichten Puffen. Ich blinzelte und besah mir die Stelle, wo das Päckchen gelegen hatte. Eine kleine, grüne Rauchwolke hing in der Luft, die sich allmählich im leichten Wind auflöste.

»Das ist klasse!«, rief ich und griff nochmals in den Beutel.

»Lass es gut sein«, warnte Aahz. »Zu viel von dem Zeug haben wir ja nun auch wieder nicht.«

»Ach, richtig, Aahz«, antwortete ich ein wenig dümmlich. »Was hast du denn sonst noch, Tanda?«

»Nun«, sagte sie mit einem Lächeln, »ich meine, das wäre eine gute Verteidigungswaffe.«

Bei diesen Worten schien sie etwas hinter ihrem Rücken hervorzuziehen. Ich sage »schien«, weil ich nichts erkennen konnte. Nach ihren Bewegungen zu urteilen, hielt sie einen etwa armlangen Stab, doch ihre Hand war leer.

»Was ist das denn?«, fragte ich.

Zur Antwort grinste sie und hielt, was immer es war, vor sich. Dann öffnete sie die Hand – und löste sich in Luft auf.

»Unsichtbarkeit!«, rief Aahz. »Ein Unsichtbarkeitsumhang!«

»Konnte ich mir nicht leisten«, ertönte Tandas Stimme irgendwo vor uns. »Ich musste mich hiermit begnügen.«

»Hiermit« war, wie sich herausstellte, eine Unsichtbarkeitswand. Dabei handelte es sich um eine dünne Matte, hinter der sich eine Person gerade eben verbergen konnte. Tanda hatte sie zur Röhre gerollt bei sich getragen, und ihr Verschwinden wurde verursacht, indem die Wand sich zu ihrer Normalform entrollte.

Aahz und sie schnatterten aufgeregt über ihre Neuerwerbung, währenddessen hatte ich Zeit, mein Wissen auf dem Gebiet der Unsichtbarkeit zu erweitern.

Unsichtbarkeitswände schienen ungefähr aus dem

gleichen Material wie Unsichtbarkeitsumhänge zu bestehen. Da die Wände nicht auf dem Leib getragen wurden, bedurften sie nicht der Flexibilität und Weichheit, wie sie für einen Umhang erforderlich sind. Folglich waren sie auch erheblich billiger.

Die Wirkung war ähnlich wie bei einer Trickscheibe. Stand man auf der richtigen Seite der Unsichtbarkeitswand, konnte man ungehindert hindurchsehen und alles und jeden beobachten, der sich auf der anderen Seite befand. Derjenige jedoch konnte einen nicht sehen.

Sie unterhielten sich immer noch über die Einsatzmöglichkeiten des neuen Zauberteils, als Brockhurst auf uns zugerannt kam.

»He, Boss!«, rief er. »Wir haben Gesellschaft bekommen!«

»Wer? Wo?«, fragte ich ruhig.

»Drunten auf der Wiese«, antwortete der Imp und wies in die entsprechende Richtung. »Der Gremlin sagt, da steht schon eine ganze Gruppe.«

»Was denn für ein Gremlin?«, knurrte Aahz.

»Komm, Aahz«, rief Tanda und machte sich auf den Weg. »Das schauen wir uns mal an.«

Tatsächlich stand eine kleine Einheit auf der Wiese, lauter Soldaten des Imperiums. Das Verblüffende war, was sie machten, beziehungsweise, dass sie nichts machten. Sie schienen einfach dazustehen und auf etwas zu warten.

»Was machen die, Aahz?«, flüsterte ich, während wir die Gruppe aus dem Schutz der Bäume heraus musterten.

»Die stehen herum und warten«, klärte Aahz mich auf.

»Das sehe ich auch«, sagte ich und schnitt eine Grimasse. »Aber worauf warten sie?«

»Vermutlich auf uns.«

»Auf uns?« Ich blinzelte. »Warum?«

»Um einen Kriegsrat abzuhalten.« Aahz grinste. »Schau dir das doch an, Kerlchen. Machen sie es nicht genauso wie wir, als wir mit ihnen sprechen wollten? Sie stehen sogar genau auf dem gleichen Fleck.«

Ich besah mir die Gruppe noch einmal unter diesem neuen Licht. Aahz hatte recht! Der Feind wollte einen Kriegsrat einberufen.

»Meinst du, wir sollten da hin?«, erkundigte ich mich nervös.

»Klar«, erwiderte Aahz. »Aber nicht jetzt gleich. Lass sie ein bisschen schwitzen. Sie haben uns das erste Mal auch warten lassen, weißt du noch?«

Es war fast eine halbe Stunde später, als wir aus der Baumgruppe hervortraten und über die Wiese zu jener Stelle gingen, wo die Soldaten warteten. Aahz hatte ich vorsichtigerweise als dubiosen Charakter getarnt. Ich selbst trug die Unsichtbarkeitswand vor mir her, sodass die Soldaten glauben mussten, Aahz sei alleine, obwohl ich neben ihm hermarschierte.

Es befanden sich mehr Soldaten an dem Treffpunkt als bei unserer ersten Zusammenkunft mit Claude. Selbst für mein ungeübtes Auge war erkennbar, dass sich zwischen den Wachen mindestens sechs Offiziere befanden.

»Ihr wünscht eine Zusammenkunft?«, fragte Aahz arrogant, als er vor der Gruppe stehen blieb.

Unter den Soldaten kam kurz Unruhe auf, während sie sich berieten. Schließlich trat einer von ihnen vor, offensichtlich der Anführer der Gruppe.

»Wir möchten mit deinem Herrn sprechen!«, verkündete er förmlich.

»Der ist im Augenblick beschäftigt«, antwortete Aahz gelangweilt. »Kann ich irgendetwas für euch tun?«

Der Führer errötete ein wenig. »Ich bin der Befehlshaber dieses Abschnitts!«, brüllte er. »Ich wünsche Skeeve, den Kommandeur der Verteidigungsmacht, zu sprechen und nicht seinen Lakaien!«

Ich warf heimlich eines der Blitzpulverpäckchen vor mir auf die Erde.

»Wenn ihr darauf besteht, werde ich ihn holen«, knurrte Aahz. »Aber er wird nicht begeistert sein.«

»Ich bin auch nicht hier, um ihn zu begeistern«, schrie der Anführer. »Nun lauf!«

»Das wird nicht notwendig sein«, sagte Aahz mit boshaftem Seitenblick. »Er ist Zauberer. Er hört und sieht, was sein Diener hört und sieht. Er wird kommen.«

Das war mein Stichwort. Ich entzündete das Pulverpäckchen und ließ die Unsichtbarkeitswand sinken.

Das Ergebnis war echt spektakulär.

Die Soldaten wichen mit Ausnahme ihres Kommandeurs mehrere Schritte zurück. Für sie sah es so aus, als hätte ich mich plötzlich aus der Luft heraus in einer roten Rauchwolke materialisiert.

Für mich war der Effekt weniger eindrucksvoll. Als

der Beutel mit dem Pulver losging, wurde mir bewusst, dass es etwas ganz anderes war, eine Rauchwolke aus der Ferne zu beobachten oder genau am Zündungspunkt zu stehen.

Während ich so eingehüllt in rote Schwaden dastand, waren meine Gefühle nicht von hochtrabendem Siegesgefühl, sondern von dem Bedürfnis, zu husten und zu niesen, bestimmt.

Meine Bemühungen, diese Reaktionen zu unterdrücken, führten dazu, dass sich meine Züge derart verzerrten, dass ich Gus mehr als nur entfernt ähnelte.

»Ruhig, Meister!«, warnte Aahz.

»Aahz, *ah*!« Ich keuchte.

»Lasst Euch nicht von Eurem Zorn überwältigen«, fuhr mein Lehrer hastig fort. »Sie sind sich der Kräfte nicht bewusst, die sie leichtfertig reizen.«

»Ich… ich wollte doch nicht gestört werden«, konnte ich schließlich hervorstoßen, als der Rauch sich verzog und ich wieder zu Atem kam.

Der Kommandeur der Gruppe war tapfer an Ort und Stelle stehen geblieben, sah jedoch ein wenig bleicher aus und wirkte weniger selbstsicher als im Gespräch mit Aahz.

»Wir… äh… bitten um Entschuldigung, Euch gestört zu haben«, begann er unsicher. »Aber es liegen einige Angelegenheiten vor, die Eurer sofortigen Aufmerksamkeit bedürfen, insbesondere der Krieg, in welchen wir gerade verstrickt sind.«

Ich besah ihn mir aufmerksam. Er schien ein härterer Mann als Claude zu sein.

»Ich fürchte, ich befinde mich im Nachteil, Sir«, sagte ich. »Ihr scheint mich zu kennen, doch ich erinnere mich nicht, Euch schon einmal gesehen zu haben.«

»Das habt Ihr auch nicht«, erwiderte der Offizier finster. »Wäre dies der Fall, so könntet Ihr sicher sein, dass einer von uns beiden jetzt nicht hier stände. Ich kenne Euch von Berichten, insbesondere über Eure jüngsten Bemühungen, dem Vorrücken unserer Armee Widerstand zu leisten. Ich bin Antonio, Kommandeur des rechten Flügels der linken Flanke der Armee des Imperiums. Dies sind meine Offiziere.«

Er wies mit einer vagen Handbewegung auf die Soldaten hinter sich. Darauf richteten die Männer sich gerade auf und reckten hochmütig ihr Kinn vor.

Ich begrüßte sie mit einem leichten Kopfnicken. »Wo ist Claude?«, erkundigte ich mich beiläufig. »Ich hatte den Eindruck, er war der leitende Offizier dieses Bereichs.«

»Ihr habt ganz recht«, feixte Antonio. »Er war es. Er ist im Augenblick bis zu seiner Verhandlung vor dem Kriegsgericht in Haft. Er ist angeklagt wegen Unfähigkeit!«

»Unfähigkeit?«, wiederholte ich. »Nun kommt aber, Sir. Ist das nicht ein bisschen hart? Claude mag seine Fähigkeiten überschätzt haben, doch ich würde nicht sagen, dass er unfähig ist. Ich meine, er hatte es schließlich mit übernatürlichen Kräften zu tun, falls Ihr versteht, was ich sagen will.«

Während ich sprach, richtete ich einen bebenden Finger auf Aahz und hob seine Tarnung auf.

Den wartenden Offizieren klappte das Kinn herunter, dass ihr hochmütiger Gesichtsausdruck dahin war. Dann grinste Aahz sie an, worauf sie die Münder wieder schlossen und hart schluckten.

Antonio zeigte sich unbeeindruckt.

»Ja, ja«, antwortete er leicht gelangweilt und winkte ab, als verjage er eine lästige Fliege. »Uns liegen Berichte, viele Berichte über Euer Verhältnis zu Dämonen vor. Claudes Unfähigkeit liegt in seiner verheerenden Unterschätzung der Kräfte, die ihm entgegenstanden. Seid versichert, dass mir nicht der gleiche Fehler unterlaufen wird.«

»Sei da nicht so sicher, Toni.« Aahz grinste bösartig. »Wir Dämonen können ein ganz verschlagener Haufen sein.«

Der Offizier beachtete ihn gar nicht, sondern warf mir einen strengen Blick zu. »Doch wir sind nicht hier für müßige Scherze. Ich glaube, wir haben einen Streit zu klären über unser Recht, dieses bestimmte Gebiet zu passieren.«

»Wir haben einen Streit über Euer Recht, das Königreich Possiltum zu passieren«, berichtigte ich ihn.

»Ja, ja«, erklärte Antonio gelangweilt. »Wenn Ihr uns natürlich davon abhalten wollt, Possiltum zu erobern, so ist das der geeignete Platz.«

»Das war unser Gedanke«, stimmte Aahz ihm zu.

»Ich will ja nicht auf diesem Punkt herumhacken, Antonio«, meinte ich lächelnd, »aber ich glaube, wir *haben* Euch davon abgehalten.«

»Zeitweilig, ja.« Der Offizier lächelte ein seiner Meinung nach in diesem Augenblick passendes Lächeln. »Ich rechne damit, dass sich dies in kürzester Zeit ändert. Sagen wir, ein paar Stunden nach Sonnenaufgang? Morgen?«

»Wir werden hier sein.« Aahz nickte.

»Nur einen Augenblick noch«, warf ich ein. »Antonio, Ihr scheint mir ein gerechter Mann zu sein. Hättet Ihr Interesse, unsere morgige Begegnung etwas interessanter zu gestalten? Sagen wir, durch eine kleine, zusätzliche Wette?«

»Wie, zum Beispiel?« Der Offizier warf mir einen finsteren Blick zu.

»Wenn Ihr morgen verliert, werdet Ihr dann zugeben, dass Claudes Niederlage nichts mit Unfähigkeit zu tun hat, und die Anklage gegen ihn fallen lassen?«

Antonio dachte einen Augenblick nach, dann nickte er. »Abgemacht. Normalerweise würde ich mir über die Reaktion meiner Vorgesetzten Gedanken machen, doch ich bin mir meines Sieges sicher. Es gibt Dinge, denen nicht einmal ein Dämon standhalten kann.«

»Was denn, nur mal so zum Beispiel?«, erkundigte Aahz sich mit einem mulmig wirkenden Gefühl.

»Das werdet Ihr dann sehen«, säuselte der Offizier. »Morgen.«

Mit diesen Worten machte er auf dem Absatz kehrt und marschierte davon; seine Offiziere trotteten wie eine doofe Entenschar hinter ihm her.

»Was meinst du, Aahz?«, murmelte ich.

»Was ich meine?« Mein Lehrer schaute finster drein. »Ich meine, du wirst zu weich. Zuerst Ajax und nun

Claude. Was soll diese ›Sei-nett-zu-den-Feinden‹-Tour, auf der du gerade unterwegs bist?«

»Ich wollte wissen, was du zu morgen meinst«, erläuterte ich schnell.

»Keine Ahnung«, gab Aahz zu. »Er klang zu zuversichtlich, um sich keine Sorgen zu machen. Ich wünschte, ich wüsste, welchen Trumpf er gegen Dämonen noch im Ärmel hat.«

»Tja«, seufzte ich. »Ich schätze, das werden wir, wie er sagte, morgen sehen.«

21

»Einen Riesen zu bekämpfen
bedarf es eines Riesen.«

H. Pym

Die allgemeine Besorgnis verließ uns nicht bis zum nächsten Tag.

Unsere Rivalen bereiteten tatsächlich etwas vor, doch wir konnten nicht herausfinden, um was es sich handelte. Tanda und Brockhurst waren in der Nacht zu einem Erkundungsgang aufgebrochen und hatten verwirrende Neuigkeiten mitgebracht. Die Soldaten hatten eine Art schweres Gerät angeschleppt, das in einer riesigen Kiste verborgen war. Alles, was unsere Späher mit Sicherheit über die Geheimwaffe sagen konnten, war, dass sie riesig und schwer war.

Gus erbot sich, einen Rundflug über der Kiste zu machen und hineinzuspähen, doch wir lehnten diese Idee ab. Da die Kiste sich ständig inmitten der Soldatenschar befand, bestand keinerlei Möglichkeit, dass der Wasserspeier diesen Auftrag unbeobachtet hätte ausführen können. Bislang hatten wir seine Zugehörigkeit zu unserem Team geheim gehalten, und dabei wollten wir es auch belassen. Selbst wenn wir ihn mit meiner oder Aahz' Gestalt getarnt hätten, wäre dadurch offenkundig geworden, dass einer von uns fliegen könnte. Wie Aahz erklärte, würde diese Schlacht schwer genug werden, ohne dass wir den Gegner über den Umfang unserer Fähigkeiten vorwarnten.

Strategisch war das ganz richtig und klang unwiderlegbar logisch. Doch es beruhigte mich auch kein bisschen, während Aahz und ich standen und warteten, dass Antonio seinen Eröffnungszug machte.

»Ganz ruhig, Großer«, murmelte Aahz. »Du siehst nervös aus.«

»Ich *bin* nervös«, gab ich zurück. »Wir stehen hier und warten auf den Kampf, ohne zu wissen, gegen wen und was wir zu kämpfen haben. Du wirst schon entschuldigen, wenn mich das ein wenig unsicher macht.«

Mir wurde bewusst, dass ich ungerechtfertigt grob zu meinem Lehrmeister war. Ajax und Gus standen parat, Brockhurst und Tanda hielten nach neuen Entwicklungen Ausschau. Der einzige nicht eingesetzte Mannschaftsangehörige an diesem Morgen war der Gremlin, doch ich hielt es für am klügsten, dies Aahz gegenüber nicht zu erwähnen. Ich nahm an, dass unser schwer fassbarer blauer Freund irgendwo mit Gliep unterwegs war, denn mein Haustier war ebenfalls nirgendwo zu sehen.

Alles, was vorbereitend getan werden konnte, war geschehen. Und doch fühlte ich mich unwohl.

»Sieh es mal von *der* Seite«, versuchte Aahz erneut,

mich aufzumuntern. »Zumindest wissen wir, womit wir es *nicht* zu tun haben.«

Soldaten wurden nämlich nicht gegen uns eingesetzt. Zwar wurde eine große Menge von ihnen in der Nähe zusammengeschart, doch offensichtlich unternahm man keinen Versuch, sie für eine Schlacht zu bewaffnen oder aufzustellen. Als die abgesprochene Zeit näher rückte, wurde klar, dass sie nur als Zuschauer für den bevorstehenden Kampf gedacht waren.

»Ich glaube, ich hätte es lieber mit Soldaten zu tun«, sagte ich mürrisch.

»Kopf hoch, Junge«, gab Aahz zurück und stieß mich mit dem Ellbogen an. »Was immer uns bevorsteht, jetzt kommt es.«

Ich wusste, was er meinte, und es gefiel mir nicht. Es blieb mir jedoch keine Zeit zum Nachdenken, denn Antonio war gerade aufgetaucht. Bog um die eine Ecke der Mammutkiste und war mit einem verdächtig aussehenden Typen in einem Kapuzenumhang ins Gespräch vertieft. Er warf uns einen kurzen Blick zu, lächelte und winkte fröhlich.

Wir winkten nicht zurück.

»Das gefällt mir alles gar nicht, Junge«, knurrte Aahz.

Mir auch nicht, aber uns blieb nicht viel anderes übrig, als zu warten. Antonio beendete sein Gespräch mit dem Fremden und trat zurück, wobei er die Arme vor der Brust verschränkte. Der Fremde winkte ein paar der zuschauenden Soldaten beiseite, dann trat er ebenfalls zurück. Er richtete sich auf und begann, auf merkwürdige Weise mit den Händen zu wedeln. Dann trug der Wind mir die Geräusche zu, und ich begriff, dass er sang.

»Aahz!« Ich keuchte. »Sie haben einen eigenen Zauberer aufgetrieben.«

»Ich weiß«, sagte Aahz leichthin und grinste plötzlich. »Aber nach allem, was ich hören kann, blufft er genauso wie du am Hof von Possiltum. Er verfügt vermutlich über ebenso wenig Kräfte wie ich.«

Kaum hatte mein Mentor seine Bemerkung gemacht, als die uns zugerichtete Wand der riesigen Kiste sich langsam zu Boden senkte. Im Inneren befand sich ein Drache!

Die Kiste war riesig gewesen, über drei Meter lang und sechs Meter hoch, doch so, wie der Drache aussah, musste er ganz schön zusammengekauert gewesen sein.

Er war riesenhaft! Ich meine wirklich rie-sen-haft!

Ich habe mir niemals Illusionen über Glieps Größe gemacht. Wenn seine Länge von drei Metern hier auf Klah auch gewaltig erscheinen mag, so hatte ich auf Tauf Drachen gesehen, neben denen er geradezu winzig aussah. Doch neben dem Drachen, den wir hier vor uns hatten, musste alles zwergenhaft erscheinen, was ich je gesehen hatte.

Über die ganze Länge war er blaugrün und weit schlangenähnlicher, als ich das bei Drachen gewöhnt war. Er hatte kräftige Schwingen, die er ausstreckte und einzog, während er sich seinen Weg aus der engen Kiste scharrte. Seine Augen schimmerten silbern und hätten ihm ein maschinenhaftes Aussehen verliehen, hätten seine mächtigen Glieder sich nicht so geschmeidig bewegt.

Für einen Augenblick war ich fast überwältigt von dem herrlichen Anblick, den er bot, als er auf dem Schlachtfeld erschien. Dann warf er seinen Kopf zurück und brüllte, dass meine Bewunderung für ihn mir das Blut in den Adern gefrieren ließ.

Der große Kopf drehte sich, bis seine Augen direkt auf uns gerichtet waren. Dann begann er auf uns zuzulaufen.

»Jetzt ist es Zeit, auf andere Art tapfer zu sein«, flüsterte Aahz und zupfte mich am Ärmel. »Lass uns hier abhauen.«

»Warte eine Minute, Aahz!«, gab ich zurück. »Siehst du das, was der Wärter in der Hand hält?«

Ein goldenes Blitzen in der Sonne hatte mein Augenmerk auf sich gezogen. Der Drachenwärter hielt ein goldenes Amulett in der Faust, während er das Tier nach vorne trieb.

»So ein Amulett habe ich schon einmal gesehen!«, erklärte ich aufgeregt. »Damit behält man den Drachen in der Gewalt.«

Der Täufler, der den Drachenstall geführt hatte, bei welchem ich Gliep erwarb, hatte ein solches Amulett getragen. Man benutzte es, um Drachen zu bändigen… nicht fixierte Drachen, heißt das. Fixierte Drachen können von ihren Besitzern ohne irgendwelche Hilfsmittel gelenkt werden. Ein Drache fixiert sich auf denjenigen, der ihn füttert. Auf diese Weise bin ich ja auch an Gliep gekommen. Ich habe ihn gewissermaßen gefüttert. Genauer gesagt, hat er sich selbst mit einem kräftigen Biss in meinen Ärmel bedient.

»Steh nicht einfach so rum, Junge«, meckerte Aahz und riss mich aus meiner Träumerei. »Schaff's herbei!«

Ich tastete mit meinen Gedanken in der Gegend herum und bekam das Amulett zu fassen. Doch der Wärter spürte, wie es ihm aus der Hand glitt, packte es fester und rang mit mir um seinen Besitz.

»Ich… ich kann es nicht fassen, Aahz«, schrie ich. »Er lässt es nicht los.«

»Dann hau ab hier, Mann«, befahl mein Mentor. »Sag Ajax, er soll diesen Wärter einsacken. Oder besser noch: Sag Gus, er soll für alle Fälle mit Berfert bereitstehen. Ich werde versuchen, den Drachen zu besänftigen.«

Ein Bild erstand vor meinem geistigen Auge. Da war ich, Skeeve, der Hofzauberer, der sich mit großen Sprüngen in Sicherheit brachte, während Aahz sich alleine dem Drachen entgegenstellte. Da rastete irgendetwas in meinem Kopf ein.

»Du gehst!«, fuhr ich ihn an.

»Lehrling, bist du…«

»Das ist mein Krieg und mein Job«, rief ich. »Und jetzt zieh Leine.«

Daraufhin drehte ich mich um, um dem Drachen entgegenzusehen, ohne zu wissen oder mir Gedanken zu machen, ob Aahz meine Befehle befolgte. Ich war Skeeve!

Aber es war auch ein wirklich fürchterlich großer Drache!

Noch einmal versuchte ich, das Amulett zu fassen, und hätte den Wärter durch meine Anstrengung fast vom Boden gerissen, doch der Mann hielt sein Eigentum fest umklammert und brüllte dabei dem Drachen Befehle zu.

Ich warf der wilden Bestie, die auf mich zuschoss, einen nervösen Blick zu. Wenn ich versuchte, mich aus dem Weg zu levitieren, konnte sie nur …

»Vorsicht!«, ertönte Aahz' Stimme hinter mir.

Ich drehte mich zur Seite, dann holperte etwas an mir vorbei und stellte sich genau zwischen mich und die heranrückende Bedrohung.

Es war Gliep!

»Gliep!«, brüllte ich. »Zurück, bei Fuß!«

Mein Liebling beachtete mich gar nicht. Sein Herrchen wurde bedroht, und da wollte er nicht tatenlos zusehen, egal was ich sagte.

Nun war er nicht mehr der gefügige, verspielte Gefährte, sondern pflanzte sich zwischen mich und das Ungeheuer, senkte den Kopf zu Boden und zischte wild, wobei eine zwei Meter lange Stichflamme aus seinem Maul schoss.

Die Wirkung auf den großen Drachen war erstaunlich. Er kam rutschend zum Stehen, setzte sich auf seine Hinterkeulen zurück und besah sich mit schräggeneigtem Kopf den Minidrachen, der ihm den Weg versperrte.

Gliep gab sich jedoch nicht damit zufrieden, seinen Gegner aufgehalten zu haben. Ungeachtet der Tatsache, dass der andere Drache etwa viermal so groß war wie er, begann er steif auf ihn zuzuschreiten und machte ihm unmissverständlich das Revier streitig.

Der große Drache blinzelte und warf einen Blick hinter sich. Dann sah er wieder zu Gliep hinab und bog seinen Kopf zurück, bis sein langer Hals ein Fragezeichen bildete.

Gliep rückte weiter vor. Selbst wenn das Ungeheuer kein Feuer speien konnte, was zu bezweifeln war, so besaß es offensichtlich die rein körperliche Kraft, meinen Liebling mit minimaler Anstrengung zu zermalmen. Es unternahm immer noch nichts, sondern schaute ihn wieder fassungslos an, fast so, als wäre es ihm peinlich.

Ich beobachtete das Ganze, vor Entsetzen wie erstarrt. So konnte es nicht weitergehen. Gliep kam dem Riesen einfach zu nahe, um weiter ignoriert zu werden. Nun musste das Monster jeden Augenblick reagieren.

Und das tat es dann schließlich nach einem letzten Blick auf seinen rasenden Wärter. Mit einem Seufzer stieß der große Drache eine seiner krallenbewehrten Vorderpfoten zu einem Knuff nach vorn, der ein Loch in ein Haus hätte schlagen können. Er traf Gliep seitlich am Kopf, sodass er zu Boden ging und alle viere von sich streckte.

Doch mein Liebling zeigte Schneid, rappelte sich mühsam auf und schüttelte seinen Kopf, als müsse er ihn wieder klar bekommen.

Bevor er seine aggressive Haltung allerdings erneut einnehmen konnte, streckte der große Drache seinen

Hals, bis ihrer beider Köpfe sich auf gleicher Höhe befanden, und begann, Gliep etwas ins Ohr zu murmeln und zu brummeln. Mein Drache legte seinen Kopf schief, als lausche er, dann schien er zu antworten.

Unter den fassungslosen Blicken der menschlichen und nichtmenschlichen Wesen konferierten die beiden Drachen mitten auf dem Schlachtfeld und unterstrichen ihr Gemurmel durch gelegentliche Rauchwölkchen.

Ich versuchte, mich näher heranzuschieben, um mir eine genauere Vorstellung zu machen, was da vor sich ging, doch der große Drache warf mir einen verderblichen Blick zu und ließ einen Flammenstoß los, der mich auf respektvoller Distanz hielt. Nicht, dass ich Angst gehabt hätte! Gliep schien die Lage völlig in der Hand zu haben … oder in der Kralle, besser gesagt. Na, ich hatte Aahz ja schon immer gesagt, dass Gliep ein sehr begabter Bursche war.

Letztendlich richtete der große Drache sich auf, drehte sich um und verließ mit hoch erhobenem Kopf majestätisch das Feld, ohne noch einen Blick zurückzuwerfen. Ungeachtet des wütenden Geschreis der Soldaten marschierte er zurück in seine Kiste, setzte sich auf die Hinterbacken und kehrte den ganzen Geschehnissen den Rücken zu.

Die Raserei seines Wärters wurde nur noch durch den Tobsuchtsanfall Antonios übertroffen. Er brüllte mit hochrotem Gesicht und wütenden Gesten den Wärter an, bis dieser das Amulett von seinem Hals nahm, es dem Offizier aushändigte und von dannen zog. Antonio blinzelte den Anhänger an, schleuderte ihn zu Boden und stapfte dem Wärter hinterdrein.

Das war genau die Gelegenheit, die ich brauchte. Ich ließ meine Gedanken ausschweifen, und schon flog mir das Amulett in die Hand.

»Aahz!«, begann ich.

»Ich glaube es nicht«, murmelte mein Lehrmeister vor sich hin. »Ich habe es mit eigenen Augen gesehen, aber ich kann es immer noch nicht glauben.«

»Gliep!«

Mein Liebling kam an meine Seite galoppiert und war verständlicherweise sehr zufrieden mit sich selbst.

»He, Bürschchen!«, rief ich und schlang ihm ungeachtet seines schlechten Atems meine Arme um den Hals. »Was war da draußen denn los?«

»Gliep!«, sagte mein Gefährte ausweichend und sah geflissentlich zu einem Wölkchen hinauf.

Falls ich mit einer Antwort gerechnet hatte, so war nun spätestens klar, dass ich keine bekommen sollte.

»Ich kann es immer noch nicht glauben!«, wiederholte Aahz.

»Schau, Aahz«, sagte ich, und ich hielt das Amulett hoch. »Nun brauchen wir uns weder um diesen noch um irgendeinen anderen Drachen je wieder Gedanken zu machen. Da haben wir doch einen hübschen Gewinn gemacht!«

»Allerdings!«, meinte Aahz mit finsterem Blick. »Tu mir nur einen Gefallen, ja?«

»Welchen denn, Aahz?«

»Wenn dieser Drache oder irgendein anderer in

unser Lager spaziert, gib ihm nichts zu fressen! Wir haben schon einen, und mehr kann ich nervlich auch nicht aushalten. Klar?«

»Klar, Aahz«, antwortete ich mit einem Lächeln.

»Gliep!«, meinte mein Liebling und drückte sich an mich, damit ich ihn weiterhin streichelte, was ich denn auch tat.

22

»Die Hölle kennt nichts Entsetzlicheres als einen brennenden Dämon.«

H. Dresden

Gegen unseren nächsten Kriegsrat wirkten alle vorangegangenen lächerlich unbedeutend. Doch dies war zu erwarten gewesen, da wir nun mit dem Kommandeur der gesamten linken Flanke der Imperiumsarmee zu tun hatten.

Unsere Zusammenkunft fand in einem Zelt statt, das eigens zu diesem Zwecke errichtet worden war, und darin wimmelte es von Offizieren einschließlich Claude. Es schien, als habe Antonio sein Wort gehalten, obwohl er selbst augenblicklich nicht anwesend war.

Angesichts einer solchen Versammlung hatten wir uns entschlossen, etwas mehr Stärke zu demonstrieren. Zu diesem Zweck begleiteten uns Tanda und Brockhurst, während Gliep draußen herumschnüffelte. Gus und Ajax hielten wir weiter in Reserve, wohingegen der Gremlin seit der Konfrontation der beiden Drachen nicht mehr aufgetaucht war.

Mir gefiel der Offizier nicht, mit dem wir jetzt verhandelten. Er hatte mit seiner gewandten, öligen Art etwas an sich, das mir gegen den Strich ging. Ich nahm stark an, er hatte seine jetzige Position nur dadurch erreicht, dass er seine Konkurrenten vergiftete.

»Ihr möchtet also, dass wir kapitulieren«, sagte er nachdenklich und trommelte mit den Fingern auf den Tisch vor ihm.

»Oder den Rückzug antretet. Oder abschwenkt«, berichtigte ich. »Ehrlich gesagt ist es völlig egal, was Ihr anfangt, solange Ihr nur Possiltum in Ruhe lasst.«

»Das haben wir gerade schon in Erwägung gezogen«, sagte der Kommandeur, lehnte sich zurück und schaute zur Decke des Zeltes.

»Habt Ihr deshalb so viele zusätzliche Soldaten den ganzen Tag lang hier zusammengezogen?«, fragte Brockhurst sarkastisch.

»Das ist eine rein interne Angelegenheit, wie ich Euch versichern kann«, schnurrte der Kommandeur. »Alle meine Offiziere sind hier versammelt, und sie fürchten, ihre Soldaten kämen auf dumme Gedanken, wenn man sie sich selbst überlässt.«

»Was mein Kollege sagen will«, warf Aahz ein, »ist, dass es uns schwerfällt zu glauben, dass Ihr auf unsere Bedingungen eingehen wollt.«

»Warum nicht?« Der Kommandeur zuckte mit den Achseln. »*Dafür* habt Ihr doch schließlich gekämpft, nicht wahr? Es kommt ein Augenblick, wo ein Kommandeur sich fragen muss, ob es ihn nicht teurer kommt, einen Kampf durchzufechten, als ihn sich zu schenken. Bislang hat Euer Widerstand mit Dämonen und Drachen uns gezeigt, dass diese Schlacht wirklich schwer werden kann.«

»Und wo die herkommen, gibt es noch mehr ihrer Art, wenn Not am Mann sein sollte«, warf ich ein.

»Das habt Ihr ja demonstriert.« Der Kommandeur lächelte und machte eine lässige Handbewegung in Richtung Tanda und Brockhurst. »Hexen und Teufel stellen eine eindrucksvolle Ergänzung Eurer Streitkräfte dar.«

Ich hielt es für unklug, ihn darauf hinzuweisen, dass Brockhurst ein Imp und kein Täufler war.

»Dann erklärt Ihr Euch einverstanden, Possiltum zu schonen?«, fragte Aahz geradeheraus.

»Ich erkläre mich einverstanden, es mit meinen Offizieren zu diskutieren«, präzisierte der Kommandeur. »Ich verlange lediglich, dass Ihr einen Eurer … äh … Helfer zurücklasst.«

»Wozu?«, wollte ich wissen.

Mir gefiel die Art und Weise nicht, wie er Tanda musterte.

»Natürlich um Euch unsere Entscheidung mitzuteilen«, antwortete der Kommandeur mit einem Achselzucken. »Keiner meiner Männer würde wagen, Euer Lager zu betreten, auch wenn man die Immunität des Gesandten garantiert.«

Seine Stimme hatte einen spöttischen Unterton, der mir nicht gefiel.

»Ich werde bleiben, Skeeve«, erklärte Aahz sich bereit.

Ich überlegte schnell. Aahz hatte immer und immer wieder seine Fähigkeit bewiesen, auf sich selbst aufzupassen. Doch ich traute dem Kommandeur nicht recht.

»Nur wenn Ihr bereit seid, uns einen Eurer Offiziere dafür als Geisel mitzugeben«, entgegnete ich.

»Ich sagte doch schon, dass keiner meiner …«, begann der Kommandeur.

»Er braucht unser Lager nicht zu betreten«, erklärte ich. »Er kann draußen am Waldrand stehen bleiben, wo Ihr ihn gut sehen könnt. Ich werde persönlich für seine Sicherheit garantieren.«

Der Kommandeur biss nachdenklich auf seiner Unterlippe herum. »Nun gut … Da Ihr Interesse an seiner Laufbahn gezeigt habt, werde ich Euch Claude als Geisel mitgeben.«

Der junge Offizier erblasste, sagte jedoch nichts.

»Einverstanden«, meinte ich. »Wir warten auf Eure Entscheidung.«

Ich nickte meinen Kameraden zu, worauf sie gehorsam einer nach dem anderen das Zelt verließen. Claude zögerte, dann schloss er sich der Prozession an.

Ich hätte Aahz gerne gesagt, er solle vorsichtig sein, überlegte es mir jedoch anders. Es wäre unklug, die Verletzlichkeit meines Partners vor dem Kommandeur einzugestehen. Stattdessen nickte ich den Offizieren kurz zu und folgte meinen Kameraden.

Tanda und Brockhurst befanden sich schon auf dem Rückweg zur Baumreihe. Claude dagegen wartete auf mich, als ich aus dem Zelt trat, und ging neben mir her.

»Da wir gerade einen ruhigen Augenblick haben«,

sagte er steif, »würde ich Euch gerne danken, dass Ihr Euch bei meinen Vorgesetzten für mich eingesetzt habt.«

»Reden wir nicht davon«, murmelte ich abwesend.

»Nein, wirklich«, fuhr er hartnäckig fort. »Ritterlichkeit gegenüber dem Feind ist heutzutage derartig selten, meine ich …«

»Schaut, Claude«, knurrte ich. »Rechnet es meinem engagierten Gerechtigkeitssinn zu. Ich mag Euch nicht, und ich mochte Euch nicht, als wir uns das erste Mal begegneten, aber deshalb seid Ihr noch lange nicht unfähig. Unsympathisch vielleicht, aber nicht unfähig.«

Ich war härter mit ihm, als ich beabsichtigt hatte, aber ich machte mir Sorgen um Aahz.

Derartig zurechtgewiesen, fiel Claude in unbehagliches Schweigen, das fast andauerte, bis wir zu den Bäumen gelangten. Dann räusperte er sich und versuchte es erneut.

»Hm … Skeeve?«

»Was?«, gab ich barsch zurück.

»Ich … äh … wollte sagen, dass ich dankbar bin und mich gerne in gewissem Rahmen revanchieren würde, soweit es in meiner Macht steht.«

Trotz meiner Sorgen begriff ich sein Angebot als mögliche Gelegenheit. »Fiele die Beantwortung einiger Fragen in die Rubrik ›in gewissem Rahmen‹?«

»Das hängt von den Fragen ab«, antwortete er vorsichtig. »Ich bin immer noch Soldat, und mein Verhaltenskodex schreibt klar vor …«

»Ich werde Euch etwas sagen«, fiel ich ihm ins Wort. »Ich stelle die Fragen, und Ihr entscheidet, welche Ihr beantworten wollt. Ist das in Ordnung?«

»Das nehme ich wohl an«, gab er zu.

»Gut. Erste Frage: Glaubt Ihr, dass der Kommandeur Possiltum tatsächlich schont?«

Der Offizier wich meinem Blick einen Augenblick lang aus, dann schüttelte er knapp den Kopf.

»Darauf dürfte ich nicht antworten«, meinte er und zog eine Grimasse. »Aber ich werde es tun. Ich habe nicht den Eindruck, dass der Kommandeur es überhaupt nur als ernst zu nehmende Möglichkeit in Betracht zieht, oder auch nur einer der Offiziere in diesem Zelt. Er ist unter der Bezeichnung ›Das Scheusal‹ bekannt, selbst bei seinen treuesten und kampfgewohntesten Soldaten. Ich kann Euch versichern, dass er diesen Namen nicht erworben hat, indem er kapitulierte, solange seine Streitmacht noch unversehrt war.«

»Warum hat er denn dann bis jetzt die Zusammenkunft durchgezogen?«, erkundigte ich mich.

»Um Zeit zu gewinnen«, kam die prompte Antwort. »Wie Euer Assistent bemerkte, nutzt er die Zeit, um Truppen zu massieren. Die einzige Parole, die für ihn gilt, heißt ›Sieg um jeden Preis‹. In diesem Fall scheint der Preis seine Ehre zu sein.«

Ich dachte einen Augenblick darüber nach, ehe ich meine nächste Frage stellte. »Claude, wir haben uns im Kampf gegenübergestanden, Ihr kennt Eure eigene Armee. Wenn Eure Voraussage zutrifft und das Scheusal angreift, wie sind dann Eurer Ansicht nach unsere Siegeschancen?«

»Null«, erwiderte der Offizier ruhig. »Ich weiß, es klingt wahrscheinlich wie Feindpropaganda, aber ich bitte Euch, an meine Aufrichtigkeit zu glauben. Trotz Eurer Verstärkung überrollt Euch das Scheusal einfach, wenn es seine Legionen in Bewegung setzt. An Eurer Stelle würde ich mir den Schutz der Dunkelheit heute Nacht zunutze machen, um mich davonzuschleichen, ohne das Stigma der Feigheit zu fürchten. Ihr steht der mächtigsten Armee gegenüber, die es jemals gegeben hat. Bei einer solchen Streitmacht gibt es keine Feigheit, nur Selbstschutz.«

Ich glaubte ihm. Aber was mit seinem Ratschlag anfangen?

»Ich danke Euch für Euren Rat«, sagte ich höflich. »Und ich werde mir Eure Worte genau durch den Kopf gehen lassen. Für den Augenblick bleibt Ihr bitte wie abgesprochen hier im Freien, während ich mich mit meinen Soldaten beraten muss.«

»Noch etwas«, sagte Claude und legte mir eine Hand auf den Arm, um mich zurückzuhalten. »Falls Eurem Assistenten, den Ihr bei der Zusammenkunft zurückgelassen habt, ein Leid geschieht, so bitte ich Euch, daran zu denken, dass ich hier war und nichts damit zu tun habe.«

»Ich werde daran denken.« Ich nickte und zog meinen Arm fort. »Aber wenn das Scheusal Hand an Aahz legt, so werde ich dafür sorgen, dass er wünscht, er hätte es nie getan.«

Während ich mich umdrehte, um meine Mannschaft aufzusuchen, wünschte ich mir, mich so selbstsicher zu fühlen, wie ich mich gab.

Tanda kam eilends zu mir gelaufen, als ich sie ansah und ihr zunickte.

»Was gibt es, Skeeve?«, fragte sie, während wir in den Schatten der Bäume schlenderten. »Machst du dir Sorgen um Aahz?«

Das machte ich, aber ich wollte es nicht gerade jetzt zugeben. Die Nacht war fast vorüber, ohne dass sich bei dem Zelt etwas geregt oder gerührt hätte. Doch ich hielt an meinem Glauben an Aahz fest. Gelang mir dies einmal nicht, dann wandte ich meine Gedanken anderen Aufgaben zu, um mich nicht sinnloser Sorge hinzugeben.

»Aahz kann für sich selber sorgen«, sagte ich schroff. »Ich wollte deine Meinung zu einer anderen Angelegenheit hören.«

»Und das wäre?«, fragte sie und neigte den Kopf zur Seite.

»Wie du weißt«, begann ich großspurig, »kann ich den Verwandlungszauber, den ich selbst verhänge, nicht erkennen. Zwar wird jeder andere getäuscht, doch als Verursacher der Verzauberung sehe ich die Dinge noch in ihrer ursprünglichen Gestalt.«

»Das wusste ich nicht«, erklärte sie. »Aber sprich weiter.«

»Nun«, meinte ich. »Ich dachte, wenn wir tatsächlich eine ganze Armee zu bekämpfen haben, könnten wir weitere Soldaten gut gebrauchen. Ich habe da so eine Idee, aber du musst mir gleich zu Beginn bestätigen, ob es denn auch tatsächlich funktioniert.«

»Kapiert.« Sie nickte. »Was ist es denn?«

Ich wollte meine Rede beenden, doch dann fiel mir auf, dass ich nur Ausflüchte machte! Stattdessen schloss ich nun die Augen und richtete mein Denken auf eine kleine Baumgruppe vor uns.

»He!«, rief Tanda. »Das ist ja irre!«

Ich schlug die Augen auf und achtete vorsichtig darauf, den Zauber aufrechtzuerhalten.

»Was siehst du?«, fragte ich nervös.

»Eine ganze Meute Perfekter«, berichtete sie freudestrahlend. »Sie strotzen vor Schwertern und Speeren. Total irre!«

Es funktionierte! Ich hatte recht gehabt mit meiner Annahme, dass mein Verwandlungszauber bei allen Lebewesen, nicht nur bei Menschen und Tieren funktionierte.

»So etwas habe ich noch nie gesehen«, wunderte sich Tanda. »Kannst du sie auch bewegen?«

»Ich weiß nicht«, gab ich zu. »Ich habe eben erst …«

»Boss! He, Boss!«, rief Brockhurst und kam auf uns zugerannt. »Komm schnell! Das solltest du dir besser mal ansehen!«

Eine plötzliche Angst ließ mir das Herz Richtung Hose rutschen.

»Komm mit, Tanda«, knurrte ich und setzte mich in Bewegung.

Bis wir am Waldrand angelangt waren, hatte sich

dort schon die ganze Truppe versammelt und unterhielt sich aufgeregt.

Alles verstummte und wich meinem Blick aus. Brockhurst hob die Hand und deutete über die Wiese.

Dort hing vor dem Hintergrund eines gewaltigen Freudenfeuers Aahz an einem grob gezimmerten Galgen. Sein Körper war schlaff und leblos und pendelte gemächlich am Ende des Seils. Zu seinen Füßen hatte sich eine Gruppe Soldaten als Zuschauer des Spektakels versammelt.

Richtig große Erleichterung durchflutete mich, und ich begann, ziemlich hysterisch zu kichern. Erhängen?! Wenn die Trottel wüssten!

Besorgnis machte sich auf den Gesichtern meiner Gruppenmitglieder breit, als sie in fassungslosem Schweigen meine Reaktion beobachteten.

»Macht euch keine Sorgen!«, schwadronierte ich. »Ihm geht es gut!«

Ziemlich früh während meiner Laufbahn bei Aahz hatte ich erfahren, dass man Perfekte nicht durch Erhängen töten kann. Ihre Halsmuskeln sind zu kräftig. Sie können den ganzen Tag hängen, ohne dass es sie im Geringsten mitnimmt. Das hatte ich natürlich auch auf die unerquicklichste Art gelernt, als wir eines Tages …

»Zumindest besitzen sie so viel Anstand, den Leichnam zu verbrennen«, murmelte Claude neben mir.

Mein Lachen blieb mir im Hals stecken.

»Was?«, schrie ich und wirbelte herum.

Tatsächlich hatten die Soldaten Aahz' »Leichnam« heruntergeschnitten und trugen ihn zu ihrem Freudenfeuer, ganz offensichtlich in der Absicht, ihn hineinzuwerfen.

Feuer! Feuer war eines der Dinge, die Aahz endgültig umbringen konnten …

»Ajax!«, brüllte ich. »Schnell! Halte sie auf!« Es war zu spät.

Mit einem Ruck der Soldaten wurde Aahz in die lodernden Flammen geschleudert. Sie flackerten kurz weiß auf, dann war alles vorüber.

Dahin! Aahz!

Ich stand da und starrte ungläubig in das Feuer. Das Entsetzen lähmte mich völlig, als mir allmählich das Ausmaß meines Verlustes bewusst wurde.

»Skeeve!«, sagte Tanda mir ins Ohr und legte mir eine Hand auf die Schulter.

»Lass mich in Ruhe!«, krächzte ich.

»Aber die Armee …«

Sie redete nicht weiter, doch ihre Worte taten ihre Wirkung. Allmählich bemerkte ich, was rings um mich geschah.

Die Legionen, die uns ihre Antwort gegeben hatten, scharten sich für die Schlacht zusammen. Trommeln erklangen dröhnend und begrüßten die aufgehende Sonne, die sich in den auf Hochglanz polierten Waffen spiegelte, die zum Kampf gegen uns aufgereiht waren.

Die Armee! Sie hatte das getan!

Langsam drehte ich mich zu Claude um. Er wich unter meinem Blick furchtsam zurück.

»Denkt daran!«, rief er verzweifelt. »Ich hatte nichts damit zu tun …«

»Ich habe es nicht vergessen«, erwiderte ich kalt. »Und nur deshalb lasse ich Euch gehen. Ich würde Euch jedoch raten, einen anderen Weg einzuschlagen als den, der zu Eurem Heer zurückführt. Ich habe mich bemüht, freundlich mit ihnen umzugehen, aber wenn sie darauf bestehen, Krieg zu führen, so sollen sie ihn haben, so wahr ich Skeeve bin!«

23

»Was soll das denn sein,
etwa eine chinesische Feuerübung?«

Sun-Tzu

Ich sah nicht, wohin Claude verschwand, nachdem ich mit ihm gesprochen hatte, und es interessierte mich auch nicht. Ich besah mir die gegnerische Armee unter neuen Gesichtspunkten. Bislang hatte ich als Verteidiger gedacht und meine Planungen mit dem Ziel des Überlebens angelegt. Nun dachte ich als Angreifer.

Die Legionen waren in dichten Kampfblöcken aufgestellt, es standen drei oder vier Blöcke nebeneinander über eine Breite von etwa fünfzehn Blöcken. In ihrer Gesamtheit erweckten sie den Eindruck einer furchterregenden Macht, einer unwiderstehlichen Kraft, die niemals zurückweichen würde.

Das kam mir gerade recht. Tatsächlich wollte ich sogar noch eine kleine Sicherheit, dass sie nicht zurückweichen konnten.

»Ajax!«, rief ich, ohne den Blick zu wenden.

Er trat an meine Seite.

»Na schön«, sagte ich finster. »Die gleiche Übung

wie beim ersten Gefecht, nur dass du diesmal nicht auf die Wagen zielst. Ich möchte einen brennenden Halbkreis um ihre Nachhut.«

»Zu Befehl, Skeeve!«, erwiderte der Bogenschütze neben mir.

»Kann Blackie deine Pfeile über diese Aufstellung hinaustragen?«

»Kein Problem.«

Wie beim ersten Mal pfiff die Bogensehne, als der Schütze einen Pfeil nach dem anderen davonzujagen begann. Doch diesmal fingen sie noch schneller Feuer.

»Langsam, Skeeve«, rief Ajax. »Sonst verbrennst du sie ja, noch ehe sie den Boden berühren.«

Er hatte recht. Entweder stand ich direkt auf einer Kraftlinie, oder mein Zorn hatte meine Energien vervielfacht. Was immer der Grund gewesen sein mag, jedenfalls hatte ich eine Unmenge Kraft zu meiner Verfügung.

»Tut mir leid, Ajax«, erklärte ich und nahm einen Teil meiner Konzentration von dem Zündungspunkt.

»Tanda!«, rief ich, »lauf zurück und hol Gliep!«

»Bin unterwegs!«, kam die Antwort.

Ich hatte so eine Vorahnung, als könnte uns mein Liebling gelegen kommen, ehe dieser Streit vorüber war.

Die erste Reihe der Gefechtsformation setzte sich zum rhythmischen Schlag der Trommeln in Bewegung. Ich beachtete sie gar nicht.

»Brockhurst!«

»Hier, Boss!«, antwortete der Imp und trat neben mich.

»Hast du den Kommandeur schon ausgemacht?«

»Noch nicht«, kam die verbitterte Antwort. »Er hat sich vermutlich irgendwo in der Mitte der Formation verschanzt.«

»Klettere auf einen Baum oder etwas Ähnliches und sieh zu, ob du ihn finden kannst«, befahl ich.

»In Ordnung, Boss! Soll ich mich an ihn heranmachen, wenn ich ihn sehe?«

»Nein«, lehnte ich finster ab. »Erstatte mir nur Bericht. Den will ich mir selbst vorknöpfen.«

Die erste Reihe rückte weiter vor. Ich kam zu dem Schluss, dass ich nun besser etwas dagegen unternahm. Mit einem Schwung meiner Gedanken setzte ich die Wiese vor der Mitte der Schlachtenreihe in Brand. Die Blöcke hinter dieser Barriere kamen zum Halten, während die rechten und linken Flügel weitermarschierten.

»Gliep«, ertönte eine wohlvertraute Stimme hinter mir, mit der ein noch vertrauterer übler Atemhauch einherging.

»Wir sind zurück!«, verkündete Tanda überflüssigerweise.

Ich beachtete sie nicht weiter und besah mir die Lage. Weiße Rauchfähnchen, die hinter der Formation des Imperiums aufstiegen, zeigten an, dass Ajax seine Aufgabe fast vollendet hatte. Bald befände die Armee sich von jeglicher Rückzugsmöglichkeit abgeschnitten. Nun war die Zeit gekommen, über unseren Angriff nachzudenken. Als Erstes benötigte ich noch detailliertere Informationen.

»Gus«, sagte ich nachdenklich. »Ich möchte, dass du zu einem kurzen Flug über ihre Formationen aufbrichst. Sieh zu, dass du Berfert an einer Stelle absetzen kannst, wo er echten Schaden anrichtet.«

»In Ordnung, Boss«, grunzte der Wasserspeier und humpelte nach vorn.

»Warte einen Augenblick«, meinte ich, als mir ein Gedanke kam. »Tanda, hast du die Unsichtbarkeitswand noch bei dir?«

»Zur Stelle«, schnurrte sie und grinste.

»Gut«, sagte ich nickend. »Gus, nimm die Wand mit. Halte sie, solange es geht, vor dich, während du sie auskundschaftest. Es wäre unsinnig, dich beschießen zu lassen, solange das nicht unumgänglich ist.«

Der Wasserspeier nahm die Wand mit einem Schulterzucken entgegen.

»Wenn du meinst, Boss«, murmelte er. »Aber sie können mir nicht viel anhaben.«

»Nimm sie trotzdem«, befahl ich. »Und jetzt los.«

Schwerfällig sprang der Wasserspeier in die Luft und begann, mit ausholenden Flügelschlägen über die Wiese dahinzuschweben. Es war kaum zu glauben, dass ein so schweres, aus Stein geschaffenes Wesen fliegen konnte, doch ich sah es mit eigenen Augen. Nun, vielleicht benutzte er Levitation dazu.

»Alles geschafft, Skeeve!« Ajax kicherte und riss mich aus meinen Gedanken. »Kann ich im Augenblick sonst noch etwas tun?«

»Vorläufig nicht, Ajax«, erwiderte ich. »Aber halte dich bereit.«

Ich war froh, dass dieser Teil meiner Konzentration nun wieder zur Verfügung stand. Das nächste Kunststückchen, das ich vorhatte, würde alle Energie erfordern, die ich aufbringen konnte.

Ich konzentrierte meine Gedanken auf das Gras vor dem heranrückenden linken Flügel. Zum Beweis, dass meine Bemühungen nicht umsonst waren, blieb dieser Teil der Schlachtreihe auf der Stelle stehen.

»Wow!« Tanda keuchte voll aufrichtiger Bewunderung. »Das ist ja richtig gut.«

Was ich hatte veranlassen wollen, war, das Gras in eine Armee von Imps zu verwandeln, die aus dem Boden schossen, um sich den Soldaten des Imperiums entgegenzustellen. Ich wählte diesmal Imps anstelle von Perfekten, denn Imps sind kleiner und erfordern deshalb weniger Energie zur Aufrechterhaltung des Trugbildes.

Was immer meine Bemühungen vermocht hatten, es reichte aus, um eine entsprechende Reaktion der Soldaten hervorzurufen. Nachdem ihre Offiziere mehrere Befehle gebrüllt hatten, schleuderten die Soldaten eine Reihe Speere ins Gras vor ihnen. Doch die Waffen konnten ihren geisterhaften Gegnern natürlich nichts anhaben.

»Sag mal, Skeeve«, Ajax stieß mich leicht in die Seite, »soll ich nichts gegen die Kerle unternehmen, die auf unseren Wasserspeier schießen?«

Ich drehte mich ein wenig, um Gus' Flugbahn zu prüfen. Die fliegende Gestalt hatte die Mitte der Frontsoldaten überflogen, welche mein Feuer bislang in

Schach gehalten hatte. Diese konnten nun die Person hinter der Unsichtbarkeitswand erkennen und reagierten beneidenswert fachkundig.

Die Bogenschützen dieser Formation waren damit beschäftigt, ihre Pfeile für die eigentümliche Gestalt zu vergeuden, welche plötzlich über ihren Köpfen aufgetaucht war, während ihre Kameraden ihr Bestes taten, um den Wasserspeier mit Speerwürfen zu treffen.

All dies sah ich auf einen Blick. Aber ich sah noch etwas anderes. »Warte mal einen Moment, Ajax! Schau dir das an!«

Die verschiedenen Geschosse, welche die Mittellinie abfeuerte, fielen mitten in die dichtgedrängten Formationen der hinteren Soldaten nieder, welche immer noch ihre Befehle erwarteten. Es erübrigt sich zu erwähnen, dass das nicht gut aufgenommen wurde, insbesondere, da die Betroffenen das eigentliche Ziel der vorgerückten Truppe nicht erkennen konnten. Für sie musste es den Anschein haben, als hätten sich ihre Verbündeten durch Magik oder Besessenheit plötzlich gegen sie gewandt und das Feuer auf sie eröffnet.

Nun begannen ein paar Blöcke, das Feuer zu erwidern, indem sie ihre eigenen Bogenschützen in Aktion treten ließen. Andere reagierten, indem sie ihre Schilde hoben und mit gezückten Schwertern nach vorne liefen.

Die Folge war völliges Chaos, als schließlich die Soldaten aus den Mittelreihen begannen, sich gegen die Angriffe durch ihre eigene Verstärkung zu verteidigen.

Ich hatte das nicht geplant, doch ich reagierte schnell

genug, um aus der Situation Kapital zu schlagen. Wenn die Präsenz des Wasserspeiers ausreichte, einen solchen Tumult auszulösen, dann konnte es meiner Ansicht nach nur gut sein, den Einsatz ein wenig zu erhöhen.

Mit einem schnellen, mentalen Streich veränderte ich Gus' Erscheinung. Nun schwebte ein ausgewachsener Drache über ihnen. Die Wirkung war phänomenal.

Doch ich gestattete mir nicht den Luxus, dies alles ausführlicher zu bestaunen. Ich hatte in diesem kurzen Gefecht etwas gelernt und wollte es weiter ausprobieren.

Also löste ich mein Imp-Heer auf und stellte es dann nicht vor den Soldaten, sondern mitten unter ihnen wieder auf!

Dies brachte die Formationen endgültig durcheinander. Als die Soldaten sich auf die Phantomgestalten stürzten, verletzten sie mehr als einmal ihre eigenen Kameraden.

Wenn dies so weiterging, wären sie zu beschäftigt, sich gegenseitig die Köpfe einzuschlagen, als dass sie sich um uns kümmern könnten.

»Boss!«, rief Brockhurst und kam an meine Seite geschossen. »Ich habe den Kommandeur ausgemacht!«

»Wo?«, fragte ich unwirsch und versuchte, meine Konzentration nicht von dem Kampf, der auf der Wiese tobte, zu nehmen.

Der Imp wies in die entsprechende Richtung.

Tatsächlich! Da war das Scheusal, schritt zornig von einer Formation zur anderen und versuchte, in seiner Streitmacht wieder Ordnung herzustellen.

Ich hörte das typische Geräusch eines Pfeils, der aus dem Köcher gezogen wurde.

»Ajax!«, schnauzte ich ihn an. »Lass das! Der gehört mir, mir ganz allein!«

Bei diesen Worten löste ich alle Imps in der Umgebung des Scheusals auf und verwandelte stattdessen die Züge des Kommandeurs, bis er das Äußere von Aahz angenommen hatte.

Die verwirrten Soldaten sahen einen Dämon in ihrer Mitte auftauchen, der ein Schwert schwang, und zwar einen, der, wie sie wussten, getötet werden konnte. Es bedurfte keines weiteren Anstoßes.

Ich sah noch kurz den fassungslosen Blick des Scheusals, ehe seine Soldaten ihn einkreisten, dann verschwand er hinter einer Mauer von Uniformen.

»Auftrag ausgeführt, Boss«, verkündete Gus, als er nun neben mir auftauchte. »Was jetzt?«

»Was …? Wie hast du …?«, stammelte ich.

Ich hatte nicht mehr daran gedacht, dass die Unsichtbarkeitswand den Wasserspeier auf dem Rückflug vor unseren Blicken abschirmen würde. Sein plötzliches Auftauchen hatte mich erschreckt.

»Berfert kommt gleich, wenn er mit ihrer Belagerungsgerätschaft fertig ist«, fuhr Gus fort und machte eine Handbewegung in Richtung des Gegners.

Ich schaute über die Wiese. Er hatte recht. Die schwere Ausrüstung, die hinter der Armee aufgestellt gewesen war, stand in Flammen.

Dann bemerkte ich etwas anderes.

Das Heer bekämpfte sich nicht mehr untereinander.

Ich begriff voller Schrecken, dass ich über meiner Abrechnung mit Kommandeur Scheusal und Gus' Auftauchen versäumt hatte, die Imp-Armee aufrechtzuerhalten!

Ohne irgendeinen sichtbaren Gegner waren die Soldaten offensichtlich wieder zu Sinnen gekommen und liefen nun umher bei dem Versuch, wieder ihre Formation zu bilden. Bald würden sie bereit sein, wieder anzugreifen.

»Was soll ich jetzt tun, Boss?«, erkundigte Brockhurst sich eifrig.

Das war eine gute Frage. Ich beschloss, sie zurückzustellen, bis ich mir eine Antwort ausgedacht hatte.

»Ich werde dir einen Schlachtplan zeichnen«, erklärte ich zuversichtlich. »Gebe mir doch mal einer ein Schwert!«

»Hier, Skeeve, nimm meines«, meinte Aahz und reichte mir seine Waffe.

»Danke«, sagte ich geistesabwesend. »Also, diese Linie hier ist ihre Hauptformation. Wenn wir nun … *Aaaaahz!*«

»Zur Stelle«, meinte mein Mentor leichthin. »Tut mir leid, dass ich mich etwas verspätet habe.«

Es war *tatsächlich* Aahz! Da stand er in aller Seelenruhe mit verschränkten Armen, als wäre er die ganze Zeit bei der Gruppe gewesen. Die Reaktion der anderen zeigte jedoch, dass sie angesichts von Aahz' Erscheinen ebenso überrascht waren wie ich.

»Aber du …«, stammelte ich. »Das Feuer …«

»Ach das!« Aahz zuckte mit den Schultern. »Als ich

mir darüber klar wurde, was sie vorhatten, bin ich mit dem D-Hüpfer in eine andere Dimension entwischt. Die einzige Schwierigkeit war, dass ich die Kontrollgeräte noch nicht wieder in Ordnung gebracht hatte und eine Weile brauchte, bis ich auf Klah zurückfand.«

Erleichterung flutete über mich hinweg wie eine kühle Welle. Aahz lebte! Und was noch wichtiger war, er war hier! Die Aussichten für die Schlacht waren plötzlich viel erfreulicher.

»Was machen wir jetzt?«, fragte ich Aahz beflissen.

»Ich weiß nicht, warum du mir diese Frage stellst.« Mein durchtriebener Mentor blinzelte unschuldig. »Es sieht ganz so aus, als wärst du bislang hervorragend allein zurechtgekommen.«

Großartig! Jetzt, wo ich einen Rat brauchte, bekam ich Komplimente.

»Schau mal, Aahz«, begann ich ernst. »Wir stehen vor einer Schlacht, die …«

»Boss!«, fiel Brockhurst mir ins Wort. »Da draußen tut sich irgendwas!«

Mit sinkendem Mut drehte ich mich um und besah mir noch einmal die Lage. Eine neue Gestalt war aufgetaucht, allem Anschein nach ein Offizier. Er schritt direkt vor der Schlachtenreihe auf und ab und brüllte oder fuchtelte mit den Händen abwechselnd. In seinem Schlepptau befand sich eine Schar Offiziere, die sich leise unterhielten und einander die Hände schüttelten.

»Was, in aller Welt, hat das zu bedeuten?«, murmelte ich vor mich hin.

»Reiß dich zusammen, Bursche«, riet mir Aahz. »Wenn ich richtig höre, gibt es schlechte Neuigkeiten.«

»Nun komm schon, Aahz«, sagte ich und seufzte, »wie könnte die Lage denn noch schlimmer werden, als sie es ohnehin schon ist?«

»Ganz einfach«, gab Aahz zurück. »*Das* ist der Oberbefehlshaber der Imperiumsarmee. Er ist hier, um herauszufinden, was den Vormarsch seines linken Flügels aufhält.«

24

»… und dann sagte ich mir: Warum soll ich das Ganze überhaupt teilen?«

Adam Riese

Der Name des Oberbefehlshabers war Big Julie, und er war völlig anders, als ich ihn mir vorgestellt hätte.

Zum einen kam er zu uns, als er einen Kriegsrat abhalten wollte. In Begleitung all seiner Offiziere kam er den ganzen Weg über die Wiese und blieb kurz vor dem Waldrand stehen, und er kam unbewaffnet. Darüber hinaus trugen auch seine Offiziere keine Waffen, wahrscheinlich hatte er darauf bestanden. Ihm schien alle Arroganz völlig abzugehen, die bei allen Offizieren, mit denen wir bis dahin zu tun gehabt hatten, so augenfällig gewesen war. Als ich ihm die Mitglieder unseres Teams vorstellte, fiel mir auf, dass er ihnen mit großer Achtung entgegenkam, und er wirkte aufrichtig erfreut, jeden Einzelnen kennenzulernen, sogar Gliep.

Unsere gesamte Mannschaft wohnte der Besprechung bei. Wir dachten, wenn je der Zeitpunkt gekommen war, unsere gesamte Stärke zu demonstrieren, so jetzt.

In einem ungewohnten Anfall von Gastfreundschaft holte Aahz den Wein heraus und bot der gesamten Versammlung etwas zu trinken an. Ich sah das mit gewissem Misstrauen. Aahz ist nicht derjenige, der Drinks verabreicht, um eine Schlacht zu gewinnen, doch als unsere Blicke sich begegneten und ich fragend eine Augenbraue hob, antwortete er mit einem leichten Kopfschütteln. Offensichtlich spielte er diese Runde ehrlich.

Dann kamen wir zur Sache.

Big Julie hörte uns mit ungeteilter Aufmerksamkeit an. Als wir zum Ende kamen, seufzte er und schüttelte den Kopf.

»Tut mir leid«, erklärte er. »Aber das kann ich nicht machen. Wir müssen weiter auf dem Vormarsch bleiben, versteht Ihr? Das ist der Sinn einer Armee!«

»Könntet Ihr nicht für eine Weile in eine andere Richtung vorrücken?«, schlug ich hoffnungsvoll vor.

»Ach je!«, rief er und hob abwehrend die Hände. »Was glaubt Ihr, wen ich hier habe? Genies? Das sind Soldaten. Die rücken geradeaus vor, wenn Ihr versteht, was ich sagen will.«

»Aber müssen sie denn so heftig vorrücken?«, murmelte Aahz. »Hinter denen bleibt nicht viel stehen.«

»Was soll ich sagen?« Big Julie hob die Schultern. »Es sind gute Jungs, sie verrichten ihre Arbeit zur vollen Zufriedenheit. Manchmal lassen sie sich ein wenig hinreißen … so wie das Scheusal.«

Ich hatte gehofft, das Thema Scheusal umgehen zu können, aber da nun einmal die Rede davon war, beschloss ich, nicht lange um den heißen Brei zu reden.

»Sagt mal … hm … Julie«, begann ich.

»Big Julie!«, knurrte einer der Offiziere aus dem Mundwinkel.

»*Big* Julie«, verbesserte ich hastig. »Was das Scheusal angeht. Äh … er war … nun … ich wollte …«

»Reden wir nicht davon.« Julie winkte ab. »Wollt Ihr die Wahrheit hören? Ihr habt mir einen Gefallen getan.«

»Tatsächlich?« Ich blinzelte.

»Ich machte mir allmählich etwas Sorgen um das Scheusal, versteht Ihr, was ich meine?« Der Kommandeur hob die Augenbrauen. »Er wurde ein bisschen zu ehrgeizig.«

»Ja dann …« Ich lächelte.

»Aber das ist ein schlimmes Ende. Von den eigenen Leuten in Stücke gehackt zu werden. Ich würde nicht wollen, dass mir das widerfährt.«

»Du hättest ihn dem Drachen zum Fraß vorwerfen sollen«, meinte Aahz frei heraus.

»Das Scheusal?« Julie runzelte die Stirn. »Dem Drachen vorwerfen? Weshalb?«

»Die Wirkung wäre die gleiche gewesen.«

Das sollte wohl lustig sein, denn Aahz brach in schallendes Gelächter aus, wie häufig bei seinen eigenen Scherzen. Tanda verdrehte verzweifelt die Augen.

Big Julie wirkte leicht verwirrt. Er schaute mich an, und ich zuckte die Achseln, um ihm zu zeigen, dass ich auch nicht wusste, um was es ging.

»Er ist merkwürdig«, verkündete Julie und deutete mit anklagendem Finger auf Aahz. »Warum hängt so ein netter Bursche wie Ihr mit derart merkwürdigen Typen herum?«

»Das ist der Krieg«, sagte ich entschuldigend. »Ihr kennt ja den Spruch von den merkwürdigen Bettgenossen.«

»In dieser Hinsicht scheint Ihr ja keine Probleme zu haben!« Julie zwinkerte und grinste zu Tanda hinüber.

»Willst du, dass ich für seinen Abgang sorge, Boss?«, fragte Brockhurst finster und trat nach vorn.

»Da!«, explodierte Julie. »Genau das meine ich. So lernt man keine Kriegsführung! Ich werde Euch etwas sagen. Warum nehmt Ihr nicht bei mir einen Posten an? Was meint Ihr dazu?«

»Welche Soldstufe?«, wollte Aahz wissen.

»Aahz!«, schimpfte ich und drehte mich dann wieder zu Julie um. »Tut mir leid, aber wir haben schon einen Posten … die Verteidigung von Possiltum. Ich weiß Euer Angebot zu schätzen, aber ich lasse eine Aufgabe nicht gerne unerledigt.«

»Was habe ich Euch gesagt«, wandte Julie sich an seine Offiziere. »Das ganze gute Material ist schon verbraucht. Warum schafft Ihr mir nicht solche Rekruten heran?«

Das war alles sehr schmeichelhaft, doch ich beharrte zäh auf dem Zweck unserer Zusammenkunft.

»Hm … Jul … ich meine, Big Julie«, unterbrach ich. »Was nun die Verteidigung von Possiltum angeht. Könntet Ihr nicht irgendein anderes Königreich finden, das sich angreifen lässt? Ich möchte nicht gezwungen sein, gegen Euch zu kämpfen.«

»*Ihr* wollt nicht kämpfen?«, platzte Julie sarkastisch heraus. »Glaubt Ihr, *ich* kämpfe gerne? Glaubt Ihr, es macht mir *Spaß*, auf diese Weise mein Geld zu verdienen? Meint Ihr, meinen Jungs macht es Freude, die ganze Zeit zu töten und zu erobern?«

»Nun …«, begann ich unsicher.

Big Julie hörte mir gar nicht zu. Er hatte seinen Platz verlassen, tigerte auf und ab und gestikulierte heftig, um seine Äußerungen zu unterstreichen.

»Welcher Spinner kämpft schon *gerne*?«, fragte er rhetorisch. »Sehe ich verrückt aus? Sehen meine Jungs verrückt aus? Jeder glaubt, irgendein teuflischer Trieb hielte uns in Gang. Sie glauben alle, wir wollten nichts anderes auf dieser Welt, als in schweißtreibenden Rüstungen herumzulaufen und unsere Schwerter auf anderer Leute Helme zu wetzen. Das denkt Ihr doch auch, nicht wahr? Stimmt es etwa nicht?«

Diesen letzten Satz brüllte er mir direkt ins Gesicht. Doch inzwischen hatte ich es reichlich satt, angeschrien zu werden.

»Ja!«, brüllte ich zornig. »Genau das denke ich!«

»Nun«, Julie blickte finster drein. »Aber Ihr täuscht Euch, denn …«

»Und zu dieser Meinung bin ich gekommen, weil Ihr es nicht tun würdet, wenn es Euch keinen Spaß machte!«, fuhr ich fort und sprang auf.

»Wenn das so einfach wäre!« Julie zog eine ironische Grimasse. »Einfach aufhören und weggehen.«

Er drehte sich um und wandte sich an seine Offiziere.

»Er meint, es wäre einfach! Habt Ihr *das* gehört? Jeder von Euch, der nicht kämpfen mag, soll einfach aufhören. Einfach so …«

Die versammelten Männer kicherten leise im Chor. Trotz meines vorangegangenen Wutausbruchs begann ich, ihm zu glauben. So unglaublich dies auch erscheinen mochte – Julie und seine Männer waren nicht gerne Soldaten!

»Glaubt Ihr, wir würden nicht den Dienst quittieren, wenn das möglich wäre?«, wandte Julie sich wieder an mich. »Ich wette, in meinem Heer befindet sich kein einziger Mann, der nicht gerne mal einen Spaziergang machen würde, wenn er damit weit käme.«

Wieder erklang zustimmendes Gemurmel von den Offizieren.

»Ich verstehe das nicht«, sagte ich und schüttelte den Kopf. »Wenn Ihr nicht kämpfen wollt, und wir wollen nicht kämpfen, was haben wir dann hier zu suchen?«

»Habt Ihr schon einmal von Kredithaien gehört?«, fragte Julie. »Kennt Ihr Euch mit dem organisierten Verbrechen aus?«

»Organisiertes Verbrechen?« Ich blinzelte.

»Das ist wie eine Regierung, äh … Boss«, erläuterte Aahz. »Nur wirkungsvoller.«

»Und zwar sehr viel wirkungsvoller!« Julie nickte nicht enden wollend. »Das haben wir hier zu tun! Ich und meine Jungs, wir haben eine unglaubliche Latte von Spielschulden. Wir arbeiten sie gewissermaßen ab, zahlen sie in Land zurück, wenn Ihr versteht, was ich meine?«

»Ihr habt meine Frage noch nicht beantwortet«, erinnerte ich ihn. »Warum quittiert Ihr nicht einfach?«

»Quittieren?« Julie schien aufrichtig erstaunt. »Ihr macht wohl Scherze. Wenn ich quittiere, bevor ich ausgelöst bin, brechen die mir die Knochen.« Sein wölfisches Grinsen ließ keine Zweifel daran, dass die betreffenden Schurken weit Fataleres und Schmerzlicheres taten, als einem nur die Knochen zu brechen.

»Bei den Jungs hier ist es das Gleiche. Stimmt's, Jungs?« Er winkte in Richtung seiner Offiziere.

Heftiges Nicken war die Antwort.

»Und Ihr müsstet ihren Geldeintreiber sehen. Junge, Ihr seid gewiss ein anständiger Zauberer, dort, wo Ihr herkommt. Aber das«, er schüttelte sich, »glaubt mir, das würdet Ihr gewiss nicht mit ansehen wollen.«

Da ich wusste, wie zäh Big Julie war, glaubte ich ihm aufs Wort.

Mit einem herzlichen Lächeln legte er mir den Arm um die Schultern. »Deshalb bricht es mir wirklich das Herz, Euch umzubringen. Versteht Ihr?«

»Nun«, begann ich, »Ihr müsst mich doch nicht richtig… UMBRINGEN?«

»Doch.« Er nickte. »Ich wusste, dass Ihr mich verstehen würdet. Arbeit ist nun einmal Arbeit, auch wenn sie einem noch so sehr zuwider ist.«

»Holla!«, unterbrach uns Aahz und legte eine flache Hand auf die Fingerspitzen der anderen, dass sie ein T bildeten. »Nun mal langsam. Überseht Ihr da nicht etwas, Jules?«

»*Big* Julie heißt das«, mahnte eine der Leibwachen.

»Von mir aus kann er sich Osterhäschen nennen«, spottete mein Mentor mit einem wahrlich dämonischen Lächeln. »Deshalb übersieht er doch etwas.«

»Und das wäre?«, fragte Julie.

»Uns.« Aahz lächelte und deutete auf das Team. »Abgesehen von dem unbedeutenderen Detail, dass Skeeve hier Zauberer und nicht so einfach umzubringen ist, hat er Freunde. Was glaubt Ihr, werden wir mit Euch anstellen, wenn Ihr versucht, Hand an unseren Anführer zu legen?«

Die ganze Mannschaft schob sich ein wenig nach vorn. Keiner von ihnen lächelte, nicht einmal Gus. Obwohl sie meine Freunde waren, die ich kannte und liebte, musste ich zugeben, dass sie furchterregend aussahen. Ich war plötzlich sehr froh, dass sie auf meiner Seite standen.

Big Julie dagegen schien nicht beeindruckt.

»Um ehrlich zu sein«, antwortete er lächelnd, »rechne ich damit, dass Ihr mit Eurem Anführer sterben werdet. Das heißt, falls Ihr nicht wirklich gut laufen könnt.«

»Vor was denn davonlaufen?«, knurrte Gus. »Ich glaube, Ihr überseht immer noch etwas. Nach meiner Rechnung sind wir mehr als Ihr. Selbst wenn Ihr bewaffnet wärt...«

Der Oberbefehlshaber unterbrach ihn mit einem Lachen. Es war ein entspanntes, selbstsicheres Lachen, an dem niemand von uns teilnehmen wollte. Dann verstummte sein Lachen, und er beugte sich mit grimmigem Blick vor.

»Ich werde das nur einmal sagen, also hört gut zu.

Big Julie kam nicht an die Position, die er heute innehat, indem er etwas übersah. Ihr glaubt, in der Überzahl zu sein? Dann solltet Ihr vielleicht besser noch einmal nachzählen.«

Ohne den Blick von uns zu wenden, gab er ein kurzes, unvermitteltes Handzeichen. Daraufhin zogen seine Wachen an einer Schnur, und die Seitenwände des Zeltes fielen herab.

Draußen standen Soldaten. Sie hatten sich nicht dort befunden, als wir das Zelt betreten hatten, doch nun waren sie da. Es waren Unmassen. Reihe um Reihe stand um das Zelt, die nächste keinen halben Meter entfernt. Die ersten drei Reihen bildeten Bogenschützen mit gespannter Bogenschnur und auf uns gerichteten Pfeilen.

Ich begriff mit plötzlicher, ruhiger Klarheit, dass ich nun sterben würde. Die ganze Unterredung war nur eine Falle gewesen, und zwar eine gute. Eine so gute, dass wir alle tot wären, sobald wir uns nur rührten. Ich machte mir nicht einmal vor, dass ich so viele Pfeile abhalten konnte, wenn sie alle gleichzeitig abgeschossen würden. Gus konnte die Salve vielleicht überstehen, und die anderen konnten sich retten, indem sie in eine andere Dimension sprangen, doch ich stand von Aahz und dem D-Hüpfer zu weit entfernt.

»Ich… äh… dachte, Kriegsräte stünden außerhalb der Kampfhandlungen«, hob ich vorsichtig an.

»Und ich habe meine heutige Stellung auch nicht durch gute alte Lauterkeit erworben«, meinte Big Julie mit einem Achselzucken.

»Wisst Ihr«, sagte Aahz langsam, »für einen Burschen, der nicht gerne kämpft, führt Ihr einen ziemlich widerlichen Krieg.«

»Was soll ich dazu sagen?«, fragte der Oberbefehlshaber und hob die Hände zu einer hilflosen Geste. »Es ist eine Auftragsarbeit. Glaubt mir, wenn ich eine andere Möglichkeit hätte, ich würde sie wahrnehmen. Aber so …«

Er verstummte und begann, langsam den Arm zu heben. Ich begriff mit Entsetzen, dass mit seinem Arm für mich zugleich der Vorhang fallen würde.

»Wie viel Zeit haben wir, eine andere Möglichkeit zu finden?«, erkundigte ich mich verzweifelt.

»Keine.« Big Julie seufzte.

»UND WIR BRAUCHEN AUCH KEINE!«, brüllte Aahz plötzlich begeistert.

Aller Augen, einschließlich der meinen, wandten sich ihm zu. Er grinste breit, während er auf etwas lauschte, das der Gremlin ihm ins Ohr flüsterte. Der Gremlin! Und ausgerechnet ins Ohr von Aahz!

»Was hat das zu bedeuten?«, wollte der Oberbefehlshaber wissen. »Und wo kommt der kleine blaue Bursche her?«

Er schaute die ringsum stehenden Soldaten an, die einander peinlich verlegene Blicke zuwarfen.

»Das ist ein Gremlin«, klärte Aahz ihn auf, während er kameradschaftlich den Arm um die Schultern seines Vertrauten legte. »Und ich glaube, er hat die Antwort auf unser Problem gefunden. Auf *alle* unsere Probleme. Versteht Ihr, was ich meine?«

»Was meint er?« Julie blickte mich finster an. »Versteht Ihr, was er sagt?«

»Sag's ihm, Aahz«, befahl ich zuversichtlich, während ich mich die ganze Zeit über wunderte, welche mögliche Lösung mein überraschungsfreundlicher Mentor für diesen Schlamassel gefunden hatte.

»Big Julie«, meinte Aahz lächelnd, »was könnten diese Kredithaie machen, wenn Ihr und Eure Armee einfach verschwändet?«

Und so unglaublich es sein mochte, so endete die ganze Geschichte. Nicht mit Feuer, Explosion und Schlachtengetümmel. Sondern wie so vieles in meinem Leben auf ebenso verrückte und abwegige Art, wie es begonnen hatte.

Als es vorüber war, wünschte ich fast, es wäre dies noch nicht.

Denn dann hieß es, sich von unserer Mannschaft zu verabschieden.

Und dieser Abschied fiel mir schwerer, als ich geglaubt hätte. Irgendwie hatte ich bei meinen Planungen nie die Möglichkeit in Betracht gezogen, sieghaft aus diesem Krieg hervorzugehen.

Trotz meiner anfänglichen Bedenken in Bezug auf die Mannschaft stellte ich fest, dass mir jeder sehr ans Herz gewachsen war. Ich hätte sie gerne ein wenig länger um mich gehabt, aber das ging halt einfach nicht. Unsere nächste Station war die Hauptstadt, und es waren etwas zu viele, um sie einfach so fortzudebattieren.

Außerdem war es, wie Aahz erklärte, für die Moral der Soldaten schädlich, wenn sie herausfanden, wie hoch die Entlohnung ihres Kommandeurs war, insbesondere, wenn sie in so frappierendem Missverhältnis zu ihrem eigenen Sold stand.

Gemäß Aahz' Ratschlag bezahlte ich jeden einzeln. Doch als dies geschehen war, musste ich feststellen, dass mir merkwürdigerweise die Worte fehlten. Und wieder einmal kam mir die Mannschaft zu Hilfe.

»Tja, Boss«, meinte Brockhurst seufzend. »Ich schätze, das war's dann wohl. Vielen Dank für alles.«

»Es war ein echtes Vergnügen, für dich zu arbeiten«, kam das Echo von Gus. »Das Geld ist ja ganz hübsch, aber irgendwie habe ich den Eindruck, dass Berfert und ich dir noch etwas schuldig sind, weil du uns aus diesem Loch herausgeholt hast. Wenn du mal jemanden brauchst, der dir einen Gefallen tut, dann denk an uns.«

»Skeeve, Söhnchen«, meinte Ajax und räusperte sich. »Ich bin viel unterwegs, sodass ich nicht leicht aufzuspüren bin. Solltest du dich jemals irgendwo befinden, wo du den Eindruck hast, du könntest mich brauchen, dann hinterlass auf dem Basar eine Mitteilung, und bald schon werde ich zur Stelle sein.«

»Ich dachte, du besuchst den Basar gar nicht so oft?«, fragte ich überrascht.

»Normalerweise nicht«, gab der Bogenschütze zu. »Aber in Zukunft schon … für alle Fälle.«

Tanda warf ihre Münze in die Luft und fing sie mit geübter Leichtigkeit.

»Ich dürfte das eigentlich nicht annehmen.« Sie seufzte. »Aber ein Mädchen muss ja auch etwas zu beißen haben.«

»Du hast es verdient«, sagte ich nachdrücklich.

»Tja, dann werde ich wohl gehen«, sagte sie und nickte den anderen zu. »Pass auf dich auf, Süßer.«

»Kommst du wieder?«, erkundigte ich mich rasch.

Sie schnitt eine Grimasse. »Ich glaube nicht. Wenn Grimbel uns zusammen sähe …«

»Ich meine überhaupt, irgendwann.«

Sogleich hellten sich ihre Züge auf. »Klar.« Sie zwinkerte mir zu. »So leicht wirst du mich nicht los. Sag Aahz von mir Wiedersehn.«

»Sag ihm doch selbst Wie-der-sehn«, brummte Aahz, der genau in dem Moment aus der Dunkelheit trat.

»Da bist du ja!« Tanda grinste… »Wo steckt der Gremlin? Ich dachte, ihr beiden wärt gerade in ein Gespräch vertieft.«

»Waren wir auch«, bestätigte Aahz und schaute sich um. »Das verstehe ich nicht. Vor einer Minute war er noch da.«

»Man könnte meinen, es gäbe ihn gar nicht, was, Aahz?«, meinte ich unschuldig.

»Nun hör mal zu, Junge«, begann mein Lehrer ärgerlich.

Die Mannschaft brach in Gelächter aus. Er wirbelte herum, um eine bissige Antwort zu geben, doch da flackerte ein Licht auf, und schon waren sie verschwunden.

Wir standen mehrere Augenblicke zusammen und starrten ins Leere. Dann legte Aahz mir einen Arm um die Schultern.

»Sie waren ein gutes Team, Boss der Bosse.« Er seufzte. »Nun reiß dich zusammen. Siegreiche Generäle haben keine undichten Stellen rund um die Augen. Das schadet nur dem Ansehen.«

25

»Sind alle glücklich?«

Machiavelli

Aahz und ich zogen an der Spitze einer jubelnden Menge Possiltumer Einwohner in die Hauptstadt ein.

Wir wurden von den Massen, die uns vorwärtsdrängten, praktisch zum Palast getrieben. Der Jubel war unbeschreiblich. Blumen und andere weniger zu definierende Gegenstände wurden uns zugeworfen oder auf den Weg gestreut, sodass man kaum noch einen Fuß sicher vor den anderen setzen konnte und ich mehr als einmal befürchtete, zu fallen und niedergetrampelt zu werden. Die Leute schienen dagegen aufrichtig erfreut, uns zu sehen. Doch alles in allem war unser Triumphzug für Leib und Leben nicht weniger gefährlich, als es der Krieg gewesen war.

Ich genoss es trotzdem.

Noch nie war ich Mittelpunkt einer so gewaltigen Menge gewesen. Es war köstlich.

»Haltung, Mann!«, murmelte Aahz und stieß mich in die Rippen. »Da kommt das Empfangskomitee.«

Tatsächlich tauchte aus den Toren des Palastes ein

anderer Zug auf. Er war kleiner als der unsere, doch was ihm an Menge fehlte, machte er durch das Aussehen seiner Teilnehmer wett.

Der König bildete Vorhut und Mitte, dicht flankiert von Grimbel und Badaxe. Der Kanzler strahlte vor unverhohlener Freude. Der General dagegen blickte eindeutig finster drein.

Als Badaxe seinen Blick über die Menge schweifen ließ, konnte er in unserer Nähe mehrere seiner Soldaten ausmachen. Seine düstere Miene verdunkelte sich noch mehr, was für jene Männer nichts Gutes ahnen ließ. Ich schätze, er war neugierig, warum es ihnen nicht gelungen war, unsere Rückkehr gemäß seinen Befehlen zu verhindern.

Was immer in ihm vorging, es musste warten. Der König hob die Arme, worauf die Versammlung gehorsam verstummte, um zu hören, was er zu sagen hatte.

»Herr Hofzauberer«, hob er an. »Wisset, dass die Jubelrufe der dankbaren Bürger von Possiltum nur ein Widerhall Unserer eigenen Empfindungen in Bezug auf den Dienst darstellen, welchen Ihr Uns erwiesen habt.«

Eine neue Woge von Beifall war die Antwort.

»Die Nachrichten von Eurem Sieg haben Uns schneller erreicht als Ihr selbst«, fuhr er fort. »Und die Historiker sind bereits damit befasst, die Einzelheiten Eures Triumphes aufzuzeichnen … Soweit diese bekannt sind, freilich.«

Ein anerkennendes Gelächter ging durch die Menge.

»Während Wir Uns nicht anmaßen, die Wirkungsweise Eurer Kräfte zu begreifen«, verkündete der König, »so sprechen doch die Ergebnisse für sich selbst. Eine mächtige Armee unbesiegbarer Krieger hat sich mit Waffen und allem anderen einfach in Luft aufgelöst. Lediglich die Rüstungen und Belagerungsgeräte, welche auf dem Schlachtfeld verstreut liegen, künden von ihrer früheren Präsenz. Der Krieg ist gewonnen! Die Gefahr für Possiltum ist für alle Zeiten vorüber!«

Bei diesen Worten war das Volk nicht mehr zu halten. Wieder erfüllten Blumen die Luft, und das Jubelgeschrei erschütterte selbst die Mauern des Palastes.

Der König wollte noch etwas rufen, doch es ging in dem Getöse unter. Schließlich zuckte er mit den Schultern und kehrte in den Palast zurück. Er blieb nur noch einmal stehen, um der Menge zum Abschied zuzuwinken.

Ich hielt es für eine ziemlich billige Masche, so zu tun, als gelte unser Jubel ihm, aber ich ließ es durchgehen. Wir hatten jetzt nämlich dickere Fische an der Angel!

Als Grimbel und Badaxe mich ansahen, nickte ich ihnen zu, sich zu uns zu gesellen.

»Ich habe mit Euch zu reden!«, brüllte ich über das Getöse.

»Sollten wir nicht nach drinnen gehen, wo es ruhiger ist?«, brüllte Grimbel zurück.

»Wir werden hier reden!«, erwiderte ich hartnäckig.

»Aber die Menge …«, versuchte der Kanzler mit einer Geste zu erklären.

Ich drehte mich um und nickte einer Gestalt in der ersten Reihe des Menschenauflaufs zu. Der Betreffende reagierte, indem er zum Zeichen den Arm hob. Daraufhin zogen die Männer in den vordersten Reihen der Menge ihre Waffen und bildeten einen Kreis um uns, wobei sie sich fast mit militärischer Präzision bewegten. Im Handumdrehen bildete sich Platz in der wimmelnden Bevölkerung, in deren Mitte nur Aahz, Gliep, ich, die Ratgeber und der Mann, der das Zeichen gegeben hatte, standen.

»Einen Augenblick mal«, knurrte Badaxe und beäugte misstrauisch den Kreis. »Was geht hier denn …«

»General!« Ich strahlte ihn an und setzte mein breitestes Lächeln auf. »Ich möchte Euch den neuesten Bürger von Possiltum vorstellen.«

Immer noch mit einem Lächeln auf den Lippen winkte ich den Anführer der Meute heran.

»General Badaxe«, verkündete ich förmlich. »Darf ich Euch mit Big Julie bekannt machen? Big Julie, Hugh Badaxe!«

»Freut mich, Euch kennenzulernen!« Julie lächelte. »Der Junge hier hat mir von Euch erzählt!«

Der General erbleichte, als er den Oberkommandeur des Imperiums erkannte.

»Ihr!«, stammelte er. »Aber Ihr … Ihr seid doch …«

»Ich hoffe, Ihr habt nichts dagegen, General«, sagte ich freundlich. »Aber ich habe mir die Freiheit genommen, Big Julie einen Job anzutragen … als Euer Militärberater.«

»Militärberater?«, wiederholte Badaxe misstrauisch.

»Was ist los?«, erkundigte sich Big Julie finster. »Meint Ihr, ich wäre dazu nicht imstande?«

»Nein, nein, das meine ich nicht«, erklärte der General hastig. »Es ist nur, weil … nun …«

»Eins vergaßen wir zu erwähnen, General«, unterbrach ihn Aahz. »Big Julie hat sich aus dem aktiven Dienst zurückgezogen. Er ist nur allzu bereit, Euch die Führung der Armee von Possiltum zu überlassen, und erklärt sich bereit, Euch nur Ratschläge zu erteilen, wenn Ihr sie von ihm erbittet.«

»Das stimmt!« Julie strahlte. »Ich will nur in der Sonne sitzen, ein Glas Wein trinken und ab und zu vielleicht mal einen Hintern tätscheln, wenn Ihr versteht, was ich meine …«

»Aber der König«, stammelte Badaxe.

»… muss mit alldem überhaupt nicht behelligt werden«, schnurrte Aahz. »Außer natürlich, Ihr haltet es für unumgänglich, ihn darüber zu informieren, von wem Eure neuesten Schlachtpläne stammen.«

»Hmmm«, machte der General nachdenklich. »Seid Ihr sicher, dass Ihr auf diese Weise zufrieden sein werdet, Julie?«

»Ganz sicher!« Julie nickte energisch. »Ich will keinen Ruhm, keine Verantwortung und kein Ansehen. All das hatte ich überreichlich, als ich für das Imperium arbeitete. Die Jungs und ich haben diese Sache durchdiskutiert und sind zu dem Schluss gekommen …«

»Die … *Jungs*?«, unterbrach Badaxe und runzelte die Stirn.

»Da ist noch etwas, das wir vergessen haben zu erwähnen, General«, warf ich lächelnd ein. »Big Julie ist nicht der einzige Neuzugang in der Einwohnerschaft Possiltums.«

Ich machte eine Kopfbewegung zum Kreis der Männer, die die Menge zurückhielten.

Der General blinzelte sie an, dann fuhr sein Kopf herum, als er merkte, wie viele davon in der Menge standen. Er erblasste, als ihm sowohl klar wurde, wohin die Armee des Imperiums verschwunden war, wie auch, warum es seinen Männern nicht gelungen war, unsere Rückkehr zur Hauptstadt zu verhindern.

»Ihr wollt mir sagen …«, begann Badaxe.

»Lauter glückliche Bürger von Possiltum, General!«, verkündete Aahz und senkte seine Stimme dann auf eine vertrauliche Lautstärke. »Ich glaube, Ihr werdet zu dem Schluss kommen, dass diese Bürger, falls Ihr jemals eine Armee aufstellen müsstet, weit schneller die Waffen ziehen als Eure durchschnittlichen Pflugschieber. Versteht Ihr, was ich sagen will?«

Offensichtlich verstand er es. Seine Augen blitzten bei dem Gedanken an die neue Streitmacht, die wir seinem Oberbefehl unterstellt hatten. Ich konnte förmlich sehen, wie er sich im Geiste die Lippen leckte vor Vorfreude auf den nächsten Krieg.

»Big Julie!«, erklärte er mit breitem Grinsen. »Du und deine … äh … Jungs seid mehr als willkommen, euch in Possiltum niederzulassen. Lasst mich einer der Ersten sein, der euch zu eurer neuen Staatsbürgerschaft gratuliert.«

Er streckte die Hand aus, doch diese stieß an ein Hindernis. Das Hindernis hieß J. R. Grimbel.

»Nur einen kleinen Augenblick!«, stieß der Kanzler hervor. »Euer Plan hat einen winzigen Haken. Es ist meine Absicht, dem König zu raten, die Armee von Possiltum aufzulösen.«

»Was?«, brüllte Badaxe.

»Lasst mich das machen, General«, meinte Aahz besänftigend. »Grimbel, weshalb wollt Ihr eine derartige Torheit begehen?«

»Nun, wegen des Zauberers natürlich.« Der Kanzler blinzelte. Und blinzelte nochmals. »Ihr habt bewiesen, dass er durchaus in der Lage ist, das Königreich ohne die Unterstützung einer Armee zu verteidigen, folglich sehe ich nicht ein, warum wir länger die Kosten für deren Unterhalt aufbringen sollten.«

»Unfug!«, schnarrte Aahz. »Glaubt Ihr, der große Skeeve hat nichts anderes zu tun, als Eure Grenzen zu schützen? Wollt Ihr Euren hochbezahlten Zauberer eine Arbeit verrichten lassen, die ein billiger Soldat besorgen kann?«

»Nun ja …« Grimbel runzelte die Stirn.

»Außerdem wird Skeeve viel unterwegs sein, um seine Studien fortzuführen, die selbstverständlich seinen Wert für Possiltum erhöhen. Wer wird in seiner Abwesenheit Euer Königreich schützen, wenn nicht die Armee?«

»Aber die Kosten sind …«, winselte Grimbel.

»Außerdem«, fuhr Aahz fort, ohne den Protest des Kanzlers zu beachten, »hätte ich gedacht, dass Ihr Eure

Armee vergrößern wollt, nun, da sich Eure Grenzen ausgeweitet haben.«

»Was heißt das?«, fragte Grimbel fassungslos. »Was ist mit unseren Grenzen?«

»Ich dachte, das wäre offensichtlich«, meinte Aahz unschuldig. »All diese neuen Bürger müssen sich irgendwo niederlassen… und im Norden liegt eine Menge Land, wo man nun einfach zugreifen kann. Soweit ich das verstehe, ist es im Augenblick völlig ungeschützt. Possiltum wird nicht einmal darum kämpfen müssen, nur einmarschieren und es besiedeln. Das heißt, vorausgesetzt, Ihr verfügt über eine starke Armee, die es halten kann, wenn Ihr es erst einmal habt.«

»Hmm«, machte der Kanzler nachdenklich und streichelte sich das Kinn mit der Hand.

»Und dann sind da noch«, murmelte Aahz leise, »die ganzen zusätzlichen Steuergelder, welche die neuen Bürger und Ländereien für die Staatskasse bedeuten.«

»Big Julie!« Grimbel strahlte. »Ich möchte Euch und Eure Männer gerne in Possiltum willkommen heißen.«

»Ich hieß ihn zuerst willkommen«, knurrte Badaxe. »Er ist mein Berater.« Bei diesen Worten führte der General die Hand zum Griff seiner Axt, eine Geste, die ihre Wirkung auf den Kanzler nicht verfehlte.

»Natürlich, General«, stimmte Grimbel zu und rang sich ein Lächeln ab. »Ich warte nur hier, bis Ihr so weit seid. Es gibt da ein paar Angelegenheiten, die ich mit unseren neuen Mitbürgern besprechen muss.«

»In der Zwischenzeit, Grimbel«, meinte Aahz, »sind

da auch noch ein paar Angelegenheiten, die wir mit Euch zu besprechen haben.«

»Beispielsweise?« Der Kanzler schaute finster drein.

»Beispielsweise der Lohn des Hofzauberers!«, gab mein Lehrer zurück.

»Natürlich!« Grimbel lachte leicht gequält. »Sobald wir hier fertig sind, kommt Ihr mit nach drinnen, und ich zahle ihm seinen ersten Monatslohn.«

»Über dessen Höhe wir noch mal sprechen werden.«

Dem Kanzler war das Lachen vergangen. »Ihr meint eine Sonderprämie, nicht wahr?«, fragte er hoffnungsvoll. »Ich bin überzeugt, wir finden da eine Lösung angesichts …«

»Ich meine eine Lohnerhöhung!«, korrigierte Aahz unmissverständlich. »Nun kommt schon, Grimbel. Das Reich ist jetzt größer. Die Bedeutung des Postens ist gewachsen und verdient eine bessere Bezahlung.«

»Ich glaube nicht, dass ich dem zustimmen kann«, erwiderte der Kanzler.

»Mit der Erhöhung Eurer Steuereinnahmen«, drängte Aahz, »könnt Ihr nach meiner Schätzung eine Summe von …«

»Nun seien wir mal ein wenig vorsichtig«, entgegnete Grimbel. »Unsere Regierungskosten sind mit dieser Erhöhung ebenfalls gestiegen. Ich wäre tatsächlich gar nicht überrascht …«

»Komm, Gliep«, sagte ich zu meinem Haustier. »Sehen wir mal nach Butterblume.«

Ich hatte so eine Vorahnung, dass die Lohnverhandlungen eine Weile in Anspruch nehmen würden.

26

»Ende gut, alles gut.«

E. A. Poe

Ich verbrachte einen erholsamen Nachmittag und schlug in meinem riesigen Zimmer im Palast die Zeit tot.

Die Lohnverhandlungen zwischen Aahz und Grimbel waren zu unseren Gunsten ausgelaufen. Ich hatte nicht nur eine beträchtliche Lohnerhöhung erhalten, sondern war nun auch in einem Raum untergebracht, der wenig kleiner als Grimbels war, der seinerseits der nächstgrößte nach dem des Königs war. Und was mir noch wichtiger schien: Er hatte ein großes Fenster, was mir sehr gefiel, auch wenn der Blick auf die Stallungen ging.

Aahz hatte darauf bestanden mit dem versteckten Hinweis, dass ich des Nachts vielleicht geflügelte Besucher bekäme. Ich glaube, diese Vorstellung ängstigte mich mehr als Grimbel, doch ich bekam mein Fenster.

Wenn ich wollte, konnte ich von meinem Sims aus Gliep und Butterblume in den Ställen beobachten. Und ich konnte ebenso ihren unglücklichen Stallburschen betrachten, der dazu abgestellt war, all ihre Bedürfnisse zu erfüllen. Auch das war Teil des Handels gewesen, obwohl ich hierauf weit härter gedrängt hatte als Aahz.

Aahz war im Nebenzimmer untergebracht, das hübsch, wenn auch etwas kleiner war als das meine. Die königlichen Architekten hatten den Auftrag, eine Verbindungstür in unsere gemeinsame Wand einzusetzen, und ich hatte so eine Ahnung, dass sich danach die Raumaufteilung drastisch ändern würde. Im Augenblick hatte ich zumindest ein bisschen ungewohnte Privatsphäre.

Doch augenblicklich galt meine Aufmerksamkeit nicht dem Raum. Meine Gedanken kreisten um Garkins alten Kessel. Den ganzen Nachmittag hatte ich versucht, ihm seine Geheimnisse zu entreißen, bislang ohne jeden Erfolg. Er stand fest mitten auf dem Boden, wo ich ihn hingestellt hatte, und widersetzte sich allen meinen Bemühungen.

Ich lehnte an meinem Fenstersims und musterte den Gegenstand verdrießlich. Es wäre eine Leichtigkeit, ihn zu levitieren, aber das war es nicht, was ich wollte. Ich wollte, dass er zum Leben erwachte und mir folgte, wie er Garkin gefolgt war.

Das brachte mich auf einen Gedanken. Er schien albern, aber bis jetzt hatte auch nichts anderes funktioniert.

Ich zog die Augenbrauen zusammen und konzentrierte mich auf den Kessel, ohne jedoch meine Energien darauf zu richten.

»Komm her!«, befahl ich mental.

Der Kessel schien einen Augenblick zu schwanken, dann trottete er an meine Seite, dass seine spillerigen Beine über den Fußboden klapperten.

Es funktionierte! Obwohl es vielleicht ein dummes, kleines Detail war, so vermittelte mir doch der Gehorsam des Kessels etwas mehr das Gefühl, ein Zauberer zu sein.

»Hallo, Sportsfreund!«, rief Aahz und kam ohne anzuklopfen hereingepoltert. »Hast du vielleicht zufällig einen Korkenzieher?«

»Was ist ein Korkenzieher?«, fragte ich unwillkürlich.

»Vergiss es«, seufzte mein Mentor. »Dann mache ich es halt selber.«

Mit diesen Worten nahm er die Weinflasche, die er bei sich hatte, in seine Linke und führte die Kralle seines rechten Zeigefingers in den Korken. Der Kork gab einen sanften Laut von sich, als er sich geschmeidig aus dem Flaschenhals löste, worauf Aahz ihn ganz selbstverständlich in eine Ecke schleuderte und einen tiefen Schluck nahm.

»Ah!«, keuchte er, um tief Luft zu holen. »Köstliches Bouquet!«

»Hm … Aahz?«, fragte ich schüchtern, trat vom Fenster fort und an den Tisch. »Ich muss dir etwas zeigen.«

»Könntest du mir vorher eine Frage beantworten?«, erkundigte sich mein Lehrer.

»Welche?« Ich runzelte die Stirn.

»Warum rennt der Kessel hinter dir her?«

Ich sah mich um und stellte erschreckt fest, dass er recht hatte. Der Kessel war vom Fenster zum Tisch geflitzt, um an meiner Seite zu bleiben. Das Seltsame daran war, dass ich ihn gar nicht gerufen hatte.

»Hm… das wollte ich dir eigentlich zeigen«, gab ich zu. »Ich habe herausgefunden, wie man den Kessel dazu bringt, dass er ganz von selbst zu mir kommt… keine Levitation oder dergleichen.«

»Spitze!« Aahz schnitt eine Grimasse. »Kannst du nun auch dafür sorgen, dass er es wieder bleiben lässt?«

»Äh… ich weiß nicht«, sagte ich und setzte mich schnell auf einen der Stühle.

Ich wollte es nicht zugeben, doch während wir uns unterhielten, hatte ich mehrere mentale Kommandos ausprobiert, um den Kessel wieder wegzuschicken, doch ohne nennenswerten Erfolg. Ich musste das herausfinden, sobald Aahz gegangen war.

»Sag mal, Aahz«, meinte ich beiläufig, während ich die Füße auf den Tisch schwenkte, »würdest du mir etwas Wein einschenken?«

Aahz zog eine Augenbraue hoch, dann durchquerte er langsam das Zimmer, bis er neben mir stand.

»Kindchen«, sagte er freundlich. »Nun sieh dich doch mal ganz genau um. Siehst du hier im Raum außer uns beiden noch jemanden?«

»Nein«, gab ich zu.

»Dann sind wir unter uns – und nicht in der Öffentlichkeit… stimmt's?« Er lächelte.

»Stimmt«, pflichtete ich ihm bei.

»Dann besorg dir deinen eigenen Wein, Lehrling!«, grölte er und trat meinen Stuhl unter mir fort.

Tatsächlich war es nicht so schlimm, wie es sich anhört. Ich fasste mich, noch ehe ich auf dem Boden landete, und schwebte unbeschadet in der Luft. Von dieser Lage aus tastete ich mit meinen Gedanken, holte die Flasche aus Aahz' Händen und beförderte sie in meine eigenen.

»Wenn du darauf bestehst«, sagte ich lässig und nahm einen langen Zug aus der Flasche.

»Du hältst dich wohl für sehr gewitzt, wie?«, spottete Aahz, dann grinste er mal wieder sein blödes Grinsen. »Ich schätze, das bist du auch. Du hast dich ganz gut geschlagen … für einen Amateur.«

»Einen Profi«, korrigierte ich. »Einen bezahlten Profi.«

»Ich weiß.« Aahz grinste zurück. »Für einen Amateur bist du ziemlich clever. Für einen Profi hast du noch eine Menge zu lernen.«

»Nun komm aber, Aahz!«, protestierte ich.

»Doch das kann warten«, lenkte Aahz ein. »Du kannst dich ruhig entspannen und dich eine Weile amüsieren … solange du kannst.«

»Was soll das heißen?« Ich runzelte die Stirn.

»Nichts!« Aahz zuckte vermeintlich teilnahmslos mit den Achseln. »Absolut gar nichts.«

»Warte mal, Aahz«, sagte ich bissig und sprang auf. »Ich bin jetzt Hofzauberer, nicht wahr?«

»Das ist richtig, Skeeve.« Aahz nickte oberlehrerhaft.

»Hofzauberer ist der Job, auf den du mich gehetzt hast, weil er so einfach ist, stimmt's?«, drängte ich ihn weiter.

»Stimmt ebenfalls, Kind.« Er lächelte und nickte nun noch heftiger.

»Dann kann doch nichts schiefgehen? Nichts Ernstes?«, erkundigte ich mich besorgt.

Aahz nahm seine Weinflasche wieder an sich und trank ausgiebig, ehe er grinsend antwortete. »Denk immer daran. Dann kannst du nachts besser schlafen.«

»Nun komm schon, Aahz!«, jammerte ich. »Du bist doch angeblich mein Lehrer, mein Mentor, oder? Wenn ich irgendetwas übersehe, dann musst du es mir sagen. Sonst lerne ich doch nichts dabei.«

»Nun gut, *Lehrling*!« Aahz lächelte und betonte das letzte Wort bösartig. »Du hast einiges übersehen.«

»Zum Beispiel?«, fragte ich und wand mich unter seinem anhaltenden Lächeln.

»Zum Beispiel Gus, Ajax und Brockhurst, die du – vielleicht erinnerst du dich ja – ohne Anweisungen mit Zielort Tauf zurückgeschickt hast.«

»Anweisungen?« Ich blinzelte verständnislos. Was meinte er denn jetzt schon wieder?

»Um Tanda brauchen wir uns keine Sorgen zu machen, aber die anderen drei …«

»Warte eine Minute, Aahz«, unterbrach ich ihn, ehe er zu weit vom Thema abkam. »Was für Anweisungen?«

»Anweisungen, nicht über unser kleines Scharmützel hier zu reden«, erläuterte Aahz geistesabwesend.

»Tanda wird ihren Mund zu halten wissen, aber die anderen drei nicht.«

»Du meinst, sie reden?«

»Höre ich da richtig? Ist ein Froschhintern vielleicht wasserdicht?«

»Was ist ein Frosch?«, gab ich zurück.

»Mit Geld in der Tasche und frisch zurück von einem siegreichen Feldzug gegen eine überwältigende Überzahl… natürlich werden sie reden!«, polterte Aahz. »Sie werden sich bei jedem, der es hören will, den Mund fusselig reden. Und mehr noch, sie werden die Geschichte mit jedem Mal weiter ausschmücken, bis es so klingt, als seien sie die größten Kämpfer, die sich jemals geschlagen haben, und du der größte Stratege seit Gronk!«

»Was soll daran schlimm sein?«, erkundigte ich mich und freute mich im Stillen. Ich wusste nicht, wer Gronk war, aber Aahz' Darstellung klang hübsch.

»Gar nichts«, antwortete Aahz unschuldig. »Außer, dass alle Welt nun hinterher sein wird zu erfahren, wer du bist, wo du bist und was du bist… auch dass du anzuheuern bist und selbst Leute verpflichtest. Wenn es irgendwo in allen Dimensionen einen Ort gibt, wo die Leute solche Informationen beachten, dann auf dem Basar von Tauf.«

Ungeachtet dessen, was mein Lehrer – oder besser gesagt: mein Mentor – davon halten mag, so bin ich kein langsamer Denker. Mit einem Schlag begriff ich, was seine Äußerung alles zu bedeuten hatte… Ja, ich begriff es und legte mir eine passende Antwort zurecht.

»Dann werden plötzlich unzählige Leute vorbeischauen, uns einen Job anbieten oder bei uns Arbeit suchen«, gab ich zu. »Na und? All das heißt nichts anderes, als dass ich eine Menge Übung beim Ablehnen bekommen werde. Wer weiß, vielleicht verbessert es meine Stellung hier sogar etwas, wenn man erfährt, dass ich häufig von seltsamen Wesen anderer Welten aufgesucht werde.«

»Natürlich«, kommentierte Aahz finster. »Es besteht aber immer auch die Chance, einer auf dem Basar hört, dass sein Gegenpart daran denkt, dich anzuheuern, und beschließt, dich mit Gewalt von der Liste zu beseitigen. Entweder das, oder irgendein junger Hitzkopf will sich einen Namen machen, indem er einen unschlagbaren Zauberer angreift, von dem jedermann spricht.«

Ich versuchte, ihm nicht zu zeigen, wie sehr seine finsteren Prophezeiungen mich erschüttert hatten. Dann wurde mir klar, dass er vermutlich weitermachen würde, bis er meinen Angstschweiß perlen sah. Folglich schwitzte ich, wie man sich ja wohl denken kann … deutlich sichtbar.

»Daran hatte ich nicht gedacht, Aahz«, gab ich zu. »Ich schätze, da habe ich wirklich etwas übersehen.«

»Und dann sind da noch Grimbel und Badaxe«, fuhr Aahz fort, als hätte er mich gar nicht gehört.

»Was ist mit Grimbel und Badaxe?«, fragte ich nervös.

»Meiner Einschätzung nach ist die einzige Möglichkeit, dass die beiden zusammenarbeiten«, gähnte

Aahz, »die Zusammenarbeit gegen einen gemeinsamen Feind. Und nach meiner weiteren Einschätzung bist du der geeignetste Kandidat für diesen Posten.«

»Ich?«, fragte ich sehr leise.

»Denk mal nach, Kleiner!« Mein Mentor zuckte mit den Achseln. »Bis du die Szene betratst, fand ein Zweikampf statt, wem der König Gehör schenkte. Dann kamst du und hast nicht nur das Königreich gerettet, sondern auch die Grenzen erweitert und neue Bürger hinzugewonnen und der Steuerkasse zugeführt. Das macht dich zum beliebtesten und deshalb einflussreichsten Mann am Königshof. Ich kann mich täuschen, aber ich glaube nicht, dass Grimbel und Badaxe einfach die Zähne zusammenbeißen und es hinnehmen. Meiner Ansicht nach werden sie sich gegen dich verbünden und alles, was du sagst oder tust, militärisch oder finanziell boykottieren, und das wird ein harter Zwei-zu-eins-Kampf.«

»Schon gut. Also habe ich zwei Sachen übersehen«, fiel ich ihm ins Wort. »Abgesehen davon …«

»Und dann sind da natürlich noch die Leute, denen Big Julie und seine Männer Geld schulden«, kommentierte Aahz nachdenklich. »Ich frage mich, wie lange es dauern wird, bis sie hier herumschnüffeln und nach einer Erklärung suchen, was aus einer ganzen Armee geworden ist. Und was noch wesentlicher ist: Ich frage mich, an wen sie sich namentlich halten werden, damit er ihnen diese Erklärung liefert.«

»Aahz?«

»Ja, was gibt's denn, mein Freund?«

»Hast du eventuell was dagegen, wenn ich mir noch etwas von dem Wein nehme?«

»Aber nicht doch. Bedien dich ruhig, Jungchen. Es sind ja Unmengen da.«

Ich hatte so eine Vorahnung, als wäre das die beste Nachricht, die ich für lange Zeit zu hören bekommen sollte …